JULES MARY

La Charmeuse d'Enfants

PARIS

Librairie Illustrée Jules TALLANDIER, Édite

8, RUE SAINT-JOSEPH (2e ARR.)

La Charmeuse d'Enfants

PREMIÈRE PARTIE

UNE HAINE VIEILLE D'UN SIÈCLE

I

L'ARRIVÉE DE LA PARISIENNE

En remontant le cours de la Sèvre-Nantaise, on arrive à Clisson, dominé par les hautes tours en ruines et les majestueux débris du château d'Olivier, détruit pendant la Révolution, alors qu'il appartenait par héritage à la famille des ducs de Villefort. C'est au treizième siècle, au retour d'une croisade, que le fameux donjon fut construit, sur la rive même de la Sèvre, à la jonction de cette rivière avec la Maine. Les ruines, témoins d'un formidable passé, semblent vouloir commander encore à la Vendée verte et boisée coupée par les haies du Bocage, et parmi les murailles noires, énormes, immenses, dont le dur granit porte la trace du canon, la maison moderne des Villefort s'élève tout élégante, toute blanche par le contraste, pareille à un sourire au milieu de ces rappels d'un autre âge et de ces querelles tragiques des siècles disparus.

Le 10 novembre 1893, le train de Nantes, qui arrive à Clisson à cinq heures sept, ne déposa à la gare qu'une seule voyageuse, tout enveloppée d'un long manteau dont le capuchon était rabattu sur sa tête. La précaution était utile. Il pleuvait à torrents. L'eau ruisselait le long de la voie ferrée, dégorgeait des filières de la gare, tombait à pleins seaux des toits des wagons. Il faisait nuit complète déjà, une nuit glacée où passaient des rafales qui tordaient les arbres. Le chef de train courait, serré dans son caoutchouc, criant : « Clisson ! Clisson ! » Son sifflet roula, auquel répondit celui de la machine, et le train s'ébranla dans la nuit, sous l'ondée.

Un homme d'équipe avait jeté sur le quai une petite malle en bois.

La voyageuse tendit son billet de troisième classe et son bulletin de bagages.

L'homme demanda :

— Est-ce que vous descendez à l'hôtel de l'Europe ?

— Non, je suis attendue au château de Villefort, fit une voix douce et timide.

— On a oublié de vous envoyer la voiture, en ce cas... Faudra monter là-haut à pied... Je vous porterai votre malle sur une brouette.

La jeune femme — elle semblait jeune, malgré le manteau qui cachait sa taille et le capuchon obstiné qui dérobait son visage — avait cherché un abri dans la gare. Elle regarda la nuit noire et les torrents de pluie avec hésitation.

L'homme d'équipe grommela :

— Ils vous ont oubliée, sûr... mais il faut leur pardonner. En un jour comme aujourd'hui, ils doivent avoir perdu la tête... Le fils est en train de passer en Conseil de guerre... Y a de quoi se troubler...

Elle attendit un peu, mais l'averse faisait rage. On lui prêta un parapluie.

— Partons ! dit-elle en souriant. Je me sécherai en arrivant, voilà tout. C'est loin ?

— Non. S'il ne faisait pas si noir, on apercevrait le donjon... Un quart d'heure...

Elle se mit en marche, bravement. L'averse redoubla. L'homme, plié en deux, poussait sa brouette en jurant contre la tempête, et la jeune femme referma son parapluie, contre lequel elle se débattait et qui menaçait de l'emporter dans un tourbillon.

— Ma foi, tant pis, dit-elle en riant... je serai mouillée, voilà tout.

Le paysan se retourna vers elle et cria quelque chose, mais cela se perdit dans les hurlements du vent. Et ils firent la route silencieux.

Le chemin montait en pente très dure, rocailleuse. Ils avaient pris au plus court, à travers ces haies épaisses, hautes de trois ou quatre mètres, qui ont valu à ce pays son joli nom de Bocage et que les guerres de Vendée ont rendues sinistrement populaires. Les soubresauts des cailloux faisaient dévier la malle qui dansait sur la brouette. L'homme, alors, s'arrêtait, la remettait en équilibre et repartait. Il était trempé jusqu'aux os. Elle aussi. La montée dans le chemin creux dura un quart d'heure.

— Nous n'arriverons jamais ! dit la douce voix avec découragement.

— Excusez, nous y sommes. Regardez !...

Et le paysan s'arrêta.

Elle essaya de voir, de distinguer autour d'elle. Impossible. Une nuit d'encre

— Où est le château de Villefort?...

— Là! vous le touchez... Etendez le bras, c'est la grille d'honneur!...

— Et les ruines? Et le donjon?...

Il montra vaguement quelque chose dans la nuit.

— Là! Et puis, là!... Des pierres, des murailles, il y en a partout. Ne vous désolez pas... Demain, il fera jour... Je m'en vas sonner pour qu'on vienne...

Il tira sur un anneau. Une cloche retentit bruyamment. Ils attendirent. Cinq minutes se passèrent, puis il sonna de nouveau et cinq autres minutes se passèrent encore. La pluie redoublait. Le ciel se fondait en cataractes. La jeune femme s'était rangée, le dos contre le mur. Elle frissonnait, transie. Il essaya d'engager la conversation.

— J'ai vu, à votre bulletin de bagage, que vous venez de Paris... A Nantes, en passant, vous n'avez rien entendu dire sur le duc de Villefort?...

— Rien.

— C'est que le Conseil de guerre n'était pas terminé... Vous êtes au courant?

— Oui, je sais ce que les journaux ont raconté... Le meurtre de M. Girodias, le châtelain des Grandes-Roches... l'accusation portée contre le duc Horace, fils aîné de la duchesse de Villefort... son arrestation... sa mise en jugement devant le Conseil de guerre de Nantes, où il est capitaine au 3e dragons... et ses protestations d'innocence.

— Innocent, c'est lui qui le dit... mais il est le seul à le dire, et ça ne suffit pas.

Comme on ne venait pas, l'homme se pendit à la cloche et sonna avec colère.

— Ils sont tous morts, là-dedans!

Et haussant les épaules, et d'un geste brusque montrant le château :

— Si vous arrivez là pour y demeurer, faut vous armer de patience : vous n'y rigolerez pas tous les jours...

Il allait continuer, mais on entendit un bruit de pas. Quelqu'un s'arrêta de l'autre côté de la grille. On ne vit personne. Tout près, on demanda :

— Qui est là ? Que voulez-vous ? Venez-vous du télégraphe ?

— Expliquez-vous, madame, dit l'homme d'équipe à la voyageuse ; moi, ça ne me regarde plus.

Elle lui donna un peu de monnaie. Il remercia, salua et partit sous l'averse.

— Je suis mademoiselle Colette Nathalier, dit la jeune femme... l'institutrice attendue par madame la duchesse... Je n'ai trouvé personne à la gare ; alors...

— Ah ! mon Dieu ! dit la voix... c'est vrai, mademoiselle, vous êtes attendue... et madame la duchesse a donné des ordres... Le cocher aura oublié... C'est que, si vous saviez, nous avons tous perdu la tête... Mon Dieu ! que va dire madame ?...

— Tranquillisez-vous, je ne lui parlerai de rien, fit la douce voix redevenue gaie. Faites-moi donner seulement une chambre pour que je puisse changer de vêtements, et un peu de feu pour me réchauffer... Je suis glacée...

La grille s'ouvrit avec un grincement. Colette entra, furtive. Une forme d'homme, noire dans la nuit noire, enleva la malle sur son épaule, et ils gagnèrent le château dont la masse se détachait en gris dans les ténèbres... Dans une chambre du rez-de-chaussée, près de l'office, où brûlait un grand feu, la jeune fille put enfin se remettre. En la laissant seule, le jardinier-concierge avait dit :

— Mademoiselle, vous êtes passée par Nantes... Ici, nous ne savons encore rien... Là-bas, avez-vous entendu dire quelque chose ?

— A quatre heures, la séance du Conseil de guerre durait toujours.

Le jardinier soupira, hocha la tête, et referma la porte. Il avait allumé des bougies. Quand elle fut seule, Colette rejeta son manteau ruisselant et lourd et apparut dans toute la grâce de ses vingt-deux ans : mignonne, tout à la fois flexible et robuste, brune, de ce brun à reflets qui fait ressembler les cheveux à du bronze sur lequel se joue la lumière, les yeux gais et tendres, la bouche un peu grande et rouge. Cela, chez les autres, n'eût fait que les rendre très jolies ; mais il y avait de plus, chez elle, un charme exquis venu de sa rare intelligence, une attraction irrésistible venue de sa personne tout entière, de ses gestes comme de son regard, comme de sa voix, comme de son sourire. C'était bien la charmeuse dépeinte à la duchesse lorsque celle-ci avait demandé des renseignements à Paris où Colette était sous-maîtresse, la charmeuse d'enfants qui serait une charmeuse d'hommes, triomphant des mauvais vouloirs et des révoltes, des rancunes et des méchancetés, affirmant partout la victorieuse puissance de sa douceur et de sa séduction.

Fille aînée de madame Nathalier, veuve d'un médecin mort sans fortune, Colette avait accepté la place d'institutrice chez madame de Villefort pour secourir sa mère malade et aider à l'éducation de ses deux frères plus jeunes. L'institutrice qui l'avait précédée au château était partie en pleine catastrophe, au lendemain de l'arrestation du duc Horace. La duchesse, en écrivant à Colette, n'avait pas voulu qu'elle ignorât le drame au milieu duquel la jeune fille allait tomber.

Colette avait répondu, simplement :

— « Vous êtes malheureuse : j'accours. »

Quand elle eut passé d'autres vêtements, elle prévint qu'elle était prête Un valet de chambre l'attendait pour la conduire auprès de la duchesse. Il s'inclina et marcha devant elle sans un mot. L'intérieur du château n'était même pas éclairé. C'était la nuit, la nuit toujours, et Colette sentait une inquiétude vague, une sorte d'effroi sans raison lui déprimer l'âme. On eût dit que la femme qui commandait, la mère, frappée par la foudre dans l'orgueil de son nom, dans la tendresse de son amour, avait voulu s'envelopper de ténèbres pour qu'on ne vît pas sa rougeur et ses larmes. Le valet de chambre ouvrit lentement une porte, dit à voix basse, pour annoncer : « Mademoiselle Nathalier ! » s'effaça et referma la porte sans bruit, comme en rêve.

Elle se trouvait dans un petit salon qui n'était qu'à demi éclairé par une lampe posée sur une table à ouvrage.

Et il y avait là plusieurs personnes qui semblèrent n'avoir pas entendu que l'étrangère était entrée. Assise la tête penchée, les mains croisées, vêtue de noir, la duchesse Edith de Villefort la mère en deuil de l'honneur du fils, — était celle qu'éclairait le mieux la lumière de la lampe. Sous les bandeaux blancs de ses beaux cheveux, s'appesantissant sur son front, une tristesse, un désespoir sans limite, car les yeux étaient rouges et enflammés à force d'avoir pleuré.

L'un près de l'autre, debout devant une fenêtre, essayant de voir dans la nuit, au milieu de la rafale, guettant la venue d'une dépêche envoyée de là-bas, du Conseil de guerre, un jeune homme et une jeune fille, deux enfants plutôt, car ils n'avaient l'un et l'autre que quinze ou seize ans, tournaient le dos, et eux non plus n'avaient pas vu Colette, insensibles à toute autre chose qu'à cette tragédie qui se passait à Nantes, et où peut-être allait sombrer toute une race.

La duchesse, enfin, releva la tête et regarda Colette. Leurs yeux se croisèrent et la douceur et le charme de la jeune fille entrèrent dans cette âme aux abois, car madame de Villefort lui tendit la main en disant :

— C'est bien... on me l'avait dit... Vous êtes une charmeuse... Soyez la bienvenue, mademoiselle, dans notre triste maison...

Elle se retourna, languissante, et, élevant la voix, elle appela :

— Roland ! Louise !

Les deux jeunes gens se rapprochèrent et madame de Villefort leur dit :

— Voici mademoiselle Nathalier, dont vous attendiez l'arrivée...

Puis, à Colette, les présentant :

— Roland, mon second fils... Mademoiselle Louise d'Entraguay, ma filleule, qui sera plus particulièrement votre élève...

En une intuition rapide, Colette comprit que dans ce jeune garçon aux larges épaules, au front obstiné, aux yeux en dessous, percés en vrilles sous une arcade profonde, sorte de jeune colosse poussé avant l'âge ; que dans cette fillette blonde aux yeux verts, jolie déjà mais d'une beauté rude, au regard insolent et railleur, à la lèvre dédaigneuse, Colette comprit, devant lui et devant elle, que, sans savoir pourquoi, elle allait trouver en eux deux ennemis. Ils se débattirent, un moment, sous la séduction dont la charmeuse les enveloppa et, s'étant à peine inclinés, ils allèrent, auprès de la fenêtre, reprendre le poste de leur douloureuse attente, le regard dans la nuit.

Tout à coup, dans le fond du salon, quelque chose s'agita que Colette n'avait pas remarqué encore, à cause d'un haut paravent placé entre un fauteuil et la table à ouvrage. Une main maladroite et qui tremblait venait de replier deux feuilles de ce paravent qui découvrirent un vieillard à demi couché dans le fauteuil et qui la regardait. Le vice-amiral marquis de Vivarez, frère de la duchesse, avait été frappé d'une attaque d'apoplexie, quelques semaines auparavant, à la nouvelle que le duc Horace, son neveu, venait d'être arrêté sous l'accusation d'assassinat. On lui avait sauvé la vie, mais ses jambes étaient restées paralysées.

La duchesse amena vers lui la jeune fille :

— Voici mademoiselle Nathalier, mon frère, dit-elle. Je désire qu'elle vous plaise, puisqu'elle doit être votre compagne et votre lectrice.

L'infirme regarda l'institutrice très longuement, comme avec un peu de crainte tout d'abord, puis ses yeux eurent une expression triste. Il souleva péniblement ses deux mains qu'il tendit à Colette et dont elle s'empara. Elle sentit la douce étreinte de ces doigts jadis robustes, et le vieillard hocha la tête en murmurant :

— A qui ne plairait-elle pas?... Je souhaite que la tâche ne vous semble pas trop lourde, mon enfant... et que votre jeunesse ne s'effraye point de la crise où nous sommes... Au milieu de nos angoisses et de nos espérances, restez souriante parmi nous. Pour nos yeux fatigués votre sourire sera un repos...

Ses mains retombèrent sur ses genoux. Et, s'adressant à sa sœur :

— Edith, c'est effroyable d'attendre ainsi... Quelle heure est-il donc ?

Au même instant, la pendule sonna six heures.

— Six heures... Le Conseil de guerre doit rendre sa sentence... L'avocat nous avait promis de télégraphier d'heure en heure. Et depuis quatre heures, nous n'avons rien reçu... Que se passe-t-il, mon Dieu, que se passe-t-il ?

De la fenêtre où ils guettaient, Roland cria :

— Une dépêche, mère, une dépêche !

Un homme venait d'entrer dans la cour, en effet, arrivant du télégraphe.

Quelques secondes... et le valet de chambre, au salon, remettait un pli bleu à madame de Villefort. Et il y eut là, entre tous, à ce moment, une anxiété terrible... Ce chiffon de papier, que contenait-il ?... Les doigts frémissants de la duchesse n'osaient l'ouvrir... Elle le laissa tomber sur la table.

— Je ne peux pas, dit-elle... Je ne peux pas...

— Du courage, Edith !... Donne, je la lirai.

Elle ramassa la dépêche et la lui tendit tout ouverte : le vieillard avait trop présumé de ses forces, ses yeux brouillés de larmes ne pouvaient distinguer les caractères tracés là.

Mais celui de tous, peut-être, qui semblait le plus profondément troublé, c'était le jeune colosse de quinze ans, Roland, qui, penché vers sa mère, les lèvres blanches, le regard affolé, les mains instinctivement tendues, pour saisir et comme pour broyer, restait hypnotisé par la dépêche, vraiment comme si sa vie avait été suspendue à la révélation qui allait en sortir.

Alors, la duchesse, à Colette :

— Mademoiselle, vous le voyez, personne de nous n'a le courage... Que ce soit vous... et plaise à Dieu que ce soit un bonheur que vous nous annonciez !

Mais au moment où Colette prenait la dépêche, une main s'interposa, arracha le papier bleu, brusquement,

et Roland dit, d'une voix que l'émotion enrouait, rendait sourde et presque inintelligible :

— Ce sera moi, et non pas cette étrangère !

La duchesse eut un frémissement et devint toute
pâle. Devant ce manque de respect, on eût dit qu'elle
allait se révolter et sévir. Chose singulière ! il n'en fut
rien. Elle baissa les yeux devant le regard de Roland.
Les coins de ses lèvres s'affaissèrent en une contraction
qui trahit le désespoir sans borne d'une humiliation
sans remède.

— Roland ! Roland ! bégaya-t-elle.

Le vieillard, dans son fauteuil, avait bien vu que des
paroles s'échangeaient. Il n'avait rien entendu ; mais
Colette, surprise, entrevoyait une énigme.

Roland lisait les nouvelles données par l'avocat :

« Les débats sont terminés et les membres du Conseil
de guerre viennent de se retirer pour délibérer. La
délibération peut être longue et je n'ai pas voulu vous
laisser plus longtemps sans dépêche. Je serais coupable de vous donner une fausse joie. Il me semble,
malgré toute la chaleur que j'ai mise à prouver l'innocence de votre malheureux fils, que je n'ai pas réussi
à convaincre les juges. Soyez donc courageuse,
madame, et si mes tristes prévisions se réalisent,
faites savoir au duc que, en dépit de tout, vous avez
foi dans le triomphe de la justice et de la vérité. Re-
levez son énergie par l'exemple de la vôtre. Il est bien
abattu et il ne faut pas que quelque acte suprême donne
raison à ceux qui l'accusent en leur permettant d'y
voir un aveu du crime commis, là où il n'y aurait eu
qu'une minute de folie désespérée. »

— Mon fils songe au suicide !

Tel fut le cri de cette mère, auquel répondit la voix
du vieux marin nette et vibrante, comme aux jours où

il commandait aux tempêtes de la mer, moins affreuses que les tempêtes des cœurs :

— Tu méconnais ton fils et tu l'accuses d'une lâcheté... Il faut croire à son innocence, à son innocence quand même, contre tout et contre tous... ou bien, alors, il est perdu !... Son suicide serait un aveu... Horace ne se tuera pas !...

Épuisé, il ferma les yeux et parut s'endormir. Des frissons nerveux, qui parcouraient ses doigts, disaient, seuls, qu'il restait bien éveillé, prêt à défendre — cet infirme cloué dans son fauteuil — contre le monde entier le noble et beau garçon qu'était le duc Horace et qu'il aimait à l'égal d'un fils.

La mère retenait avec peine ses sanglots.

— Il est innocent ! Et ils vont le condamner !

Roland et Louise avaient repris place devant la fenêtre. La pluie ne cessait pas. Le vent sinistre passait dans les ruines, sifflait, grondait, hurlait, et les rafales battaient les vitres à coups redoublés.

— Madame, dit Colette, je vous supplie de croire que, bien que votre fils me soit inconnu, je partage vos terreurs. Je crains pourtant que ma présence ne vous paraisse importune... Je vous demande la permission de me retirer.

Madame de Villefort tourna, malgré elle, son regard vers Roland.

On eût dit qu'il commandait en maître, cet enfant, et que devant lui tout tremblait, malgré son jeune âge.

La duchesse attendit que Roland parlât.

Comme il se taisait :

— Restez, mademoiselle, si vous ne redoutez pas le triste apprentissage que vous allez faire de notre vie.

Colette se contenta de porter à ses lèvres les mains de la duchesse.

A la fenêtre, Roland, penché vers la nuit, aperçut dans la cour la lanterne de l'homme du télégraphe.

— Mère ! mère ! dit-il d'une voix étouffée.

— Une nouvelle dépêche ?

— Oui.

La dernière ! Ils allaient savoir ! C'était le bagne, à coup sûr ! Mieux eût valu la mort qui délivre et qui soulève parfois la pitié des hommes...

Le laquais venait d'entrer, était ressorti, silencieux.

Et tous, sauf l'infirme à demi soulevé, entouraient le fatal papier qui contenait le secret de l'avenir, la honte du présent, la ruine de tout un antique passé de vertus, d'héroïsme et d'honneur...

Ou, peut-être, qui sait ? la joie folle, la joie délirante, dangereuse, impossible, de l'acquittement !...

La duchesse étendit les mains vers la dépêche :

— Quelle que soit la révélation qu'elle apporte, dit-elle, je jure que jamais je n'ai eu le moindre soupçon sur mon fils et que, jusqu'à ma mort, je crierai son innocence !

L'infirme étendit le bras :

— Comme toi, Edith, je le jure !

Et Roland et Louise, en frémissant, murmurèrent

— Et nous aussi, comme vous, nous le jurons !

Alors, ferme, résolue, sans plus trembler et la tête haute, madame de Villefort déchira le papier et lut.

La dépêche disait :

« J'ai le bonheur de vous apprendre que le duc Horace vient d'être déclaré non coupable, à la majorité d'une voix ! »

Et soudain, sous le coup d'une trop brusque et trop grande joie, comme si elle venait d'apprendre que son fils venait d'être condamné à mort, la duchesse s'évanouit, pendant que le marquis, pris d'un tremblement convulsif. ne pouvait retenir ses larmes, et que Roland, un moment immobile, pareil à quelqu'un qui n'aurait pas *compris*, s'abattait tout à coup dans un fauteuil, en proie à une effroyable crise de nerfs, poussant des cris inarticulés.

La duchesse semblait morte.

Colette sonna, s'empressant auprès de la pauvre femme, pendant que mademoiselle d'Entraguay prodiguait des soins à Roland.

Les gens accoururent.

Devant le spectacle de ces désespoirs, ils crurent à quelque chose de tragique, à une condamnation à la peine capitale.

Et comme ils aimaient leur maître, ils se mirent à sangloter.

Mais le marquis, déjà plus calme, disait, et sa voix tremblait :

— Acquitté ! Il est acquitté ! Réjouissez-vous !

Alors, la scène changea. Et à la surprise de toutes ces physionomies, à leur stupéfaction, il fut aisé de comprendre que personne ne s'attendait à cette nouvelle. Pour eux, de même que pour le pays tout entier, le duc, coupable ou non, serait condamné, tant il y avait de preuves !

Et comme ils avaient l'air de douter, le marquis montra la dépêche :

— Lisez ! lisez !

Ils se passèrent le papier de main en main. C'était vrai ! Acquitté ! Quelle joie ! quelle délivrance que cette fin de cauchemar !

La duchesse revenait à elle. Des larmes abondantes la soulageaient, larmes de bonheur. Ce fut elle qui, éloignant les domestiques, soigna seule Roland dont la crise redoutable continuait, les poings serrés lancés en

avant avec une force de catapulte, le corps plié en arc
de cercle, les yeux perdus et les dents grinçantes dans
un crissement aigu. Quand, au bout d'une heure, il
rouvrit les yeux, il resta hébété, anéanti. Mais l'intelligence pourtant était éveillée, car il murmura :

— Est-ce bien vrai ? Est-ce bien vrai ?

— Oui... Ecoute !

Et elle lui relut la dépêche, cause de tout ce drame.

Discrètement, Colette, quand elle vit qu'on n'avait
plus besoin d'elle, se retira et se fit conduire dans la
chambre qu'on lui avait réservée, au second étage du
château. Il y avait non seulement une chambre, mais
un petit salon contigu, élégant, joliment meublé de
meubles modernes, les deux pièces ayant chacune
deux fenêtres, et devant être très éclairées et très gaies ;
car, autant que la jeune fille put s'orienter, elles donnaient sur les ruines pittoresques du donjon et sur
toute la vallée de la Maine.

Une lampe était allumée dans la chambre, une autre
dans le salon. Du feu brûlait dans les deux pièces. Et,
par une attention délicate, une table dressée indiquait
à Colette qu'elle pourrait, ce soir-là, dîner chez elle si
elle le désirait et à l'heure qu'elle choisirait.

Il était sept heures. Elle avait faim. Elle sonna et se
fit servir. Ce fut une femme de chambre qui accourut,
toute gaie, les yeux brillants :

— Oh ! mademoiselle, quel bonheur ! M. le duc
acquitté !... Si vous pouviez voir ! Toute la maison est
sens dessus dessous !

En servant Colette, elle ajouta :

— M. le duc doit être remis en liberté. Alors, sûrement, il prendra le premier train pour revenir à Villefort. Après une pareille secousse, ses chefs lui donne-
ront bien quinze jours de congé.

Quand elle eut dîné, que la table fut desservie et que Colette se retrouva seule, elle consulta son indicateur.

Il y avait un train qui partait de Nantes à neuf heures onze minutes et qui arrivait à Clisson à neuf heures cinquante-quatre. C'était le seul train que pouvait prendre l'officier. Il serait au château vers dix heures un quart. Elle ne se coucha pas, bien qu'elle fût fatiguée. Un singulier énervement la soutenait, avec une curiosité dont elle ne se rendait pas compte. Elle voulait voir cet homme, qui venait d'échapper à un danger si terrible. Elle défit sa malle et rangea ses affaires pour passer le temps. Parfois, elle allait à la fenêtre, consultait le ciel. Vers neuf heures seulement la pluie cessa et le vent, qui continuait, déchira les nuages. Un peu de bleu apparut avec des étoiles, la lune brilla.

— Ce sera moins triste pour son retour ! murmura Colette.

Un peu avant dix heures, elle entendit qu'une voiture sortait, allant à la gare. Alors, elle ouvrit sa fenêtre et, malgré la fraîcheur de la nuit, augmentée par les ondées glacées dont les torrents coulaient encore sur tous les chemins, elle resta là, dans l'obscurité, ayant éteint ses lampes, invisible et voulant voir.

A dix heures un quart, le coupé reparut. La porte en haut du perron s'était ouverte et tout était éclairé, cette fois, dans l'intérieur du château, car une partie de la cour fut inondée de lumière. En se penchant, Colette aperçut madame de Villefort sur le perron, frémissante, les bras tendus dans le vide. Et quand le coupé fut à la grille, un homme en sauta, traversa la cour, tendant les bras, lui aussi, et à travers des sanglots bruyants, mais des sanglots de joie, Colette en-

tendit l'officier qui disait, redevenu enfant devant sa
mère :

— Oh ! maman ! oh ! maman ! oh ! ma pauvre petite
maman !

Puis la porte se referma, cachant aux fantômes des
arbres, aux ombres vacillantes qui peuplaient la nuit,
l'intimité de ce bonheur intense, sans égal. Et Colette,
là-haut, se sentait tout émue encore, en écoutant cette
voix troublée, cette voix très douce, qui avait mur-
muré, sur ces lèvres d'homme, ces jolis mots d'enfant.

Ils durent se coucher très tard. Ils avaient tant de
choses à se dire, tout ce drame à se raconter ! Elle-
même succomba bientôt à la fatigue et s'endormit. Le
lendemain, quand elle s'éveilla, il faisait un gai soleil,
et elle se précipita vers la fenêtre, dans sa hâte de voir
clair enfin et de sortir de cette tombe de ténèbres où
elle était ensevelie depuis son arrivée.

Devant elle, à ses pieds, la vallée de la Sèvre,
dans toute sa grâce, avec ses élégantes villas, ses
chapelles grecques, ses statues, urnes, stèles, obé-
lisques au milieu des bois que l'automne avait dépouil-
lés et où les chênes seulement conservaient encore un
reste de parure. Et près d'elle, les ruines sévères de
l'ancien château, par lesquelles il était facile de reconstituer la toute-puissance des seigneurs altiers d'autrefois.

Depuis que Colette savait qu'elle devait venir vivre là,
elle les avait apprises par cœur ces ruines, et personne
mieux qu'elle n'aurait pu en expliquer l'histoire.

Elle reconnut, du premier coup d'œil, l'*If des Vic-
times*, qui ombrage un puits de sinistre mémoire : c'est
dans ce puits qu'aux massacres de Clisson, en 93, furent
jetés vivants des vieillards, des enfants et des femmes.

Elle la savait aussi par cœur, l'histoire tragique des

Girodias et des Villefort, inscrite, en souvenirs sanglants, dans tout le pays de Vendée.

Ce n'était pas la première fois, — la veille, devant ce
Conseil de guerre de Nantes, — que les deux familles
se trouvaient aux prises : il n'y avait pas un petit enfant, aux alentours, qui ne pût raconter comment ces
deux haines, vieilles d'un siècle déjà, avaient commencé.

Le 10 septembre 1793, lorsque la révolte éclata aux
massacres de Machecoul, les Vendéens de Villefort,
sur l'ordre de leur chef, avaient pendu un Girodias, la
tête en bas, parce qu'il faisait cause commune avec les
Bleus. Six mois plus tard, le fils de ce même Girodias,
qui se battait comme son père avec les Bleus, s'emparait de Villefort, lui faisait, par un raffinement de supplice, couper les deux mains et, ainsi mutilé, le pendait
en face de son château en flammes, la tête en bas.

Trente-neuf ans se passèrent, et en 1832, dans le
soulèvement de la Vendée par la duchesse de Berri, les
Girodias et les Villefort se retrouvaient en présence à
La Pénissière, et un sergent Girodias brûlait vivant
un Villefort réfugié dans la tour avec une vingtaine de
Vendéens.

Tout s'apaisa depuis lors. Les mœurs s'adoucirent.
Le temps effaça ces souvenirs tragiques. Pourtant, il
en restait des traces, perpétuées par l'orgueil des
hommes. De l'autre côté de la Sèvre, sur le coteau qui
faisait face aux majestueuses ruines de Clisson, les Girodias, enrichis par l'achat des biens nationaux, avaient
fait bâtir les Grandes-Roches, et sur l'emplacement où
avait été pendu l'aïeul des Girodias s'élevait un belvédère en haut duquel était plantée une énorme girouette
en forme de potence. Et près du chêne où fut accroché,
moignons sanglants, le général de Villefort, la famille,

sous la Restauration, avait fait élever et consacrer une chapelle.

Soudain, dans cette paix qui durait depuis soixante ans, éclata la foudre.

Le 10 septembre 1893, jour pour jour cent ans après la pendaison du premier Girodias, le châtelain des Grandes-Roches est trouvé chez lui, assis à la table de son cabinet de travail, mort, un poignard dans le dos.

Cette mort ramenait entre les deux familles l'égalité du sang répandu et rallumait, comme un formidable incendie, la haine que l'on croyait éteinte.

Certains indices désignèrent le duc Horace, des preuves l'accablèrent. Il y faillit succomber. Toute la Vendée s'enfiévra de cette tragédie née aux sources lointaines du passé, quand retentissaient les signaux des chouettes, dans les halliers pleins d'épines, les cris des chefs : « Egaillez-vous, les gars ! », et les chants joyeux, au lendemain des victoires :

Monsieur d' Charette a dit à ceux d' Clisson :
Le canon
Fait mieux danser que ne fait le violon.
Prends ton fusil, Grégoire,
Prends ta gourde pour boire,
Prends ta vierge d'ivoire.
Nos messieurs sont partis
Pour chasser la perdrix...

L'opinion publique adopta la culpabilité du duc sans savoir parce qu'elle trouvait dans ce meurtre la logique et l'équilibre des meurtres précédents. Cela faisait deux Girodias tués contre deux Villefort tués. Mais le pays se souleva, unanime, devant cette haine de races persistante au milieu de la douceur des mœurs modernes, et il n'y eut pas une voix pour défendre l'accusé, pas une voix pour dire : « Il est peut-être innocent ! »

Et celui qu'on accusait d'un crime horrible et lâche, Colette, au même moment, le voyait sous les avenues de sapins où il avait entraîné la duchesse pour jouir de cette belle matinée tout ensoleillée et toute pleine de joie. Elle le voyait à chaque pas s'arrêter pour envelopper sa mère dans l'étreinte passionnée de ses bras et pour la couvrir de baisers. Elle put distinguer son visage : il était calme et souriant. La paix était revenue dans ce cœur de soldat, la fierté sur ce front intelligent, la limpidité dans ces yeux bleus. Ses cheveux coupés très ras étaient noirs et il avait la moustache blonde, retombante. Grand, bien pris, les épaules larges, sanglé dans son uniforme de petite tenue, respirant la loyauté, la bravoure, la droiture, il n'avait pas dû être facile de se figurer ce jeune homme s'avançant, en dissimulant tout bruit, derrière un vieillard sans défense, et soudain le frappant d'un seul coup, par derrière !

Lorsque la mère et le fils rentrèrent, Colette descendit pour prier la duchesse de lui fixer l'emploi de son temps. Dès le jour même elle voulait entrer en fonctions.

Elle trouva madame de Villefort dans le petit salon qui était la pièce du château où elle se tenait de préférence : Louise était auprès d'elle ; près de la fenêtre ouverte, Horace, assis dans un fauteuil, avait attiré son jeune frère entre ses jambes et lui demandait en souriant :

— Et toi, ami Roland, qu'est-ce que tu aurais fait pour me venger et pour me justifier si on m'avait condamné devant le Conseil de guerre ?

— Je ne sais pas, frère... je crois que je me serais tué !... dit Roland, très bas.

Et échappant aux caresses fraternelles, il alla se

réfugier au fond du salon, où il tomba sur le coin d'un canapé. Et il resta là, les yeux sombres, très pâle, avec des frissons de fièvre.

Horace le regarda avec inquiétude, et il allait se lever pour se rapprocher de l'enfant et lui demander la cause de son émotion, lorsque le grincement de la grille qui s'ouvrait attira son attention.

Il se pencha, resta un moment comme frappé de stupeur et retint une exclamation qui fit lever les yeux à madame de Villefort.

Deux jeunes gens entraient au château, descendus de cheval devant la grille ; tous deux grands, robustes, le visage dur et comme taillé à coups de serpe, ils étaient d'une ressemblance étonnante.

— Pierre et Gaston Girodias! murmura la duchesse. Que viennent faire ici, chez moi, les enfants de cet homme ?...

C'étaient, en effet, les fils de la victime qui se présentaient à Villefort, graves, sombres, vêtus de noir, les yeux vers le château, comme s'ils avaient voulu en deviner les mystères ou comme s'ils voulaient en défier le bonheur.

Le duc Horace, instinctivement, se rapprocha de sa mère pour la protéger. Ils étaient tous les quatre très émus, dans l'attente d'un événement qui peut-être allait influer sur leur vie. La violence des fils Girodias était connue. C'étaient deux hommes élevés en sauvages, dont la vie s'était passée dans les forêts de Pouzauges et de Thifauges à chasser le cerf et le sanglier. Jamais on ne les voyait l'un sans l'autre. Ils s'adoraient, se complétaient. On n'avait rien à leur reprocher, si ce n'est leur mutisme. Les pauvres gens du pays les aimaient, car ils faisaient l'aumône. Mais ils étaient charitables à leur manière, brutalement. Ils avaient été

très éprouvés par la mort de Girodias, et pendant un
mois ils s'étaient enfermés aux Grandes-Roches, refusant de sortir, dans un deuil farouche. Ils n'avaient
point pris part à l'enquête. Seulement, la veille, ils
avaient assisté à la séance du Conseil de guerre. Ils
voulaient du moins voir condamner l'homme qui avait
tué leur père. Et quand ils avaient entendu l'acquittement, ils avaient eu, l'un vers l'autre, un regard de folie.
Ils s'étaient levés, sous l'empire de la même exaltation,
et les bras vers les juges, qui pourtant avaient jugé selon leur conscience, ils avaient crié d'une voix reten-
tissante :

— Malheur à lui ! malheur à lui !

Des amis les entraînèrent hors de la salle. Mais déjà
ils avaient repris leur sang-froid. Ils étaient redevenus
muets. Et le soir de ce jour, le même train qui ramena
le duc Horace à Villefort ramena les deux frères aux
Grandes-Roches.

Que venaient-ils faire au château ?

Ils traversèrent lentement la cour, et sur le perron un
domestique les reçut. Comme les fenêtres du petit salon étaient ouvertes, on entendit très bien qu'ils demandaient à parler au duc. Celui-ci sonna, donna l'ordre
qu'on les introduisît. La duchesse demanda :

— Veux-tu que nous nous retirions ?

— Non, restez tous, tous, et qu'on fasse descendre le
marquis...

Quelques secondes se passèrent. Le marquis était
levé, mais en général ne sortait pas de sa chambre
avant midi. Les gens le transportèrent dans son fauteuil
au salon. Il n'eut pas le temps de demander des explications, car au même instant Pierre et Gaston Girodias
entraient. Il tressaillit à leur vue et regarda le duc
Horace. Celui-ci était un peu pâle, mais d'un calme

absolu Roland, au contraire, tremblait, agité de frissons douloureux ; ses dents claquaient.

Les deux frères promenaient sur ceux qui étaient là un regard ferme et assuré, sans provocation. Mais leur dure physionomie ne disait rien de bon. Ils avaient tous deux au front, sur les sourcils, un même pli profond qui trahissait une âme implacable, et en même temps, dans toute leur personne, je ne sais quelle tranquillité presque insolente qui venait du sentiment de leur force : rudes, encore tout près de la terre, leurs passions devaient être effrénées, sans nuances ; leurs défauts, leurs qualités devaient être tout d'une pièce : ils devaient aimer comme ils devaient haïr, jusqu'à la mort.

Le duc indiqua des fauteuils ; ils restèrent debout.

Alors, Horace :

— C'est à moi que vous désirez parler ?

— C'est à vous...

— Je vous écoute. Et quel que soit ce que vous avez à me dire, vous pouvez vous exprimer sans crainte : tout le monde ici peut l'entendre.

Ils haussèrent les épaules.

— Que nous importe ! dit Pierre, l'aîné. Voici ce qui nous amène. Hier, devant le Conseil de guerre qui vous jugeait, une injustice criante a été commise en votre personne. Les juges ont prononcé votre acquittement, alors que tous, tous, nous attendions que vous fussiez condamné...

Il s'arrêta, croyant que le duc allait répliquer. Horace resta silencieux.

Pierre reprit :

— Ainsi, vous avez assassiné notre père et vous voici libre !... Votre acquittement a été prononcé. Les hommes ne peuvent plus rien contre vous. La loi est

précise : « Toute personne acquittée légalement ne
pourra plus être reprise ni accusée à raison du
même fait. » Aucune preuve nouvelle, si grave qu'elle
soit, dont le hasard amènerait aujourd'hui la découverte, ne ferait reviser le jugement qui vous sauve.
Votre aveu, échappé à votre remords ou à l'orgueil im-
prudent de votre triomphe, serait même impuissant à
vous perdre. Nul, maintenant, n'a plus le droit de vous
demander compte du sang que vous avez versé.

Horace l'interrompit, et avec douceur :

— Je ne puis vous laisser dire que je suis coupable, et
mon acquittement d'hier importe peu à ma conscience.
J'ai protesté devant mes juges lorsqu'ils m'accusaient.
Je proteste également devant vous pour la dernière
fois. Je comprends l'émotion où vous êtes en voyant
que le meurtre de l'homme que vous aimiez reste entouré de mystère et que le meurtrier risque de ne pas
être châtié de son crime. En m'acquittant, après ces
longs et mortels mois de prévention, les juges ont reconnu que je suis étranger à ce crime... Que ne faites-
vous comme les juges ?

— Jamais !

D'un ton plus ferme, sans sécheresse toutefois et
même avec de la pitié pour ces deux fils dont il voyait
l'inévitable haine, Horace reprit :

— Je ne sais encore quel est le but de votre démarche
auprès de moi ; veuillez, je vous prie, me l'expliquer.

— Votre sécurité est si grande, si absolue, monsieur
de Villefort, par le fait de cet acquittement, que même
s'il vous plaisait de renoncer au bénéfice du jugement
qui vous a rendu la liberté, que même si vous consen-
tiez à vous laisser juger de nouveau, le ministère public devrait réclamer pour vous et empêcher que vous
ne soyez jugé deux fois pour le même fait.

— Eh bien ! n'est-ce pas la loi ?

— Oui, c'est la loi. Elle vous protège. Mais mon frère et moi nous sommes venus vous dire que votre acquittement est une insulte suprême à la justice ! Nous venons vous marquer au front du sang de notre père ! Nous venons vous dire que la mort du vieillard crie vengeance et troublera notre sommeil tant que nous ne l'aurons pas vengée !

Les deux frères s'étreignirent les mains.

Et avec un calme étrange, saisissant, ils prononcèrent ces mots :

— Puisque les juges vous ont épargné, puisque désormais vous pouvez vivre sans crainte en vous riant publiquement de notre deuil et de nos larmes, nous, les fils de l'homme que vous avez assassiné, *nous vous condamnons à mort !*

La duchesse s'élança vers Pierre :

— Pourquoi ne point croire à l'innocence de mon fils ? Pourquoi vouloir réveiller les souvenirs de la haine d'autrefois entre votre famille et la nôtre ? Je vous jure, monsieur, que depuis longtemps toute haine est morte en nous. Que n'en est-il de même dans votre cœur !

— Ma mère, je vous supplie de ne pas leur répondre. Ils pourraient croire que vous voulez discuter avec eux et que vous redoutez leurs menaces.

— Prenez garde, mon fils... Je suis vieille... les drames d'autrefois sont plus près de moi que de vous, et les passions des anciens jours, qui m'ont été racontées par ceux-là mêmes qui les avaient partagées, résonnent encore à mes oreilles avec leurs cris de désespoir et de vengeance.

— Ma mère, ces temps ne sont plus, et si j'avais voulu m'en souvenir, cela m'eût été facile pendant les trois ans que vous, Pierre Girodias, vous avez passés sous

mes ordres dans mon escadron, et vous, Gaston Girodias, pendant l'année où, dans le même escadron, je
vous ai eu comme simple soldat. Le pouvoir de la dis-
cipline est terrible, presque illimité, et j'aurais pu l'ap-
pesantir cruellement sur vous. Je ne l'ai pas fait. Je ne
m'en glorifie pas ; je n'ai fait que mon devoir. Du reste,
je dois reconnaître que j'ai eu en vous deux soldats dé-
voués, d'une rare intelligence, prêts dans les ma-
nœuvres aux plus rudes travaux, comme ils seraient
prêts, j'en suis sûr, pendant une campagne, aux plus
redoutables dangers. Ai-je été pour vous le chef que
tous les soldats désirent rencontrer, juste, vigilant et
bon ?

— Oui. Lorsque, pendant l'enquête sur votre crime,
nous avons été interrogés sur nos rapports avec vous
durant notre vie au régiment, nous avons répondu que
vous étiez le chef pour lequel les soldats se font tuer en
guerre et que nous n'avions pas un reproche à vous
adresser.

— Et ce chef serait devenu un lâche et vulgaire assassin ! s'écria madame de Villefort avec violence.

— Ma mère, je vous en prie !

Et s'adressant aux deux frères :

— Votre démarche prouve trop combien votre conviction est profonde. Je ne ferai rien pour l'ébranler. Je
ne pourrais que répéter mes protestations. Vous me
condamnez, dites-vous? Eh bien! soit, condamnez-
moi !

Pierre, la main tendue, cria d'une voix vibrante, —
et Colette en frémit de tout son corps :

— La justice a été impuissante à vous frapper... Nous
nous substituerons aux juges et nous serons nous-
mêmes les justiciers.. sans trêve, sans pitié.. sans
crainte des représailles...

— Exécutez votre sentence, messieurs... Je ne ferai rien pour y échapper. Ai-je besoin de vous dire que je n'ai pas peur de vous?...

— Ne croyez pas à une menace que nous n'oserons exécuter.

— Votre menace est sérieuse et je vous connais... Vous êtes hommes à poursuivre votre haine... et à y sacrifier votre fortune et votre vie.

— Vous nous avez bien jugés. Merci.

Ils s'inclinèrent profondément et sortirent du salon.

Personne ne songea à les accompagner.

Tous étaient émus malgré eux, malgré leur énergie et leur fierté, malgré la réaction qu'ils auraient voulu montrer.

Elle était si visible, si grave, pour ainsi dire, l'ardente haine de ces deux jeunes hommes, que d'elle jaillissait, malgré tout, une impression sinon de frayeur, mais de malaise et presque de respect. Elle était née, cette haine, non point dans la rancune d'un passé sinistre, mais dans la conviction absolue que le duc était coupable, que justice avait été mal rendue et que vengeance devait être faite.

Colette avait très froid au cœur. Elle se voyait brusquement jetée dans un monde tout autre, dans un tourbillon de passions déchaînées, qu'elle ne soupçonnait pas, et où elle se sentait bousculée, invinciblement, sans que déjà il lui fût possible de résister et de se reprendre.

Gaston et Pierre ne l'avaient pas regardée, ne l'avaient pas vue.

Ils avaient vu, ils avaient regardé seulement l'homme pour lequel ils étaient venus, l'ennemi auquel ils avaient déclaré la guerre.

D'un pas lent, tête haute, ils traversèrent la cour jusqu'à la grille.

A la grille, ils s'arrêtèrent, se retournèrent.

On put distinguer alors, une dernière fois, leur rude visage hâlé, l'éclair de leurs yeux, la ligne singulière qui s'alourdissait sur les sourcils.

Ils eurent un même geste de menace et tout à coup, en une insulte suprême, ils crachèrent vers le château.

Mais Colette, seule, surprit l'outrage !...

Les autres réfléchissaient, silencieux, en une sorte d'accablement, presque de stupeur.

Ainsi, la veille, un conseil de guerre avait prononcé un acquittement et ils avaient eu le droit d'espérer, à Villefort, que c'en était fini avec ces infamies sanglantes. Ils se trompaient. La lutte continuait contre le mystère, contre l'accusation, contre la honte survivante, contre la croyance universelle sans doute, une lutte où le duc devait périr, puisqu'il ne pourrait se défendre; une lutte sans merci, acceptée sans armes !...

— Va pour la guerre ! murmura l'officier... Après tout, ils sont convaincus, ces garçons, et leur conviction est honorable. A leur place, qui sait si je n'en ferais pas autant ? J'avouerai même que leur idée n'est point banale et qu'elle m'intéresse. Je suis curieux de savoir par quel moyen ils vont exécuter leur sentence de mort.

En riant :

— Ils ont eu l'honnêteté de me prévenir ; je me tiendrai sur mes gardes.

Le marquis se taisait. Il avait paru rester insensible à toute cette scène, et pourtant ses yeux vifs et pénétrants n'avaient pas perdu de vue les deux frères.

— Quel est votre avis ? lui demanda la duchesse.

— Mon avis est celui de mon neveu. J'estime qu'il ne

faut pas prendre à la légère ce qui vient de se passer.
Ces deux garçons ont une nature énergique. Que pré-
parent-ils? Rien encore, sans doute. Il est évident qu'ils
ne vont rien entreprendre contre nous en plein jour.
Ils y mettront des formes, car, s'ils sont énergiques, ils
sont également patients. Je suis bien sûr que, pour le
moment, ils n'ont aucun plan arrêté. L'événement d'hier
est trop récent et ils n'ont pas eu le temps de se concerter.
Ils vont donc, au moins ces jours-ci, se laisser conduire
par le hasard... C'est à nous d'empêcher que le hasard
soit favorable à leur projet.

— Je ne me cacherai certes pas! s'écria Horace.

— Eh! qui te conseille pareille lâcheté? Il se peut, du
reste — et je le souhaite.— que leur résolution farouche
vienne à fléchir devant l'opinion publique. Cette opinion, hier encore, ne t'était guère favorable. hélas!
mais l'arrêt de tes juges, en proclamant ton innocence,
exercera peut-être une influence sur les esprits. Les fils
Girodias n'oseront tenir tête au pays tout entier, et,
après avoir cédé, comme ils viennent de le faire, à un
moment d'exaltation, ils finiront par se calmer.

La marquise, inquiète, mais entrevoyant un espoir,
demanda :

— Le croyez-vous vraiment, mon frère?

— Peut-être! Peut-être! fit le marquis en hochant la
tête.

Et il ne voulut pas se prononcer davantage.

Roland étreignait son frère dans ses bras :

— Partout où tu iras, je t'accompagnerai. Tu sais que
je suis fort! A nous deux nous ne craindrons personne.

Le duc sourit et l'embrassa :

— Oui, tu es fort. Bien que tu n'aies que quinze ans,
tu es presque aussi robuste que moi. Mais je n'aurai
pas besoin de garde du corps. C'est moi seul qu'ils at-

taquent. Je veux être seul à me défendre. J'emploierai
contre eux les armes qu'ils emploieront contre moi.
Mais pour leur prouver que ma conscience n'est point
troublée par leurs menaces, j'irai cette après-midi me
promener à cheval vers les Grandes-Roches...

La duchesse frémit. A quoi bon les braver? Allait-elle
donc vivre, ainsi que depuis des semaines, dans de
perpétuelles angoisses?

Elle n'osa pourtant s'opposer à ce projet. Son orgueil,
à elle aussi, se révoltait à la pensée que les fils de Girodias pouvaient croire qu'au château de Villefort, au
milieu de ces ruines qui avaient connu tant de bravoure, on tremblait!

Ce jour-là était un dimanche.

Après le déjeuner, Horace fit seller un cheval et sortit.
Le beau temps continuait, un peu froid, avec un ciel
très pur.

Roland guettait son frère.

— Je t'en prie... laisse-moi t'accompagner!

En souriant toujours, mais d'un ton ferme:

— Non. Et n'aie pas peur! dit Horace.

Tout le pays savait déjà qu'il était arrivé à Clisson,
la veille au soir. Le duc voulait apprendre, par lui-
même, comment on accueillait son retour. Il s'élança à
cheval et partit, au hasard des chemins creux, entre
les haies. Après les détresses de la prison, les in-
terrogatoires, les pièges tendus, les hontes accumulées,
se sentir hors de cette trame d'opprobres, libre enfin,
libre vraiment, et libre pour toujours, quelle joie! Et
comme il respirait, enfin soulagé de ce fardeau mortel!

Avant que Villefort disparût, le cavalier se retourna.

Sur le perron, la duchesse le regardait s'éloigner. Il
devina, dans son apparente froideur, l'épouvante de
cette pauvre âme de mère, et, du bout des doigts, il lui

envoya un baiser tout plein de sa tendresse filiale.

Ayant levé machinalement les yeux, il aperçut au deuxième étage, accoudée à la fenêtre, une silhouette élégante : Colette, qu'il avait à peine remarquée le matin au salon, à laquelle il n'avait adressé qu'un salut cérémonieux lorsque madame de Villefort l'avait présentée. Etait-elle jolie ? Etait-elle laide ? Il ne le savait pas. Il n'aurait pu le dire. Eût-il eu l'envie de s'en assurer, en cet instant précis, qu'il ne l'aurait pu : Colette semblait absorbée par le paysage dont les plans se déroulaient devant elle, à ses pieds, sur la longée pittoresque des bords de la Sèvre.

II

UN CALVAIRE

Le premier paysan, chargé d'un fagot, qu'il croisa
dans le chemin creux, se rangea pour le laisser passer.
C'était un homme de Clisson, qui souvent avait affaire
au château. Pourtant, planté dans le sentier, le cou tendu,
il ne le salua pas. La bouche ouverte, les paupières cli
gnotantes, il prenait un air de bravade.

— Faut se déranger, encore ! murmura-t-il.

Le duc n'y prêta pas autrement d'importance. Au bout
du chemin creux, il gagna la route. C'était dimanche, nous
l'avons dit, et la cloche sonnait, à l'église, pour le premier appel des vêpres. A l'entrée de Clisson, un groupe
d'hommes et de femmes causait. Et causait de lui sans
doute, car soudain, quand il apparut, tout le monde fit
silence· On se poussa du coude. On se le montra avec
des gestes en dessous.

Il entendit :

— Il n'a pas trop dépéri en prison.

— Au contraire... on dirait qu'il a engraissé.

— Faut en avoir du toupet pour oser se montrer dans le pays, après un coup pareil.

— Oui, mais on lui fera la vie dure... Il finira par s'en aller

Ils ne s'étaient pas gênés pour parler. Horace ne perdit pas un mot, et en passant devant le groupe hostile, son regard calme et doux, bien triste pourtant, essaya, dans un reproche, de faire baisser les yeux qui le poursuivaient de leur insolence cruelle. Quand il fut passé il entendit des rires insultants. Et à son oreille parvinrent quelques mots où il était question de lui, où il crut distinguer son titre de duc accolé à une épithète sanglante. Il sentit un frisson chaud monter à la nuque, avant-coureur d'un malaise. Ses yeux, un moment, se voilèrent, et son cœur s'arrêta de battre. Mais il se raidit, s'affermit en selle.

— Non ! non ! ce n'est pas possible ! J'ai mal entendu...

Les visages pâles de haine et de colère, les poings tendus, ils semblaient le chasser, du geste, hors de ce pays qu'il souillait de sa présence.

Il voulut faire face à l'orage, enleva son cheval et revint vers le groupe dont personne ne se dérangea.

— C'est à moi que vous en avez, mes amis? demanda-t-il doucement, après avoir porté la main à son képi. Que me voulez-vous et puis-je vous être bon à quelque chose?

Ils tournèrent le dos et se dispersèrent sans lui répondre.

Alors il comprit — le voile se déchirant — il devina que dans ce coin de terre où chacun le connaissait, où tout le monde avait commenté ce meurtre de Girodias, il passait toujours et malgré tout pour le meurtrier. Quelque chose chez ces gens-là était plus fort que le jugement rendu : c'était leur conviction personnelle. Et ils en concevaient une irritation qui déjà s'accusait par cette attitude de révolte contre lui. Depuis la veille, depuis la séance du conseil de guerre, le pays n'avait pas eu le temps d'être travaillé par les fils Girodias. C'était donc leur propre et instinctive opinion qu'ils exprimaient ainsi.

Le duc s'éloignait au pas de son cheval.

Dans la rue de Clisson, le curé s'en venait vers l'église.

— Celui-là me saluera, du moins, et causera peut-être avec moi. Il est l'ami du château. Il m'a vu naître. Il sait bien que je ne suis pas capable de commettre un crime.

Mais, quand le duc passa, le curé avait le dos tourné et paraissait très occupé à causer avec une fillette, sur le seuil d'une porte.

Le duc soupira.

Son cœur était bien gros. En l'honnêteté de son âme, il n'y avait pas seulement de l'indignation pour tant d'injustice, — il y avait une vive, une saignante douleur. Son visage se contracta en une navrante angoisse, puis redevint tout à coup sévère, — tout empreint du calme de sa conscience et du mépris mêlé de pitié qui venait de son orgueil.

— Allons, dit-il, c'est le calvaire. J'irai jusqu'au bout.

Assis sur un banc, devant la porte de la gendarmerie, deux gendarmes fumaient leur pipe au soleil.

Ils se levèrent lentement, rentrèrent, comme s'ils n'avaient rien vu et comme si l'homme qui s'approchait était un étranger pour eux.

Et pourtant c'étaient ces deux mêmes gendarmes, six semaines auparavant, qui étaient venus l'arrêter, et, alors, ils lui avaient dit :

— Monsieur le duc, ne vous désolez pas, ce ne peut être qu'une méprise.

Depuis, ils avaient bien changé!

Une bande de jeunes garçons et de jeunes filles s'en allait aux vêpres en se tenant par le bras. Filles et garçons s'arrêtèrent et se mirent à rire en le voyant passer. Et Horace entendit la même épithète à son nom, qui le fit frémir jusqu'au plus profond de son cœur.

— Non, non, ce n'est pas possible. Ce n'est pas cela qu'ils veulent dire.

Il mit son cheval au galop pour échapper à ce supplice.

Au bout du village, un mendiant sordide était assis, les jambes repliées sous lui, au bord d'un fossé. C'était un ivrogne qu'il connaissait bien et qui était célèbre dans tout le pays. On l'appelait Boileau, dit Mal-Nommé. Depuis une génération d'homme, personne ne pouvait se vanter de l'avoir vu dans son bon sens et sa raison. Si indigne qu'il fût, à Villefort, on lui faisait l'aumône. C'était là le centre où il se ravitaillait en vivres et se fournissait de linge et de vêtements quand venait la mauvaise saison.

— Est-ce qu'il va me fuir aussi, celui-là?

Non, Mal-Nommé resta en place, les yeux bridés, et quand le duc passa, le mendiant tendit la main en murmurant un *Pater*.

Horace lui jeta une pièce d'or.

L'autre l'attrapa au vol, se confondit en remerciements et glissa la pièce dans sa poche avec un sourire.

Et pourtant le duc entendit que l'ivrogne ajoutait:

— L'or et l'argent n'ont pas de couleur.

Le duc ferma les yeux, et une nausée de dégoût lui monta aux lèvres.

— Même cet être ignoble me reproche ce crime!

A deux cents mètres de Clisson, au bout d'une avenue
de peupliers, une ferme étalait sur le vert des prés la
blancheur de ses bâtiments badigeonnés à la chaux.
C'était la Glicière, une des fermes du domaine de Villefort, louée à de braves gens, doux, travailleurs et hon-
nêtes : les Trimalcier.

Il abandonna la grande route et prit l'avenue. On
avait déjeuné tard et plus longuement que d'habitude.
Toute la famille était encore à table. Quand il entra,
chacun se leva, s'inclina, et la fermière offrit une chaise.
Mais aux regards qui s'échangèrent, à la gêne de tout
le monde, à la froideur de l'accueil, le duc comprit.

Dans les yeux du fermier, un vieillard à barbe
blanche, grand, solide, ayant quelque chose de la
beauté antique, il y avait une douleur et de la sévérité.

Le duc sentit ses paupières s'emplir de larmes.

Il s'avança vers le vieillard. Un instant le jeune et le
vieux, le pauvre et le riche, loin l'un de l'autre par les
hasards de la naissance, très près l'un de l'autre par
la loyauté, un instant le duc et le paysan se regardèrent
jusqu'au fond de l'âme.

Et d'une voix brève le duc demanda :

— Ainsi, Trimalcier, vous aussi, comme les autres?
Vous! vous!...

Le vieillard baissa la tête et dit, triste :

— Moi comme tous les autres, comme tout le monde !

Alors, le duc salua sans voir, vaguement, autour de
lui.

Mais il fallut qu'un des fils vînt l'aider à monter à
cheval, car il tremblait, et il fallut que le cheval prît de
lui-même l'avenue, car son maître ne voyait plus clair.
Ses yeux étaient aveuglés par les larmes.

— Jusqu'au bout, dit-il encore... jusqu'au bout l'infâme calvaire.

Un quart d'heure après, il se trouvait devant les Grandes-Roches.

Les deux frères en sortaient, le fusil sur l'épaule, leurs chiens sautant autour d'eux avec des cris de joie.

Ils se rangèrent à l'approche de l'officier.

Quand il fut près d'eux, sans forfanterie Horace salua.

Les jeunes gens, graves et froids, répondirent à l'adversaire en ôtant leurs capes de chasse.

Nul n'aurait pu se douter que la haine veillait dans les deux cœurs et que, le matin même, des paroles de mort s'étaient échangées.

Loin des Grandes-Roches, Horace mit son cheval au galop.

Il avait hâte de rentrer à Villefort, de retrouver enfin des visages amis, des âmes confiantes, des lèvres desquelles ne tomberaient ni les insultes ni les sarcasmes.

Et quand il fut au salon, affolé, pris d'un tremblement qui malgré sa forte nature, le secouait misérablement, il resta longtemps silencieux, sans force pour répondre aux curiosités tendres et inquiètes qui l'interrogeaient.

Puis tout à coup son cœur se fondant enfin, il éclata en sanglots sourds que ses efforts à vouloir les étouffer rendaient plus douloureux.

Et, au milieu de ses sanglots, il répétait :

— Savez-vous, sur mon chemin, ce que tous disaient, ce que tous criaient en me montrant du doigt?...

Et avec rage, s'affaissant, à demi-évanoui :

— Le duc aux mains rouges !...

Ce premier contact avec l'opinion publique l'avait bouleversé.

Il ne sortit plus, se renferma dans son appartement, et on ne le revit que le soir, au moment du dîner.

Un peu avant, à la grille, on avait entendu une voix

nasillarde, **récitant un** *Pater* **d'un ton lamentable.**

C'était Boileau, dit Mal-Nommé !

Le jardinier lui jeta quelques sous et le chassa, car le mendiant était ivre.

Mal-Nommé partit en zigzaguant et murmura, en faisant sauter les sous dans sa main :

— Ça n'a pas de couleur et ça n'a pas d'odeur !

Le lendemain, Horace tenta la même aventure :

— A quoi bon ? lui avait dit sa mère. Laisse le temps calmer ces colères. On te rendra justice. Ils reviendront d'eux-mêmes à toi...

En réalité, c'était moins les paysans qu'elle redoutait que les entreprises mystérieuses des deux Girodias.

Que préparaient-ils, ceux-là, dans l'ombre ? De son balcon, la duchesse voyait le toit pointu des Grandes-Roches, sur le coteau opposé, de l'autre côté de la rivière. Que se passait-il là ? Et que s'y passait-il contre son bonheur ?

Déjà Horace était loin.

Ce fut, ce jour-là, un calvaire nouveau, plus douloureux encore que celui de la veille, que parcourut le pauvre garçon.

Autour de Clisson, dans tous les châteaux, il ne comptait que des amis.

Quelques semaines auparavant, il n'en aurait pu faire le compte.

— Je vais les compter aujourd'hui, se dit il.

Le premier château où il se présenta fut celui des Rouches, le plus voisin de Villefort. Les Villefort étaient un peu parents du baron de Villebray.

Horace demanda le baron.

Les domestiques ne s'attendaient pas à sa visite et parurent gênés. On l'aperçut à temps du château, pendant qu'il descendait de cheval. Il y eut un va-et-vient, des pourparlers, des paroles à voix basse, des pas pressés à l'intérieur.

Et lorsque le duc se présenta, il lui fut répondu que le baron de Villebray était à Paris, pour un temps indéterminé.

Rien de plus naturel. Cependant le duc ne le crut pas. D'un coup d'œil il avait découvert le mensonge sur la physionomie des gens qui lui parlaient. Il n'insista pas, remonta à cheval et partit.

Le temps était gris et sombre. Le vent soufflait avec violence, roulant, dans ce ciel bas, des nuages où l'on devinait de la neige, bien qu'on ne fût qu'en novembre. La campagne était à peu près déserte. Les travaux de la saison prochaine étaient terminés et les blés, les avoines et les seigles piquetaient de vert les labours. Horace croisa des charretiers qui le regardèrent curieusement sans le saluer. Jadis, tous ces gens-là le saluaient.

Il alla frapper au pavillon des Baratier. Il les savait venus de Nantes à Clisson en déplacement de chasse. Et il entendait, non loin, dans des boqueteaux, toute une meute hurlante de beagles qui chassaient un lièvre.

La femme d'un garde répondit froidement, posément :

— Ces messieurs regretteront beaucoup... Ils sont repartis hier au soir...

— Qui donc chasse avec leurs chiens ?

La femme épluchait des pommes de terre. Elle alla jeter dans un coin les épluchures qu'elle avait dans son tablier. Et elle dit, tranquille :

— Personne !

Une bouffée de sang monta au visage d'Horace, sous l'insulte visible, voulue, de cette réponse. Mais il fallait boire le calice. Il se contint.

Une heure après, au château de Mesnil-Achard, le comte fit dire qu'il était trop souffrant pour recevoir le jeune homme.

Et, en arrivant, Horace l'avait aperçu qui fumait un cigare à la fenêtre.

C'était un ami, pourtant, celui-là !

En 1870, des Villefort et des Mesnil-Achard s'étaient sauvé trois ou quatre fois la vie, avant de mourir à Gravelotte : les fils le savaient.

Quelque chose de dur, comme des doigts d'acier, tordit le cœur d'Horace, en même temps qu'il ressentait une étreinte nerveuse à sa gorge.

Il se dompta encore et dit seulement :

— Mon Dieu ! mon Dieu !

Devant tant d'injustices, il se surprenait tout à coup très faible, sans défense. Il se serait cru plus fort, mieux armé pour la lutte.

Quand il arriva devant le château des Amples, où toujours il avait été reçu comme un fils par la vieille comtesse, amie intime de la duchesse de Villefort, il s'arrêta derrière un massif d'arbres en quinconce sans qu'on le vît.

Il n'osait plus... il tremblait... le supplice était trop douloureux.

Et il revint sur ses pas sans avoir frappé là...

En se rapprochant de Clisson par un autre chemin, il passa devant une jolie maison, La Garenne, au bord de la Moine.

La maison était habitée par le général de Guincourt, en retraite.

— Et celui-là, qui m'a tant aimé, est-ce qu'il va me jeter dehors, comme les autres ?

Il sonna. On l'introduisit tout de suite. Le général, perclus de douleurs, était dans son lit. Le valet de chambre alla s'informer et reparut. Le duc monta.

Cette fois, son cœur se dilatait ; la réaction trop vive lui amena des larmes.

Et quand il entra, quand il se trouva devant le vieillard infirme à force de blessures, devant les mains qu'on lui tendait, tremblantes de faiblesse, il eut un cri exaspéré de toute sa souffrance, de toute sa révolte :

— Ah ! mon général ! mon général ! que vous êtes bon de ne pas me chasser !

Il sortit de là réconforté, mais pourtant triste jusqu'à la mort, et il n'osa plus se hasarder à d'autres visites. Il rentra à Villefort.

On savait bien ce qu'il avait voulu et il était attendu avec angoisse.

Quand on le revit, très pâle, les traits fatigués, les yeux creusés par les efforts pour résister à tant de honte et faire bonne figure, personne n'eut le courage de l'interroger. On avait compris.

Et cela était si visible, ce qu'il souffrait, que Colette en fut toute troublée.

Une immense pitié entra dans son cœur pour le jeune homme.

— S'il est innocent, vraiment, se disait-elle, cela doit être horrible !...

Le lendemain, sans rien confier de ses projets, l'officier prenait le train de Nantes. Dans quel but ? Son congé était loin d'être expiré.

Il alla trouver son colonel et lui ouvrit son cœur.

— Mon colonel, je suis innocent, vous le savez... Vous n'aviez pas besoin d'un Conseil de guerre pour affirmer que je suis incapable de commettre une lâcheté, et par cela même un crime... Mon colonel, j'ai la tête perdue... Je ne peux plus penser... Il me semble que je suis entouré de pièges, que partout des ennemis me menacent... Mon innocence a beau avoir été publiquement reconnue, proclamée, les visages autour de moi restent soupçonneux et l'on se tient à distance. Mon colonel, conseillez-moi... que faire? Cette vie-là n'est pas supportable... Je vous en prie, dites-le-moi, comment vais-je retrouver mes amis du régiment? Est-ce que je vais retrouver en eux des amis ou bien... ou bien... je n'ose pas achever, mon colonel...

Le colonel l'écouta froidement, avec un peu d'embarras :

— Votre situation sera difficile, dans votre régiment. Je dirai même qu'elle y sera impossible. Vous aurez toujours la ressource, il est vrai, de demander un changement, une permutation que l'on ne vous refusera pas... mais partout où vous irez... ce ne sera jamais si loin que le souvenir de ce qui s'est passé ne vous y suive... Mon pauvre garçon, j'ai bien peur que votre carrière ne soit finie, brisée...

— Mes camarades? Que pensent-ils? Que disent-ils?

— Je crois qu'ils évitent de causer de vous... Mais je suis sûr que si vous persistiez à revenir au milieu d'eux, vous trouveriez la vie bien dure.

— Mais c'est affreux, c'est injuste, c'est horrible...

— Oui, je le sais ; mais il faut bien vous rendre compte de ceci, voyez-vous : c'est que votre acquittement n'a pas terminé cette affaire... Légalement, tout est fini... En réalité, tout subsiste...

— Et l'on m'accuse encore !

— On vous accuse encore.

— Alors, mon colonel, vous qui, de tout temps, m'avez donné tant de preuves d'affection, que me conseillez-vous?

— Quittez l'armée... Le pain que vous y mangeriez serait trop amer.

— Quitter l'armée ! Donner ma démission ! Abandonner tous mes rêves !... Mon colonel, je n'ai jamais vécu qu'avec l'idée de porter l'uniforme, et j'ai parmi mes aïeux tant d'héroïques morts, que j'avais le pressentiment qu'un jour ou l'autre je mourrais comme eux sur un champ de bataille... Ce que vous m'offrez aujourd'hui, c'est la désertion, songez-y bien...

— Tôt ou tard, mais bientôt, vous seriez obligé de démissionner...

— Mais avez-vous pensé aussi, mon colonel, que c'est m'avouer indigne de porter mes galons, indigne de regarder sans rougir notre drapeau de Reischoffen, de Gravelotte et de Sedan ? Avez-vous songé, mon colonel, que c'est, devant tous, me reconnaître coupable ; que c'est m'accuser, entendez-vous ? m'accuser... oui, oui... de ce crime ?...

Le colonel ne répondit pas.

Horace tomba dans un fauteuil et, la tête entre les mains, il resta longtemps enseveli dans d'obsédantes pensées.

A un moment, il releva le front.

Et lamentable, les mains jointes, en une ardente supplication :

— Pitié, mon colonel... Pitié pour moi...

— Hélas ! mon pauvre garçon, que puis-je, moi, contre tous ?...

— Alors, c'est fini, je suis perdu... perdu... bien perdu...

Un quart d'heure après, il sortait de là, trébuchant, le regard affolé.

Après s'y être repris dix fois, car sa main tremblait trop, il venait de signer sa démission.

Pendant les huit jours qui suivirent à Villefort, il fut vraiment près de la folie. On lui parlait. Il n'entendait pas. Il ne répondait pas. Ou s'il entendait tout à coup, il semblait sortir d'une torpeur profonde, d'un anéantissement complet. Sa mère essaya de le distraire. Il refusa toute distraction. Les tendresses inquiètes d'autour de lui furent impuissantes à guérir cette trop cruelle et trop récente blessure. Il errait seul, toute la journée et tous les jours, quelque temps qu'il fît, dans les avenues du parc qui dégringolaient jusqu'à la rivière, et le cadre mélancolique de ce paysage d'hiver était bien fait pour sa tristesse et sa désespérance.

Colette le surprit, un jour, au milieu dès ruines du vieux Clisson, assis sur un pan de mur. Il regardait, devant lui, la vallée qui s'apaisait doucement dans le crépuscule du soir. Mais il n'admirait rien. Il regardait sans voir et il se parlait à lui-même, tout haut, avec de grands gestes désordonnés.

— Que faire ? que devenir ?... Est-ce que je puis porter toute ma vie le fardeau d'un crime dont je ne suis pas l'auteur... d'un crime auquel je ne comprends rien ?

Il éleva ses deux poings fermés vers le ciel.

— Comment faire ? Où le chercher, le coupable ? Où le deviner ? Où le prendre ? Je n'ai pas un renseignement... Tout est si bien contre moi que si je voulais moi-même refaire l'enquête, c'est moi que je retrouverais au bout, moi que j'accuserais, moi que je condamnerais ! Et pourtant il existe, celui-là qui a tué... Il se cache... Il connaît mes tortures. Qui me le montrera, me vengera et me rendra l'honneur ?...

Il se leva, traversa les ruines, passa tout près de Colette sans la voir. Le visage du jeune homme était ravagé par la souffrance, les yeux étaient gonflés de larmes et brillaient d'un éclat de fièvre de mauvais augure.

Elle fit tomber une pierre pour attirer son attention.

Il se retourna en tressaillant nerveusement à ce bruit et il l'aperçut.

Alors, il la salua d'un léger signe de tête.

Il fit encore quelques pas pour s'éloigner, puis, dans un revirement subit, il revint à elle : la douceur de ce regard qui, un moment, s'était arrêté sur lui, venait d'opérer le charme habituel.

Pour la première fois, depuis que la jeune fille était à Villefort, le duc regarda Colette. Et il fut attiré par la candeur épandue sur ces traits, d'une distinction, d'une délicatesse extrême. Mais ce qui le frappa surtout, ce fut la douloureuse pitié dont elle ne put se défendre et qui changea, pour un instant, en une sorte de tristesse tendre l'expression de naturelle gaieté de ce joli visage.

Il comprit qu'elle avait dû entendre ses plaintes.

— Ah ! dit-il, vous étiez là, mademoiselle ?

Elle inclina la tête, confuse et rougissante, comme prise en faute ; mais le duc, déjà, ne la regardait plus, et soudain, à demi tombé sur un amas de pierres, les bras croisés sur les genoux, les yeux perdus vers le ciel, il murmura, ayant besoin qu'en dehors de sa famille quelqu'un, n'importe qui, une étrangère, le plaignît – il murmura, la voix tout assourdie :

— Je suis bien malheureux, bien malheureux !

— C'est vrai ! Je ne crois pas qu'il puisse y avoir une torture plus grande que celle qui frappe un homme dans son honneur...

— Et rien, rien, dit-il, — ses ongles égratignant son front dans une crise de colère, — rien ; je suis impuissant contre tout... Ce sont les ténèbres... autour de moi... des ténèbres dans lesquelles je vais au hasard... C'est à devenir fou que d'être accusé sans pouvoir se défendre... et de reconnaître que ce sont mes juges, en

m'acquittant, qui ont déchaîné contre moi toutes ces
haines... D'autres eussent relevé la tête après un pareil
arrêt... moi, j'y succombe... et cela me tue !...

Elle fit, très doucement :

— Vous n'avez pas le droit de désespérer de vous...

C'était bien simple, ce qu'elle venait de dire. Pourtant
il en fut frappé. Quelqu'un, à côté de lui, croyait donc
encore à une espérance possible ?

En même temps, il fut un peu humilié dans sa fierté
d'homme et son orgueil de race, humilié de se montrer
si faible devant cette inconnue. Et il allait, peut-être,
par un mot, par un dédain, faire toucher du doigt à
cette enfant d'humble condition la distance qui les
séparait malgré tout, lorsqu'elle se hâta d'ajouter, pour
le prévenir, ayant compris ce pauvre cœur qui demandait la pitié et qui n'acceptait pas celle qu'on lui
offrait :

— Je vous demande pardon, monsieur.

Il inclina la tête et resta longtemps silencieux ; à deux
reprises, il parut vouloir parler, la prendre pour confidente, celle qui venait de surgir ainsi dans sa rêverie
accablée, mais il se tut.

Elle s'éloigna sans bruit, modeste et furtive.

C'était pour elle un jour de liberté. Elle pouvait disposer de son temps comme elle le voulait. Elle descendit vers la rivière et, là, s'assit sur un banc, tout près
de l'eau. Elle fut toute surprise, un quart d'heure après,
de voir Horace qui se dirigeait de son côté. Sans doute,
il ne la voyait pas ou peut-être le charme de Colette
opérait-il déjà. Toutefois, quand il fut à cinq ou six pas
d'elle, il n'alla pas plus loin. Un dernier reste d'orgueil
le retenait avec cette timidité qui n'est pas rare chez
les hommes, et aussi la pudeur de laisser voir, toute
saignante et toute vive, la plaie béante de son âme. Il

passa derrière elle, remonta vers Villefort, et Colette ne fit pas semblant de l'avoir aperçu.

Le soir était venu. Un peu de vent s'éleva et l'humidité monta de la rivière. Elle regagna le château, pensive.

Il l'attendait sur le chemin, debout, la tête penchée, les bras croisés.

— Ainsi, mademoiselle, vous ne me croyez pas coupable?

Elle retrouva toute sa gaîeté pour lui répondre, dans une exclamation qu'elle accompagna d'un rire frais, où brillèrent ses dents.

— Coupable?... Vous, monsieur?... Ah non, non! Je ne sais pas pourquoi, par exemple, et je serais fort en peine de défendre mon opinion... Vous n'êtes pas coupable parce qu il y a des choses qui ne peuvent pas être, et la lâcheté du crime qu'on vous reproche est une de ces impossibilités-là...

— Cependant, je suis un étranger pour vous... Il y a quelques jours à peine que vous êtes au château...

— Je ne vous connais pas, il est vrai... Mais ne vous ai-je pas dit que je ne me chargerais pas d'expliquer et de défendre la certitude entière, complète, absolue, que j'ai de votre innocence?

— Ah! si tout le monde raisonnait comme vous!

— Je ne raisonne pas... Je vous donne une impression d'instinct, voilà tout.

— Et vous me dites de reprendre courage?

— Il le faut... pour ceux qui vous entourent et qu'afflige votre désespoir.

— Et quel conseil me donnez-vous?

— Vous ne le suivrez pas.

— Dites toujours.

— Partez... que l'on vous croie à jamais disparu..

Laissez à ceux qui resteront la tâche de pénétrer le mystère qui vous entoure, de vous venger et de punir...

— Hélas! que peuvent-ils, ceux-là? Ma mère, une femme âgée! Mon oncle, un vieillard infirme! Mon frère, un enfant!... Vous le voyez... c'est impossible... Je ne laisserais derrière moi personne... personne... si ce n'est... vous!

Colette toussa légèrement. Son cœur battit un peu plus vite.

Horace remonta dans l'avenue et disparut près du pavillon du jardinier. Elle, craintive, tremblait d'avoir été trop hardie. Et elle-même allait s'éloigner lorsqu'elle s'arrêta avec un cri de douleur. Roland venait de surgir derrière elle et lui broyait la main dans une étreinte brutale.

Il dit, bégayant, cherchant ses mots :

— De quel droit prétendez-vous nous être utile?

Vous n'êtes rien ici... vous êtes une étrangère, une domestique... Ne dirait-on pas, ma foi, que vous voulez nous protéger?

Elle cherchait à arracher sa main des doigts qui la meurtrissaient.

— Votre frère, par bonheur, ne vous voit pas, murmura-t-elle.

— Je n'ai pas peur de mon frère, ni de lui, ni de vous, ni de personne au monde. Et écoutez bien ce que je vais vous dire : je ne veux pas que vous interveniez dans les malheurs qui frappent notre maison, à aucun prix... ou prenez garde! prenez garde!

— J'interviendrai, dit-elle doucement, si tel est le bon plaisir de votre mère...

Il eut un éclat de rire :

— Ma mère! ma mère! dit-il en haussant les épaules... Il n'y a pas d'autre maître ici que moi... ne l'oubliez pas ! car je vous ferais chasser de chez nous comme on chasse un chien !

Il la laissa tout éperdue devant cette fureur, devant cette haine qui se manifestait du premier coup, incompréhensible et farouche...

Et en repassant par le vieux donjon, elle fut frappée de l'aspect sauvage de ces vestiges des temps féodaux... Il lui sembla que Roland était l'âme de ces ruines et qu'elles avaient fait pénétrer, sous ce front de quinze ans, le germe des férocités d'autrefois...

III

PREMIÈRES ATTAQUES

Des crises nerveuses extrêmement graves s'étaient manifestées chez Roland le jour où fut connu le meurtre du père Girodias : les médecins, consultés, avaient décidé que le jeune garçon était dans l'impossibilité, du moins provisoirement, de continuer ses études au lycée de Nantes ; il lui fallait pendant longtemps le calme et le repos de la pleine campagne.

De là, cette liberté complète dont il jouissait.

Pourtant la duchesse lui avait demandé de partager les leçons de Louise, les jours d'allemand et d'anglais ; il y avait consenti, car il n'était pas paresseux ; il apprenait et retenait, au contraire, avec une rapidité extraordinaire ; précoce en tout, en vigueur physique comme en intelligence.

Le lendemain, lundi, était jour d'allemand. Les leçons se donnaient dans la bibliothèque de Villefort ; il vint à l'heure accoutumée ; il était plus pâle encore que d'habitude et ses yeux durs trahissaient un esprit prêt à la révolte, prêt à l'exaspération. Colette le comprit du premier coup et se garda bien de le heurter. Elle avait fort à faire également, du reste, avec Louise, qui ne lui dissimulait ni son mépris, parfois même ni ses sarcasmes.

Roland, comme si rien ne dût l'intéresser dans cette leçon, alla s'accouder sur un des rayons d'une bibliothèque ouverte, composée uniquement de livres d'histoire et de voyages, tournant ainsi le dos à l'institutrice.

Colette avait commencé sa leçon et Louise répondait avec une mauvaise volonté évidente. Colette évitait d'interroger Roland, afin de ne pas lui donner l'occasion d'un éclat qu'il cherchait, à n'en pas douter. Elle avait encore, autour du poignet, marquée en un bracelet rouge, la trace des doigts de fer du jeune garçon ; et parfois, machinalement, pour qu'on ne vît pas cela, elle descendait un peu la dentelle de sa manche.

Il surprit le geste en se retournant et il eut un rire cruel.

Elle n'y prit point garde et continua d'interroger Louise, quand tout à coup Roland se précipita sur les livres et les cahiers, les ramassa en un paquet qu'il jeta sur le plancher et les piétina avec rage.

— Viens, Louise, dit-il d'une voix rauque ; elle nous ennuie, à la fin.

Louise souriait, contente, en regardant l'institutrice toute pâlie.

Colette avait tout fait pour éloigner la tempête : la tempête éclatait quand même, en dépit de ses efforts de sa douceur, de son charme.

— Monsieur, dit-elle, j'ai l'ordre de madame la du-

chesse, étant donné l'état de votre santé, de n'accepter
de vous que la somme de travail que vous m'accorderez.
Libre à vous de ne pas assister à ma leçon. Quant à
mademoiselle d'Entraguay, c'est autre chose. Elle restera ici, ne vous en déplaise, jusqu'à ce que ma leçon
soit terminée.

— Louise, tu l'entends ?... Elle te donne des
ordres !...

— C'est mon droit. Rendez-moi justice, j'en use rarement... vis-à-vis de vous surtout.

— Vous avez peur de moi !

— Non... et je vous ordonne de ramasser les livres
et les cahiers de votre cousine.

Il eut un éclat de rire strident, qui dégénéra presque
en une crise nerveuse.

— Et si je ne le fais pas, vous irez me moucharder à
ma mère?

— Je n'aurai pas besoin de rendre compte à votre
mère : vous m'obéirez, car je n'ai rien fait pour mériter
l'étrange attitude que vous adoptez à mon égard. Vous
me traitez en ennemie depuis mon arrivée dans votre
famille. Je ne sais pourquoi. Vous essayez d'entraîner
mademoiselle d'Entraguay à partager votre révolte. Je
ne le permettrai pas. Vous êtes libre de suivre mes
leçons, votre cousine ne l'est pas. Veuillez lui redon-
ner ses livres et nous laisser seules, je vous prie.

— Non, non, non ! dit-il avec une extrême violence.

Elle n'insista pas. Le heurter ainsi eût amené une
crise.

— C'est bien, dit-elle, très calme. Dès lors, je me retire...

— Où allez-vous? Nous dénoncer à ma mère?

Et il s'élançait vers la porte comme pour l'empêcher
de sortir.

— Je n'ai nul besoin de l'intervention de votre mère.
Je rentre chez moi... Mademoiselle d'Entraguay viendra
me prévenir lorsque vous m'aurez obéi.

Elle sortit, sans plus s'occuper d'eux.

Une demi-heure se passa. Elle attendait patiemment,
essayant de lire, pour calmer ses nerfs, surexcités malgré tout. Enfin elle entendit un pas furtif. Quelqu'un
était de l'autre côté de la porte, n'osant entrer. Elle
alla ouvrir. Il ne fallait pas demander trop à leur orgueil du premier coup.

C'était Louise. Elle essayait de sourire, mais avec de
la haine dans les yeux.

— Mademoiselle, vous pouvez revenir...

Colette, lentement, rentra dans la bibliothèque :
livres et cahiers se retrouvaient en ordre sur la table de
travail. Et Roland, assis sur un tabouret dans un coin,
ressemblait à une bête sauvage, ramassée, prête à
bondir.

Jusqu'à la fin de la leçon, il ne dit pas un mot; Louise
fut docile.

Mais quand, le cours terminé, Colette ferma les
livres et s'en alla, elle passa devant lui et il murmura,
d'une voix brisée par la colère intérieure qui le suffoquait :

— Ah! comme je vous hais ! comme je vous hais !

De pareilles scènes se renouvelèrent fréquemment.
Pas une plainte n'échappait à la jeune fille. C'était un
supplice qu'elle endurait en silence, qu'elle dérobait
sous le sourire très doux de ses jolis yeux. Nul n'avait
de soupçons! Un jour, pourtant, Horace faillit tout
surprendre.

Roland paraissait s'attacher à la vie même de Colette
et elle le retrouvait toujours prêt à quelque méchan-
ceté, prêt à quelque parole de haine lorsqu'elle y pen-

sait le moins. L'étrange garçon s'était donné une tâche assurément, celle de lui rendre insupportable son séjour au château.

Elle aimait beaucoup les fleurs et sa grande distraction était d'aider le jardinier lorsqu'il travaillait dans les serres. Il y avait là des rosiers rares rentrés de bonne heure, et qui, malgré l'époque tardive, et par un caprice de la nature, avaient refleuri. Colette les visitait tous les matins avec un soin pieux, les admirait, n'osant même toucher, du bout de ses doigts mignons, les fleurs qui bientôt allaient s'épanouir.

Roland découvrit un jour cette distraction charmante, la suivit par deux fois, s'assura de ce plaisir innocent qu'elle cherchait, et tout à coup, à coups de cravache, se mit à briser les roses et les rosiers.

Cela sans un mot, avec une rage muette, devant Colette tremblante.

Après quoi, tout agité de frissons nerveux :

— Voilà comme je vous briserai !

Elle se baissa, tristement, vers les débris des fleurs épars à ses pieds. Elle sentit que ses yeux s'emplissaient de larmes, de par la cruauté de cet enfant, de par cette violence haineuse, irraisonnée.

Il les guettait ces larmes, penché vers elle. Alors elle les refoula, et déjà calmée, presque sans aucun trouble presque souriante et secouant la tête :

— Non, vous ne me verrez pas pleurer !

Il leva sa cravache avec un pas en avant. prêt à frapper. Elle resta souriante, devant cette menace. Son regard tendre et plein de pitié ne quittait pas le regard plein de folie du jeune garçon. La main était toujours levée, brandissante. Alors, lentement, sans le quitter des yeux, elle s'empara de la cravache qu'il ne tâcha même pas de retenir, et elle la jeta loin d'elle en le désarmant.

Elle le laissa dans la serre, à demi évanoui. Mais à peine était-elle sortie qu'elle se trouvait en face du duc Horace. Elle allait prendre un autre chemin, lorsqu'il fit un geste pour l'appeler. Elle s'arrêta.

Il paraissait embarrassé, jetait un coup d'œil vers la serre, et regardait Colette ensuite, comme pour l'interroger. Et il n'osait. A la fin :

— Mademoiselle, dites-moi, n'avez-vous pas à vous plaindre ?

— De qui donc ? Et de quoi, monsieur, s'il vous plaît ?

Et ses dents brillèrent, dans son gentil sourire.

Elle ajouta :

— Vous êtes tous si bons pour moi que je me sens, au milieu de vous, comme si je vivais dans ma famille...

— Ah !

Et il eut encore un regard vers la serre.

Avait-il donc vu, ou soupçonnait-il ce qui venait de s'y passer ?

Elle le craignit. Mais elle était prête à mentir pour sauver l'enfant.

— Je veux parler de vos élèves, dit-il... de Louise et... surtout... de Roland... Je voudrais vous prémunir contre le caractère de Roland... C'était un enfant très doux, il y a quelques semaines à peine... Brusquement, il est devenu nerveux... le jour où Girodias fut assassiné... Il m'aime beaucoup... Il a été frappé, autant que moi, par cette accusation infâme... Soyez bonne pour lui...

Elle écoutait, attentive.

Pour la seconde fois, depuis qu'elle était à Villefort, elle entendait dire que le meurtre de Girodias avait eu sur l'enfant cette répercussion singulière.

— A ce point, pensa-t-elle, voilà qui est étrange !

Elle rassura le duc sur les rapports qu'elle avait avec ses deux élèves. Il parut la croire, mais elle ne vit pas sans frayeur qu'il se dirigeait vers la serre. Roland s'y trouvait toujours. Il verrait son émotion. Et le massacre des fleurs, comment Roland ferait-il pour l'expliquer ?

Le soir, en descendant pour le dîner, elle croisa le duc.

— Mademoiselle, dit-il à voix basse, je vous ai adressé une question tantôt, et j'ai bien peur qu'en me répondant vous ne m'ayez pas dit la vérité...

Elle rougit violemment.

Roland ne parut pas au dîner. Il était malade. Sa mère resta près de lui.

Le lendemain, vers le soir, quand Colette rentra dans sa chambre, elle trouva dans un vase tout un rosier pareil à celui que Roland avait saccagé. Sa surprise fut si vive que son cœur se mit à battre avec violence.

Et lorsqu'elle reparut devant Horace, elle ne put que murmurer :

— Merci, monsieur... Si vous saviez... merci !...

Il dit, froidement :

— Mademoiselle, l'idée que vous m'attribuez n'est pas de moi... Ce n'est donc pas moi qu'il faut remercier, c'est Roland...

La duchesse passa la soirée auprès de Roland. L'enfant s'était renfermé dans un mutisme obstiné. En vain sa mère l'avait-elle interrogé. Ce ne fut que très tard dans la soirée qu'il se jeta hors de son lit, où il s'était étendu tout habillé, et comme madame de Villefort le questionnait de nouveau :

— Je veux que vous renvoyiez l'institutrice.

— Qu'a-t-elle fait ? En quoi as-tu à te plaindre d'elle ?

— Elle ne me plaît pas. Elle m'irrite. Je la hais.

— C'est de l'enfantillage : tu la connais à peine.

Les traits de Roland se crispèrent. Toute sa haine éclata dans son regard.

— ... Elle nous portera malheur... Renvoyez-la, tout de suite, renvoyez-la !

— Mais enfin, mon pauvre enfant, dit la duchesse, gênée...

L'attitude de la mère devant son plus jeune fils était vraiment surprenante. Elle semblait lui parler avec effroi, mesurant ses paroles, ne voulant pas le heurter et faire naître sa résistance. Était-ce parce qu'elle le savait malade d'un nervosisme dangereux ? Peut-être... Mais, d'autre part, lui ne s'adressait pas à la duchesse avec la tendresse respectueuse qu'il lui devait... Sa parole était sèche et dure. En lui, aucune affection, mais plutôt de l'éloignement... Et madame de Villefort le comprenait, car elle n'osait le regarder en face, ou si parfois ses yeux se relevaient à quelque dureté nouvelle, pour y répondre, pour châtier ou pour se plaindre, ils se baissaient bien vite, et la pâleur de la pauvre femme augmentait. Entre eux deux, entre le fils et cette mère, on eût dit que flottait quelque invisible fantôme qui, à chaque fois qu'ils se tendaient les bras et voulaient se rejoindre, les séparait violemment. Le fils commandait et, chose singulière, la mère ne demandait qu'à obéir.

Roland murmura à voix basse :

— Je ne veux pas qu'elle reste chez nous un jour de plus... Vous trouverez un prétexte pour la remercier... Vous lui donnerez l'argent qu'elle vous demandera... Et elle s'en ira...

Madame de Villefort eut un geste de révolte. Mais dans ce geste d'orgueil blessé, il y avait aussi une douleur profonde... et dans son regard quelque chose de désespéré et de honteux.

— Mon fils, personne ici, en dehors de moi, n'a le droit de dire : « Je veux ! » Vous l'oubliez souvent.

Il ricana, haussa les épaules, et plus bas encore :

— Et vous, ma mère, vous oubliez que ce droit, vous ne l'avez pas vis-à-vis de moi...

— Mon fils ! mon Roland ! si je chasse cette jeune fille, quelle explication donnerai-je à mon frère ? Que répondrai-je à Horace ?

Obstiné dans sa volonté, dans son idée fixe, il répéta, criant :

— Je veux qu'elle parte, je le veux ; entendez-vous ? je le veux !

Peut-être la mère allait-elle céder, lorsque tout à coup ils tressaillirent. Le duc venait d'entrer dans la chambre, et il avait surpris les derniers mots. Il avait pour sa mère un amour infini. D'abord, il n'osa comprendre cette révolte de son frère, imposant sa volonté. Mais le spectacle de cette femme éperdue, de cet enfant aux yeux enflammés, au geste de maître, est-ce que cela n'expliquait pas les paroles, même s'il ne les avait pas comprises ? Un moment décontenancé, il garda le silence. Roland, les bras croisés, le bravait.

— Je me suis trompé, n'est-ce pas ? dit Horace... Ce que j'ai cru comprendre... ce n'est pas vrai ?... Qui donc parlait ainsi à notre mère ?... Qui donc ordonnait avec ce ton d'insolence ?... Je ne vois personne ici autre que toi...

La duchesse eut un geste suppliant :

— Laissez-le... Il est malade... Je vous en prie... Je lui pardonne...

Mais le duc n'écoutait pas, et durement, à son frère :

— Serait-ce toi, par hasard ?...

L'enfant releva son front, un front chargé de tempêtes.

— Ai-je des comptes à te rendre?...

— Oui... et je t'interroge.

— Eh bien, c'est moi !

— Toi !... toi !... à notre mère... comme on parle à un valet que l'on chasse !... Toi !

Il resta un moment, saisi de surprise, d'un vague effroi... L'un après l'autre, tous les deux il les regardait... comme pour les consulter, pour attendre quelque explication... ne pouvant croire... ne voulant pas s'y résoudre...

Puis, soudain, il appuya sa forte main sur l'épaule de Roland.

— Frère, à genoux ! dit-il.

L'enfant, robuste, ne bougea pas. C'était un colosse, nous l'avons dit. Il semblait que le duc, vigoureux pourtant, essayât d'ébranler un chêne !

— A genoux, Roland, ou je te le jure, par tout le respect que j'ai pour notre mère, si tu ne lui demandes pas pardon à genoux, je t'y contraindrai par la force... A genoux ! à genoux ! à genoux !

A la force, l'enfant était de taille à résister.

Il y songea, durant quelques secondes, les poings serrés, cloué sur le sol dans une inébranlable posture, regard mauvais, l'œil en dessous ; mais soudain il vit sa mère en larmes, et alors son cœur farouche s'amollit.

Sous la pesée de la main d'Horace, ses genoux plièrent.

Et il dit d'une voix sourde et rauque :

— Oui, maman, oui, maman, je vous demande pardon !...

Alors, la duchesse fit un signe à son fils aîné et resta avec Roland.

Seule au château peut-être en dehors de ceux qui avaient assisté à cette scène, Colette soupçonna qu'il s'était passé quelque chose. Roland parut plus docile, mais elle ne s'y trompait pas ; l'enfant n'avait pas désarmé ; la haine, même, n'avait fait que s'augmenter de toute la résistance qu'il rencontrait.

C'était une vie singulière que celle que l'on menait à Villefort, et le facteur de la gare de Clisson, en disant à Colette, le soir de son arrivée, « qu'elle n'y rigolerait pas tous les jours », avait deviné la vérité. Les plus douces heures que vivait la jeune fille étaient celles qu'elle passait auprès du marquis. L'infirme l'avait prise en affection. Déjà, et depuis si peu de temps, elle s'était rendue nécessaire au vieillard. Il la voyait avec tristesse s'éloigner d'auprès de lui lorsque son devoir la rappelait aux leçons de Roland et de Louise. Un peu de soleil manquait à sa vie quand elle disparaissait. Et de quoi parlait-il ? De quoi l'entretenait-il dans leurs longues causeries ?

Du duc Horace, toujours !

On eût dit que le vieillard ne voulait pas que le moindre soupçon effleurât l'âme de l'institutrice, soupçon qui, si léger qu'il fût, eût terni la probité du jeune homme.

De point en point, de la première heure de sa naissance jusqu'aux derniers et dramatiques événements du procès, le marquis de Vivarez avait raconté l'existence du duc. Il l'adorait. Il l'avait considéré comme son enfant. Il ne l'avait jamais perdu de vue. Il ne tarissait pas.

Autour de lui, à portée de sa main, afin qu'il n'eût pas besoin de se déranger, il avait les albums de photographies où de six mois en six mois, jusqu'à dix-huit ans, on retrouvait le duc depuis sa naissance.

Et il suivait ainsi facilement, dans toutes ses phases, l'existence du duc. Il remontait dans le passé. A chaque photographie se rattachaient des anecdotes. Il les racontait à Colette. Peu à peu, par un travail inévitable de l'esprit, l'institutrice s'identifiait si bien à tout ce qu'elle entendait qu'elle pouvait s'imaginer avoir connu Horace depuis son enfance.

Et à plusieurs reprises, naïvement, devant le duc, il lui échappa de faire allusion à certaines de ces anecdotes, comme si cela s'était passé devant elle et comme si elle y avait pris sa part.

Elle s'arrêtait à temps. Le duc la regardait avec surprise. Elle éprouvait alors une grande confusion. Dans cette solitude de Villefort, presque complète, les plus petites choses prenaient de grandes proportions. Colette était préoccupée par la pensée d'Horace, qui ne la quittait guère. Elle n'y prenait pas garde et ne s'apercevait pas encore du danger qu'elle courait. Au reste, le duc, après avoir paru un instant s'abandonner, avait repris vis-à-vis d'elle son attitude de froideur polie et d'indifférence.

Cette vie eût donc, malgré tout, été supportable si, pour tous les habitants de Villefort, n'eût pas existé la menace constante qui, du haut du belvédère des Grandes-Roches, planait sur les ruines de Clisson.

Toutes les fois que le duc sortait, madame de Villefort était prise d'angoisses. L'incertitude des dangers que les Girodias rêvaient, de la vengeance qu'ils préparaient, était, certes, plus terrible, plus énervante, que la présence du danger lui-même, si redoutable qu'il eût été.

Certes, le duc Horace n'avait pas peur. Cependant, il y pensait. D'où viendrait le coup qui le frapperait ? Où serait-il tendu, le piège où il devait tomber ? Nul ne s'en doutait.

Pour sortir de cette situation énervante, il avait suscité toutes les occasions possibles de rencontres, sur la longée des marais, dans les déserts des bois. Il allait s'offrir à eux, pour ainsi dire, éveillant la tentation, essayant tout au moins de les obliger, par quelque imprudence, à se trahir dans leurs desseins. Rien n'y fit. Les deux frères, du reste, n'étaient pas dupes de ces tentatives. Ils saluaient gravement le duc, se rangeaient pour le laisser passer. Pas un mot n'était échangé. Leur dure physionomie ne reflétait rien que la haine.

Et un soir, Horace reçut, par un garde des Girodias, ce simple mot :

« Patience !... nous choisirons notre heure !... »

Que rêvaient-ils ? Dans ces natures patientes et rusées, quelle idée germait et quelle mort avaient-ils choisie ?

Roland était là lorsque cette lettre parvint à son frère. Il ne fit aucune réflexion. Pourtant, il supportait impatiemment, comme les autres, cette menace constante, jamais réalisée, toujours éloignée, de la catastrophe finale. Souvent, le duc, quand il partait, quand il restait loin de Villefort quand il allait s'offrir en tentation à la vengeance des Girodias, souvent le duc surprenait son frère non loin de là, se cachant de lui, mais prêt à le secourir contre un attentat. Roland n'avait rien d'un enfant; il avait la bravoure d'un homme, une bravoure téméraire et folle.

Le lendemain matin, il partit sans rien dire, de bonne heure.

Colette le vit, de sa fenêtre. Il s'en allait à pied, lentement, comme pour une promenade matinale. Il faisait sec et il avait gelé la nuit ; le soleil brillait.

Elle resta à sa fenêtre assez longtemps. Elle pouvait distinguer le chemin suivi par Roland dans tous les détours qui le menaient à la rivière. Elle le vit donc passer la Sèvre et monter, entre les villas, le coteau opposé.

— Est-ce qu'il va aux Grandes-Roches ? se demandat-elle.

De cette nature violente tout était à redouter.

Sa première pensée fut d'avertir Horace ou la duchesse. Mais si elle se trompait, son ingérence fâcherait de nouveau le jeune garçon et serait pour lui un motif, un prétexte de plus de la haïr.

Elle ne se trompait pas.

C'était bien vers les Grandes-Roches que l'enfant montait, sans se presser, ayant une idée fixe et un parti irrévocable.

Lorsqu'il arriva à la maison carrée des frères Girodias, il sonna résolument. Il n'avait qu'une crainte : c'était que Gaston et Pierre fussent partis pour la chasse. Ils passaient toutes leurs journées dans les bois.

Il eut un soupir de soulagement quand on lui dit que les frères n'étaient pas sortis.

— Je veux leur parler à tous les deux, avait-il dit.

Et, dans une pièce nue et froide qui servait de salon, mais où les frères n'entraient jamais, car ils ne recevaient personne et vivaient comme des loups, il les attendit, son chapeau à la main.

On le fit attendre un quart d'heure. Les frères étaient à leur toilette.

Ils apparurent, saluèrent froidement, et d'un geste silencieux indiquèrent un siège : Roland resta debout. Son premier regard avec les jeunes gens, aigu, plein d'éclairs, avait été comme le froissement du fer qui s'engage avec le fer. Mais, de leur côté, Gaston et Pierre paraissaient plutôt surpris, d'une surprise quelque peu insolente.

— Messieurs, fit Roland, je tiens à vous dire, avant tout, que personne ne connaît la démarche que je viens faire... Ceci étant, je tiens à vous dire aussi que je vais essayer de garder tout mon sang-froid. Il dépend donc de vous que ce qui va se passer reste dans le ton de la plus stricte politesse...

— Monsieur, dit Pierre Girodias, — l'aîné des frères, — ce préambule semblerait indiquer que vous avez à nous dire des choses bien graves, puisque vous paraissez croire qu'elles nous troubleront au point d'oublier les égards qui sont dus, sous notre toit, à un ennemi... Vous êtes surtout d'un âge à ne pas craindre qu'on vous manque de respect...

— Je suis presque un enfant, c'est vrai ; pourtant, je viens ici agir en homme.

Ils s'inclinèrent, réprimant un léger sourire...

— Messieurs, puisque votre maison est de nouveau en querelle avec la nôtre, je viens tout simplement vous offrir de vider cette querelle entre nous.

— Et de quelle façon ?

— En nous battant.

— Vous voulez que nous nous battions avec vous ?

— Oui. Je suis fort et je ne redoute personne à l'épée. Ne regardez pas à mon âge et soyez sûrs que vous trouverez en moi un rude adversaire.

— Monsieur, dit Pierre, nous n'avons rien contre vous et aucun motif de vous en vouloir...

Il ajouta après un silence et avec un regard à Gaston :

— Nous avons, au contraire, des raisons qui nous empêcheront toujours de vous considérer comme notre ennemi, quoi que vous fassiez...

Cette simple phrase parut produire un effet terrible sur Roland.

Il pâlit affreusement. Ses yeux se fermèrent. On eût

dit qu'il allait se trouver mal. Et quand il reprit ses sens, le regard qu'il jeta sur les deux frères était empreint d'une sorte d'épouvante.

Eux étaient froids et graves.

— Et ces raisons, balbutia-t-il, puis-je les connaître?

— Non, c'est affaire entre Gaston et moi... Je vous ferai remarquer cependant, mon jeune ami, qu'à votre âge il est bon de rester en dehors de certaines querelles. Vous n'êtes pas encore un jeune homme. Hier vous étiez un enfant. Lorsqu'un de vos camarades commet quelque sottise, je ne sache pas qu'on le punisse d'un coup d'épée. Il y a temps pour tout. On lui tire l'oreille et on le met au pain sec... cela suffit.

Roland fit un pas vers Pierre. Ses yeux devinrent hagards.

Par un effort suprême, toutefois, il se contint.

Et, d'une voix étouffée :

— Monsieur, je vous jure que vous auriez tort de me prendre pour un enfant et de ne point me traiter comme un homme.

— Montrez donc que vous n'êtes plus un enfant et agissez en homme...

— Comment l'entendez vous ?

— La querelle qui nous divise ne regarde que votre frère, et, vous, continuez d'apprendre votre orthographe et vos quatre règles et désintéressez-vous de ces questions.

— Monsieur, fit Roland, de plus en plus bas, pourquoi me marquez-vous tant de mépris?

— Un peu de dédain peut-être, de mépris pas le moins du monde.

— Monsieur, je vous obligerai bien à changer votre opinion... En venant ici, je me suis juré que vous vous battriez avec moi...

— Vous ne tiendrez pas votre serment, voilà tout...

— Ainsi, vous refusez ?

— Ni mon frère ni moi, nous ne tenons à nous couvrir de ridicule... Et nous battre avec vous serait courir le risque de vous tuer... Vous tuer, ce serait purement un assassinat... Nous autres, nous n'assassinons pas...

Roland tremblait, ses nerfs étaient en révolte. C'est à peine s'il arrivait maintenant à prononcer quelques mots.

— Vous vous battrez !...

Ils haussèrent les épaules et ne répondirent même plus.

— Vous vous battrez... ou vous êtes des lâches !

Ils se mirent à rire.

— Monsieur, dit Pierre, nous n'avons pas le moyen de vous mettre au pain sec, mais nous avons le droit de vous tirer les oreilles... Prenez garde !

— Lâches ! lâches ! lâches ! bégaya l'enfant.

Ils ne se fâchèrent point, gardèrent le même sourire dédaigneux.

Alors, soudain, tout un drame :

Roland s'est élancé vers Pierre et, avant que celui-ci ait eu le temps de le prévoir, de s'y opposer, la main de l'enfant s'est brutalement abattue sur la joue du fils aîné de Girodias.

Pierre voit rouge. Il a un rugissement de colère. Et, sans réfléchir, le voici enlacé à Roland dans une lutte exaspérée et muette.

Elle n'est pas longue, cette lutte.

Malgré sa force, Roland, terrassé, réduit à l'impuissance, râle sous les deux genoux qui l'oppressent. Et il voit tout à coup les poings formidables de Pierre se lever au-dessus de lui pour lui écraser le crâne.

Mais les poings ne s'abaissent pas.

Gaston les a saisis au passage, les retient et murmure quelques mots étranges :

— Pierre, Pierre, souviens-toi !

Le grand garçon se relève brusquement. Il s'écarte de l'adversaire étendu. Il détourne la tête ; il a honte, dirait-on, de cet accès si justifié de sa fureur. Celle-ci est tombée, du reste. A peine un frémissement courant par ses membres.

— Oui, oui, tu as raison. J'allais commettre une folie...

Mais Roland est debout. Une rage terrible gonfle ses traits, le rend hideux. Il ne se possède plus. C'est la folie de la colère, de l'humiliation et de la haine. Il se rue sur Pierre et le saisit à la gorge. Pierre lui maintient les mains.

— Va chercher des cordes ! dit-il brièvement.

Gaston sort, revient presque aussitôt. Roland a les mains liées. Il se débat. On lui entrave les jambes.

— Et maintenant, dit Pierre, redevenu tout à fait calme, fais atteler le coupé. Nous allons reconduire ce jeune homme à sa famille.

Gaston obéit.

Un quart d'heure se passe. On entend les roues du coupé qui grincent sur les pierrailles devant la maison. Pas de cocher. Gaston est sur le siège.

Pierre enlève Roland dans ses bras, va le porter dans le coupé, s'installe auprès de lui, et Gaston fouette ses chevaux qui partent au galop, d'un train d'enfer. Entre Pierre et Roland, pas un mot. Pas même un regard. Pierre a allumé sa pipe et fume tranquillement. Il pense à autre chose.

Devant Villefort, le jardinier, prévenu, va chercher le duc, qui accourt.

Et le duc se trouve devant son frère en cet état.

Pierre, toujours calme, d'un sang-froid absolu, coupe les cordes avec son couteau, sans retirer la pipe de sa bouche :

— Monsieur, dit-il, nous regrettons d'en avoir été réduits à pareille extrémité ; ce jeune garçon est venu nous braver. Il nous a insultés. Il m'a souffleté... Oui, vous entendez... j'ai reçu de lui cet outrage...

Il s'arrêta — une seconde — comme si sa tranquillité n'eût été qu'apparente.

Et il reprit, un peu plus bas, après cette pause :

— Il a fallu le ficeler, monsieur, pour en venir à bout.

En chancelant, Roland descendit du coupé. La honte, l'orgueil humilié, lui mettaient des larmes aux yeux. Le duc, interdit, se taisait.

Pour la seconde fois il se retrouvait en face des deux frères.

Il demanda à Roland :

— Ce que l'on vient de me dire ?

— C'est vrai.

— Tu n'as pas d'excuses !

Roland ne répondit pas. Il s'appuyait à la grille pour ne pas tomber.

Le duc se tourna vers Gaston et Pierre :

— Cet enfant est trop jeune pour se battre.

— Nous le lui avons dit, car c'est ce qu'il venait nous offrir.

— Puisqu'il vous a gravement insultés, disposez de moi, je suis à vos ordres.

Pierre resta pensif, un combat se livrait en lui. Enfin :

— Monsieur, dit-il, qu'elle qu'eût été la provocation de votre part, je vous jure que notre intention, à mon frère et à moi, notre intention formelle était de ne pas nous battre, jamais, avec vous...

— Êtes-vous vraiment lâches et vous faut-il la nuit pour vous venger?

— Non. Vous ne le pensez pas. Je voulais vous dire qu'il y a certains outrages qu'on n'efface pas d'un coup d'épée... Et la lâcheté n'est point du côté de l'homme qui ne peut répondre à l'insulte... Elle est, cette lâcheté, du côté de celui qui insulte, en n'ignorant pas qu'il ne court aucun danger... C'est le cas de votre frère.

En parlant, il regardait Roland, blême et tremblant de fièvre.

— Roland! Roland! s'écria le duc... Entends-tu? Réponds!

Roland se tut. Ses dents claquaient. Une sorte de soupir prolongé, de gémissement, sortait de ses lèvres desséchées.

— Il a entendu. Il a compris. Mais il ne répondra pas, dit Pierre. C'est donc lui, vous le voyez, monsieur qui s'est montré lâche en tout ceci. Vous devez en souffrir. Si la provocation fût partie de vous, nous l'eussions méprisée... Elle vient de votre frère... Nous la relevons, comme si elle venait de vous...

— Vous vous battrez?

— Oui...

— Bien!

— Si vous tuez l'un de nous, vous trouverez l'autre qui le vengera...

Pierre salua, remonta dans le coupé, ramassa en un paquet les cordes qui avaient servi à garrotter et les lança aux pieds de Roland :

— Gardez cela comme souvenir, jeune homme! dit-il, narquois.

Gaston enlevait les chevaux et le coupé partait à fond de train.

L'enfant eut besoin d'être soutenu par Horace pour rentrer au château.

— Roland, cet homme t'a accusé de lâcheté et tu n'as rien répondu !

Roland baissa la tête. Le duc le considérait avec inquiétude. Il reprit :

— Frère, cet homme, en t'accusant, a prononcé certaines paroles où il m'a paru voir une arrière-pensée que je n'ai pu comprendre .. Il a dit que tu savais qu'en l'insultant tu ne courais aucun danger... Est-ce vrai ? Et pourquoi ?

Mais Roland resta muet, les dents convulsivement serrées.

La duchesse n'était pas encore descendue de sa chambre.

Elle ne se douta de rien.

Dans le courant de l'après-midi, Colette entendit un cliquetis d'épées ou de fleurets dans la salle d'armes, près de la bibliothèque. C'était la première fois que Roland et Horace faisaient des armes depuis qu'elle était au château. Louise alla entr'ouvrir la porte et regarda un instant.

Le soir, Horace sortit. C'était son habitude. Nul soupçon. Il allait s'assurer de deux témoins discrets pour le seconder en cette affaire.

Et Colette, en entrant, sans être attendue, dans la bibliothèque, vers six heures, surprit Louise et Roland qui causaient.

Roland achevait un récit commencé et disait, dans un trouble violent :

— Et c'est demain, sans doute, qu'il se bat...

A la vue de Colette, il se tut. Il échangea avec Louise un regard significatif et partit. Louise se leva pour sortir avec lui. Mais Colette avait sa leçon à lui donner. Elle dit :

— Restez, mademoiselle.

De qui parlait Roland ? De son frère, assurément. C'était Horace qui allait se battre... Quel autre au château ?... Et contre qui, si ce n'était contre les frères Girodias ?... Colette n'eut pas besoin d'interroger Louise... Elle savait !

Elle ne fut guère à la leçon ce soir-là. Parfois Louise embarrassée, préoccupée elle-même, se taisait. Son esprit s'en allait loin de là et Colette, distraite, ne s'apercevait de rien. Elle pensait au duc, à tout le drame qui se préparait. Et son cœur battait.

Tout à coup, les deux jeunes filles, sortant ensemble du même rêve, s'aperçurent que depuis quelques minutes ni l'une ni l'autre ne parlait.

Colette, sans réfléchir, murmura, répondant à l'effroi de son cœur :

— Alors, il va se battre... Et c'est demain ! demain !

Louise se leva brusquement... Ses yeux exprimèrent un dédain suprême... Puis elle pâlit... Les deux jeunes filles se regardèrent... jusqu'au fond de l'âme... d'un de ces regards de femmes soupçonneuses, pénétrants, rapides, à qui rien n'échappe... Et toutes deux, après avoir pâli, eurent un léger frémissement des lèvres, comme si elles avaient retenu un secret prêt à leur échapper, et rougirent jusqu'au front !...

— Mademoiselle, ce secret n'est pas le vôtre et peu vous importe que mon cousin se batte !... J'espère que vous garderez le secret pour vous !...

Interdite, Colette ne trouva rien à répondre. Il y avait un autre secret, bien cher, qu'elle avait failli laisser échapper, et dont Louise, peut-être, venait de concevoir le vague soupçon. Elle se sentait en faute. Bien que la leçon ne fût pas terminée, Louise ferma ses livres et s'en alla. Colette ne s'y opposa pas.

Presque aussitôt elle aperçut dans la cour Roland et Louise qui causaient.

Louise, sans aucun doute, l'avertissait de ce qui venait de se passer.

— Ils se sont ligués contre moi ! murmura-t-elle.

Elle avait l'âme inquiète et mécontente, comme si elle s'était rendue coupable d'une mauvaise action. Elle ne quitta pas la bibliothèque, et là, dans un fauteuil, les yeux fermés, elle semblait dormir. Elle était bien éveillée, mais elle rêvait. Elle voulait descendre jusqu'au fond de son cœur, s'interroger, et elle n'osait, dans l'épouvante d'y découvrir des ravages irrémédiables déjà.

Longtemps, longtemps, elle resta ainsi ensevelie dans cette torpeur.

Et tout à coup, se réveillant en sursaut, elle dit, à haute voix :

— Mon Dieu ! mon Dieu ! Est-ce que je l'aimerais ?...

Elle entend un ricanement étouffé au fond de la bibliothèque. Une porte a été ouverte et la lampe s'est éteinte dans un courant d'air. Elle n'a rien vu. Lorsqu'elle ouvre les yeux tout est noir.

Et avec l'éclat de rire, quelques mots à voix basse, chuchotés :

— L'institutrice amoureuse ! ah ! ah ! ah !

Effarée, elle se lève. Elle se dirige à tâtons vers le fond de la bibliothèque... Qui donc était là ? Louise, Roland, sans doute ?...

Il n'y a plus personne...

Elle perçoit seulement des pas furtifs qui s'éloignent dans les ténèbres du corridor et deux ombres qui disparaissent rapidement vers l'escalier.

Si c'est Louise et si c'est Roland ! Qu'ont-ils compris ! Elle tremble. Son rêve à leur merci, le rêve qu'elle n'osait pas s'avouer à elle-même ! Son pauvre cœur ouvert, en pâture à ces deux haines jalouses ! Que va-t-elle devenir !

Ce rire étouffé partant de la nuit, ah ! comme il était cruel !

Ils avaient raison, les bourreaux. Est-ce qu'elle avait le droit d'aimer ? Oui, certes, mais il fallait qu'elle aimât pour elle seule et qu'à jamais, pour tout le monde, son amour fût caché au plus profond d'elle-même... autel mystérieux où elle reporterait ses pensées, ses actions, ses aspirations et son bonheur chaste.

Quand elle parut au dîner et qu'elle se retrouva devant Louise et Roland, ils ne firent point attention à elle. Ils ne s'occupaient que d'Horace. Celui-ci fut comme à l'ordinaire. C'est à peine si un peu plus d'animation dans ses paroles trahit l'énervement de toute cette journée.

Le marquis, en ces longues soirées d'hiver, aimait qu'on lui fît la lecture. Colette prenait le livre qu'il lui désignait et lisait. Elle s'en acquittait à merveille et sa voix douce et pénétrante était un charme dont on ne se lassait pas. Ce soir-là, pourtant, sa voix était assourdie. A plusieurs reprises elle fut obligée de s'arrêter. Sans qu'elle pût vaincre cette émotion, des larmes lui montèrent aux yeux, sa gorge se serra ; si elle continuait, tous ceux qui étaient là devineraient son secret.

Elle prétexta un peu de fatigue, demanda la permission de se retirer.

Soit par hasard, soit à dessein, le duc l'avait précédée et, dans le vaste vestibule encombré de trophées de chasse, avait l'air fort occupé à examiner de vieilles armures du moyen âge.

Quand elle passa, gagnant l'escalier, il dit très bas :

— Est-ce que vous avez à vous plaindre encore? Vous étiez près de pleurer !

Elle fit non d'un signe de tête, sans parler. Elle n'aurait pu. Lentement elle monta quelques marches. Là, elle eut une faiblesse, se raidit, recommença de monter, tâchant de sourire. Il la regardait, d'en bas, devinant quelque chose.

Il dit de nouveau, avec bonté :

— Est-ce bien vrai, mademoiselle, et ne mentez-vous pas... pour la seconde fois?... Vous êtes toute troublée, tout émue...

Un moment elle eut envie de lui crier :

— Vous vous battez demain. Oh! demain peut-être vous allez mourir ! Voilà pourquoi je tremble !

Elle se tut, après une vague protestation, et se mit à courir jusque chez elle où elle se renferma.

Et au fond d'elle retentissait une voix puissante qui semblait emplir sa chambre, le château, le pays, toute la terre.

— Tu l'aimes ! tu l'aimes !

IV

UNE APPARITION

Elle ne dormit pas. Elle chercha toute la nuit le moyen d'empêcher ce duel. Elle ne trouva rien. Et puis, de quel droit? Étrangère à cette maison, nouvelle venue dans cette famille, elle était même obligée de paraître ignorer cette rencontre. Elle compta toutes les heures. Elle aurait pu compter toutes les minutes et fut debout, bien avant l'aube, à sa fenêtre, guettant au dehors.

C'est à peine s'il faisait clair, quand la porte du château s'ouvrit doucement. Deux hommes parurent · Horace et Roland.

Ils parlaient avec vivacité, mais très bas. Et Colette n'entendit rien. Seulement elle devina — cela fut facile — que Roland insistait pour accompagner son frère et que le duc s'y opposait de toute son autorité.

Ils s'étreignirent. Roland rentra, essuyant ses yeux et chancelant.

Furtivement, Horace quitta le château. Et pour ne point faire de bruit, il ne referma pas la grille. Il disparut dans le chemin creux.

Où allait-il? Où avait lieu ce duel? Elle ne le savait.

— Et tout à l'heure peut-être, oui, tout à l'heure, on va le rapporter sanglant!

Soudain, sans réfléchir à ce qu'elle fait, sans aucun projet, sans but, elle jette une mantille sur sa tête, descend en étouffant ses pas. Elle est sortie, elle a traversé la cour, elle est loin de Villefort déjà, qu'elle ne s'est pas encore rendu compte de ce qu'elle fait. Elle est en proie à une sorte de fièvre, d'instinct, qui la pousse, l'entraîne, lui crie : « Marche! marche! » Le froid est piquant. Le vent, assez fort, lui cingle le visage comme avec un paquet d'épines. Elle n'y prend pas garde.

Si on la rencontre à pareille heure, et si on l'interroge, que répondra-t-elle?

Elle n'y pense même pas.

Très loin, elle aperçoit le duc qui prend la route. Sur le pont, il est rejoint par deux hommes, ses deux témoins probablement.

Ils hâtent le pas de l'autre côté de la Sèvre et contournent le coteau en laissant les Grandes-Roches sur leur droite.

Tout près, à mi-côte, il y a un bois de chênes coupé par une belle avenue.

C'est bien vers ce bois qu'ils se dirigent.

— C'est là qu'ils vont se battre.

Alors, près du pont, elle s'arrête indécise, prise d'angoisse.

Ira-t-elle plus loin? Confusément lui apparaît toute la gravité d'une pareille démarche. Intervenir, est-ce possible? Et n'est-ce pas donner prise sur son compte à la calomnie, au scandale, à toutes les accusations?

Alors, elle n'a pas d'autre parti. Il faut qu'elle revienne sur ses pas!...

— Mais s'il meurt! S'il meurt!

Comme elle entend du bruit, elle se cache derrière un hangar. Et près d'elle, au même instant, passent quatre hommes parmi lesquels elle reconnaît Gaston et Pierre Girodias. Ils vont au rendez-vous avec leurs témoins. Elle les suit d'un regard effrayé. Avec lequel des deux va-t-il se battre? Quelle est celle de ces mains qui va répandre le noble sang de celui qu'elle aime? Ils vont d'un pas solide et souple. Tout en eux décèle une force redoutable. Ils sont calmes et sûrs d'eux. C'est un duel à mort. Certes, le duc est aussi brave... Sera-t-il aussi robuste?

Ils ont disparu. Le vent souffle toujours, par rafales glacées. Le ciel, pourtant, est pur. De légers flocons de brouillard s'envolent de la rivière où ils s'étalaient comme un suaire d'une impalpable mousseline. Au bout de l'horizon, le soleil encore pâle secoue lentement quelques nuages engourdis par le froid.

C'est bien dans l'avenue déserte du bois de chênes que le duel aura lieu.

Le duc y est arrivé le premier.

Pour témoins, il a eu recours à deux de ses gardes, anciens sous-officiers : l'un s'appelle Malicamp et l'autre Soubise. S'il s'était adressé à ses pairs, il se serait heurté à un refus. Son oncle seul et le général de Guincourt, sur la propriété duquel on allait se battre, auraient accepté de le seconder, mais ils étaient infirmes et Horace ne leur en avait rien dit.

Sur l'herbe courte, recouverte de givre, de l'avenue, les témoins ont déposé une paire de sabres. Leur figure hâlée est triste, presque solennelle. Ce sont des serviteurs de la famille, vendéens de vieille roche et dont les grands-pères avaient tué, avaient souffert, s'étaient fait massacrer en 93, avec le grand-père de Villefort. Un peu de haine se réveillait dans le granit de ces cœurs.

Ils n'étaient pas là depuis une minute qu'au loin apparaissait le groupe des Girodias; leurs témoins étaient deux jeunes châtelains des bords du lac de Grandlieu, MM. de Jurvie et de Coutais, que le duc reconnut tout de suite pour d'anciens soldats du 3ᵉ dragons.

Quelques secondes, et les deux groupes, réunis, se saluaient silencieusement.

Les témoins se concertèrent.

Debout au milieu de l'avenue, appuyé sur sa canne, Horace regardait ses adversaires. Ils étaient venus la pipe aux lèvres et continuaient de fumer. Pierre causait bas avec Gaston, la main appuyée sur l'épaule de son frère, et lui faisait des recommandations. La veille, ils avaient tiré au sort à qui se battrait le premier. Le sort avait désigné Gaston. Il eût été difficile de deviner quelque émotion sur ces rudes physionomies. Ils étaient là comme à une partie de chasse, attendant que le garde eût fait son rapport. Pourtant il se passa quelque chose d'étrange. Quand les témoins eurent fini de causer et se furent séparés, on vit les deux frères retirer leur pipe de la bouche, la débourrer soigneusement, la remettre dans l'étui. Cela fait, ils se tendirent les mains, se regardèrent longuement. Ils s'aimaient. Leurs yeux devinrent humides. Et, tout à coup, graves, ils s'enlacèrent et s'embrassèrent sur les deux joues...

Le sort avait désigné les armes et la place des adversaires.

Ils enlevèrent veston et gilet et se mirent en tenue de combat.

Alors, Pierre s'avança et dit :

— Je tiens à le répéter, bien que nos témoins le sachent, car il faut que ce soit entendu. Si mon frère est tué,... et si M. de Villefort est sans blessures, je prendrai la place de mon frère et je continuerai le combat.

Froidement, le duc répliqua :

— Mes témoins et moi, nous avons accepté toutes vos conditions, toutes !...

M. de Jurvie engagea les armes, se recula de trois pas, et dit :

— Allez !

Et le soleil, qui venait enfin, au bout de l'avenue, de secouer ses draps de brouillards, fit passer une étincelle blanche le long des deux lames...

Les duels au sabre sont rares en France, si ce n'est dans l'armée, et en dehors de l'armée ils sont souvent mortels. Les règles de ce duel permettent de porter des coups d'estoc et de taille, de se baisser, de se soulever, de sauter à droite et à gauche, de rompre, d'avancer, de faire en un mot toute évolution autour de son adversaire. Les blessures sont parfois effroyables. L'escrime du sabre, moins compliquée que celle du fleuret et de l'épée, donne lieu à une largeur de mouvements qui laisse une vaste surface à découvert. Le tireur à l'épée, avec ses mouvements plus serrés, a donc une supériorité positive sur son adversaire. Mais le duc Horace et les frères Girodias étaient aussi forts à l'épée qu'au maniement du sabre. De plus, Pierre et Gaston s'étaient battus plusieurs fois déjà, avaient par conséquent l'habitude du terrain, la certitude de vaincre cette fois comme les précédentes, tandis que Villefort n'avait eu

qu'une seule rencontre, au pistolet, à Compiègne. Il
possédait cependant toute la force et l'adresse que la
science de l'escrime peut apprendre, et, devant ces
deux redoutables adversaires, c'était un adversaire non
moins redoutable.

Dès la première attaque, on comprit la gravité de la
lutte.

Ni l'un ni l'autre des combattants ne tenta des coups
de tranchant ; tous deux, maîtres de leur cœur et de
leurs nerfs, sobres de grands mouvements, s'attaquèrent par des froissements de lames et de simples déga-
gements.

Ils se tâtaient, les yeux dans les yeux, aussi tranquilles en apparence que s'ils faisaient une passe
d'armes dans un assaut entre amis...

Pendant quelques minutes, tous deux suivirent la
même tactique.

Gaston Girodias essayait d'amener par tous les
moyens possibles le duc Horace à se livrer, à s'offrir
à portée de l'arme, tout en ne se livrant pas lui-même.

De son côté, le duc, en parfaite possession de tout
son sang-froid, cherchait à se faire attaquer franchement, pour parer et riposter, après quoi sauter en
arrière. Il ne faisait que de fausses attaques sur la
partie la plus rapprochée afin de faire partir l'adversaire et de l'amener à se fendre, évitant les feintes
compliquées qui découvrent trop. Il savait très bien
que sa vie était en danger, mais était décidé à la
défendre et à la faire chèrement payer. Il s'aperçut, du
reste, que si Gaston était aussi fort, il n'était pas plus
fort que lui. Les chances étaient égales. Le duc n'avait
aucune haine contre les deux frères. Ces rudes natures,
au contraire, qui étaient d'une autre époque, lui plai-
saient par leur âpreté même, par leur rigidité, nous

dirions presque par la grandeur de leur sauvage rancune. S'il avait eu affaire à moins fort, il l'eût épargné !
Il ne le pouvait sans péril de mort.

Pierre assistait à ce duel le front ridé, le regard
ardent, suivant anxieux les opérations rapides et
savantes de tous les coups qui pouvaient amener,
pour l'un ou pour l'autre, la blessure terrible et mortelle. Parfois, son corps se tendait, ses mains s'agitaient. On eût dit qu'il ne pouvait attendre la fin de
cette lutte et qu'il voulait se jeter entre ces sabres qui
se choquaient. Déjà, une fois, il avait fermé les yeux
pour ne pas voir l'arme d'Horace qui s'abattait avec la
rapidité de la foudre. Et en les rouvrant, en voyant
que le coup avait été paré, que son frère était debout
et sans blessure, il avait à peine retenu un rugissement de joie. Son sein se gonflait. Sa respiration était
bruyante. Il avait peur, atrocement peur pour Gaston...

Cinq minutes s'étaient écoulées. Les adversaires
étaient haletants. Les témoins s'interposèrent, les obligeant à s'arrêter pour reprendre haleine.

Puis, les armes furent engagées de nouveau, battirent, se croisèrent, avec un acharnement réfléchi, avec
une violence d'autant plus dangereuse qu'elle se cachait
sous plus de présence d'esprit et de possession.

Parmi les témoins, nul n'aurait pu dire quel allait
être le vainqueur de ce tournoi sanglant, tellement les
deux jeunes gens paraissaient de même vigueur,
entraînés tous deux, durs à la fatigue, coup d'œil
rapide et poignet souple.

Seul, Pierre, la tête penchée, tendue pour mieux
voir, pour se rapprocher un peu plus, seul Pierre, par
son attitude, sa pâleur, les frissons brusques qui lui
faisaient parfois joindre et se tordre les mains, accusait son inquiétude.

C'est que, seul, connaissant son frère, il remarquait chez lui certains signes précurseurs de la fatigue : une teinte jaunâtre, d'un jaune de cire, se répandait sur ses traits. Pourtant, les coups étaient toujours donnés et parés avec la même adresse, avec la même force.

Mais l'aîné avait fait trop souvent assaut avec son jeune frère pour s'y tromper, hélas ! et il la retrouvait, cette pâleur de cire !

— Il faiblit ! il faiblit !

M. de Jurvie ordonna un second repos. Gaston et Horace restèrent en présence, les mains appuyées sur la poignée du sabre fiché en terre. Leur large poitrine respirait, dans un mouvement profond et précipité. Mais tandis que le duc restait droit comme un chêne, Gaston se penchait, à bout de souffle.

Il eut, vers son aîné, un regard à la fois triste et souriant. Ils avaient si bien l'habitude de la vie commune qu'en général ils passaient des heures l'un auprès de l'autre sans se parler ; leurs yeux se communiquaient tout ce qu'ils avaient à dire. Toute parole était superflue. Et Pierre, éperdu, comprenait ce que venait de lui dire son frère.

— Je n'en peux plus !... Je suis à sa merci !

M. de Jurvie s'était rapproché, avait, pour la troisième fois, lié les armes :

— Allez, messieurs !...

Haletant, les deux mains fouillant sa poitrine et comprimant son cœur, prêt à crier d'épouvante, Pierre devait voir jusqu'au bout ce spectacle : pour tout le monde, maintenant, c'était visible aussi bien que pour lui.

Déjà, à la reprise, si Horace avait voulu, la pointe du sabre eût percé le corps que la main appesantie ne défendait plus.

Les témoins entendirent un soupir rauque, derrière eux.

Ils se retournèrent.

C'était le frère aîné, appuyé contre un arbre, et qui défaillait.

Par deux fois, Gaston commit une faute.

Horace ne voulut pas en profiter.

Pierre eut un moment d'espoir : le duc faiblissait peut-être, lui aussi.

Mais Gaston eut un accès de rage ; il avait compris que son adversaire le ménageait, maintenant qu'il était sûr de la victoire.

Pendant une demi-minute, ses coups se multiplièrent, mais la fureur l'aveuglait, la fureur, la honte, le désespoir.

Alors, Horace murmura :

— Tant pis... C'est lui qui l'aura voulu !

Le jeu si serré de Gaston s'en allait à l'abandon pour ainsi dire. Lorsqu'il ripostait avec le tranchant, il ne ripostait même plus dans la ligne où il avait paré. Enfin, il commit une nouvelle et suprême faute : après une parade de prime basse, il riposta par un coup de tranchant vers la tête, au lieu de riposter directement par un coup de sabre au flanc ou au ventre.

Il se découvrait ainsi et laissait toute commodité au duc pour remiser.

La lutte durait depuis trop longtemps, il fallait en finir.

Horace étendit le bras et Gaston, lâchant son sabre, s'abattit en arrière, les bras étendus, avec une plaie béante de l'épaule à la poitrine.

Pierre avait vu la faute, avait prévu le coup.

En même temps que l'arme tombait sur cette chair frémissante, le frère aîné s'élançait avec un cri de rage et de haine et recevait Gaston évanoui dans ses bras.

Il le considéra un instant avec une douleur farouche.

Sur ce front pâle, il mit un baiser.

Puis, après l'avoir porté au bord du bois et appuyé contre le tronc d'un arbre, il revint d'un bond vers Horace, ramassa le sabre de Gaston, et sourdement :

— Je vais vous tuer !

Les témoins s'interposent. Bien qu'ils en aient accepté le principe, ils ne se dissimulent pas que les deux rencontres successives sont en contradiction avec le Code du duel. Le sang répandu, l'horreur du meurtre, ce jeune homme pâle et pareil à un mort, cet autre dont les yeux brillent d'une haine intraduisible, le duc froid et dédaigneux qui vient de soutenir un assaut horrible et qui se prépare à en soutenir un second plus terrible encore, tout cela les émeut, les trouble, les bouleverse.

— Monsieur Girodias, la lutte est impossible, inégale...

— Éloignez-vous !

— Pierre, remettons ce duel à plus tard... En toute équité, il ne peut plus avoir lieu en ce moment...

— Éloignez-vous ! Éloignez-vous !

Et s'adressant à Horace :

— Dites-leur donc de se taire et de vous faire place... Vous allez mourir.

Maître de lui, admirablement calme, le duc répliqua .

— Monsieur, je vous attends !

Et aux témoins :

— Messieurs, je vous prie de vous souvenir que j'ai accepté ces deux rencontres coup sur coup pour en finir plus vite... Donc, place, s'il vous plaît.

Ils se reculèrent, navrés.

M. de Coutais, qui était médecin, s'empressa auprès de Gaston.

Les deux hommes s'attaquèrent avec fureur, mais, chose singulière, ce fut, avec les sabres, presque un combat à l'épée. Ils s'attaquèrent par des coups droits, dégagés, des une, deux, mêlés de battements. Ils lançaient des coups de pointe en fausses attaques destinées à faire partir l'adversaire afin de pouvoir parer et riposter ou contre-riposter, mais toujours par un coup de pointe. Ils paraient quarte, tierce, ou seconde. Aucun des deux ne ripostait avec le tranchant. Le tranchant fait des blessures moins dangereuses. La pointe fait des blessures mortelles. A plusieurs reprises, les chemises furent effleurées. L'arme n'avait pas touché.

Les témoins arrêtèrent ; il y eut une pause.

La respiration de l'aîné des Girodias était égale, pas plus précipitée. Le duc, au contraire, manifesta un moment de fatigue. Pierre jeta un coup d'œil vers Gaston que soignait le docteur. Il ne s'enquit de rien, ne prononça pas un mot, mais dans le spectacle de son frère inanimé, ensanglanté, il avait, comme Antée chaque fois qu'il touchait la terre, retrouvé une nouvelle force et une haine plus forte.

— Allez ! dit M. de Jurvie joignant les sabres.

Tous les brouillards du matin étaient dissipés et le soleil brillait maintenant de tout son éclat dans un ciel très pur.

Seulement, un vent violent se levait, par rafales, dassait dans les arbres dénudés, faisait cliqueter les branchettes, puis s'apaisait.

Tout à l'heure, il était évident que M. de Villefort, à différentes reprises, avait épargné Gaston Girodias.

En cet instant, il était aussi évident que les deux

hommes ne s'épargnaient pas ; chaque coup menaçait la vie.

Les sabres se faussèrent ; on en changea.

Le duc, depuis quelques secondes, sentait son bras si souple devenir plus lourd. Une pesanteur le prenait à l'épaule, descendait jusqu'au poignet, engourdissait ses doigts.

Il avait aussi la sensation que l'arme de Girodias exerçait sur la sienne une pression formidable, comme si le sabre de l'adversaire, manié par une main de géant, eût pesé d'un poids énorme que le duc avait peine à soulever.

Ce qui était arrivé pour Gaston, tout à l'heure, arrivait pour le duc maintenant. Malgré sa vigueur, malgré sa volonté, son énergie, l'effort puissant pour se reprendre, malgré tout, il faiblissait !... Ses jarrets s'amollissaient, comme fauchés .. Ses yeux se voilaient.. quelque chose de pareil à un léger nuage voletait entre son regard et l'arme dangereuse dont la pointe menaçait à chaque seconde sa poitrine ou son cœur... Un cercle de fer étreignit son front, douloureusement.

Les témoins suspendirent la lutte.

Horace chancelait... Il s'appuya sur son sabre et respira...

Mais si sa vigueur le trahissait, son énergie morale était aussi grande.

Et ce fut avec un sourire fier qu'il répondit au regard terrible que l'aîné des Girodias, sûr de vaincre et sûr de tuer, laissa tomber sur lui.

M. de Jurvie se rendit compte de l'horreur de la situation...

— Messieurs, dit-il...

Et tout à coup, s'adressant à Pierre, très vite et très bas :

— Ce serait un meurtre!... Continuer ce duel est impossible...

Pierre répliqua avec dédain :

— Je suis prêt à l'interrompre si M. de Villefort en exprime le désir...

Horace retomba en garde.

Ce fut sa seule réponse.

— J'en étais bien sûr... dit Pierre... Vous le voyez, Jurvie, moi, je ne demandais pas mieux... c'est lui qui le veut...

M. de Jurvie s'écarta.

On entendit aussitôt le choc bruyant des lames. Il n'y avait plus, sur le visage de Girodias, d'autre sentiment qu'une joie sauvage.

Et Horace, en usant son dernier et suprême effort à se défendre, car il n'attaquait plus, — Horace, les yeux de plus en plus troublés, la main de plus en plus lourde, mais toujours le cœur haut et ferme, — Horace se disait :

— Je suis perdu !

Presque avec une certitude absolue, Pierre pouvait se demander :

— Où vais-je le frapper ? A la gorge ou au cœur ?

Enfin le bras fatigué d'Horace, éloigné dans une parade, n'est pas revenu à temps dans sa ligne de défense : le mouvant rempart derrière lequel, depuis une heure d'effroyable lutte, s'est abrité le jeune homme, offre une brèche par où va passer le sabre de Girodias... et Girodias l'a vu...

En cette seconde suprême à laquelle tient la vie d'un homme dépendant du coup d'œil d'un autre homme, une intervention mystérieuse suspend la mort, la retient, la détourne... bouleverse les chances de ce combat...

Le vent, qui s'était apaisé depuis quelques minutes,
a repris de plus belle, avec une extrême violence, et
pourtant il n'y a pas un nuage dans le ciel; mais les
arbres se tordent, les branches se balancent les unes
vers les autres, ainsi que pour chercher protection
contre la rafale.

Tout près de l'avenue, à une dizaine de mètres des
adversaires, derrière Horace et face à Girodias, il y a
un renfoncement de l'avenue dans le bois formant clairière et, au milieu, une levée de terrain tout encombrée
de hautes bruyères et de touffes de genêts.

Le vent souffle là, comme dans le bois, avec rage,
incline bruyères et genêts jusqu'au ras du sol, ramasse
au pied du tertre des feuilles mortes amoncelées et les
chasse en tourbillons tout autour.

Et voilà que l'aîné des Girodias, au moment où son
arme s'enfouissant dans la brèche va trouer ce noble
cœur, lève soudain les yeux vers les genêts qu'on dirait animés, par l'ouragan, d'une vie surnaturelle. Ils
viennent de s'écarter brusquement et du milieu d'eux
a surgi une apparition, fantôme sans doute, car il a
aussitôt disparu dans le même instant où il fut visible :
le fantôme de Colette aux yeux affolés, au pâle visage,
aux lèvres prêtes à laisser échapper un cri d'épouvante,
les vêtements en désordre, ses admirables cheveux
dénoués et les mains tendues — dans un geste de supplication et d'horreur — vers l'arme odieuse qui allait
frapper de mort.

Puis une autre rafale a redressé les broussailles et à
la place de l'apparition il n'y a plus que les vertes
touffes des genêts et des bruyères...

Mais l'œil de Girodias avait été distrait...

L'arme resta une seconde indécise...

Une seconde ! Il n'en fallait pas plus.

Et le sabre de Villefort frappa, dans un effort d'agonie, rapide comme la foudre.

Pierre Girodias ne tomba pas sur le coup.

L'arme, seulement, lui échappa et, comme s'il n'eût point compris ce qui lui arrivait, il eut un regard de stupeur.

Après, il éleva le bras vers le tertre :

— Là ! là ! dit-il d'une voix étouffée.

Il rendit un peu de sang par la bouche, chancela, pris d'une syncope.

On l'étendit à côté de son frère.

Dans l'avenue entra une voiture de paysan.

Les deux jeunes gens y furent placés côte à côte, et lentement, au pas du cheval, la charrette monta le coteau dans la direction des Grandes-Roches.

Soubise et Malicamp, les deux gardes témoins du duc, essuyèrent leur front chargé de grosses gouttes de sueur.

M. de Villefort leur tendit la main.

— Ma foi, dit Soubise, monsieur le duc en revient de loin !

— Et il doit un rude cierge à sainte Anne, fit Malicamp qui se signa.

— Oui, dit Horace, je reviens de loin, en effet, car je me suis cru perdu...

Pensif, il ajouta :

— Et je ne sais pas encore comment tout cela s'est passé !

V

AUX GRANDES-ROCHES

La blessure de Gaston, pour affreuse qu'elle fût, n'était pas très grave. Mais le jeune homme avait perdu beaucoup de sang ; sa faiblesse était extrême, et il eut de la fièvre, une fièvre longue et tenace, avec du délire.

La blessure de Pierre mit ses jours en danger.

Elle avait atteint profondément la poitrine.

On avait établi deux lits dans la même chambre, et on les soignait ainsi l'un auprès de l'autre.

Pendant huit jours, ils ne se virent pas, ils ne se reconnurent point.

Parfois, dans les accès de leur fièvre, ils se soulevaient hagards, se regardaient, mais ne se voyaient pas.

Et ils retombaient, pendant que leur imagination surexcitée laissait échapper des visions étranges où tous deux — Gaston et Pierre — apercevaient la même femme aux yeux affolés, qui tendait ses petites mains pour empêcher le meurtre.

Car le fantôme qui, un moment, s'était dressé au-dessus des genêts et des bruyères, Pierre, en se battant, n'avait pas été seul à l'apercevoir. Appuyé contre un arbre et sortant de son évanouissement, Gaston, lui aussi, avait vu l'apparition en haut du tertre vert, et parmi les ombres qui s'agitaient dans son cerveau cela avait revêtu les apparences de quelque chose d'en dehors de l'humanité. Était-ce vrai, ce qu'il avait cru voir ? Cette vision du ciel, sous la forme d'une femme, d'une jeune fille si belle, implorant le pardon et voulant faire cesser cette terrible lutte, l'avait-il véritablement bien vue, ou était-elle née de sa fièvre, de sa faiblesse ? Quelle qu'elle fût, elle revenait dans son rêve.

Et, près de Gaston, dans les rêves de Pierre elle revenait aussi...

Ces deux fièvres et ces deux délires poursuivaient la même pensée.

Dans ces deux pauvres cerveaux endoloris s'agitait la même image...

Et l'on eût dit vraiment qu'ils se répondaient l'un à l'autre, lorsqu'ils s'abandonnaient, yeux ouverts et fixes, à leur délire.

Pierre se remuait péniblement en son lit.

Tout à coup, il se redresse, le cou tendu, le regard obstinément attaché à un point invisible pour les autres.

Et il balbutie :

— Qui donc... là... au milieu de ces bruyères... dans ce bois... au milieu de l'ouragan qui l'entoure de feuilles mortes en tourbillon ?... Ah ! comme elle a l'air d'avoir peur et comme elle implore !... Comme ses grands yeux sont remplis d'épouvante !... Et comme elle est belle !...

Épuisé, il se laisse retomber sur le lit, mais s'il ne parle plus, on peut juger à la flamme de son regard qu'il poursuit sa vision.

Et Gaston, presque aussitôt, semblant lui répondre, disait :

— Je ne la connais pas... je ne l'ai jamais vue... et jamais plus maintenant, jamais plus elle ne quittera mon souvenir... Qu'était-elle venue faire là ?... Pourquoi... pour qui... se trouvait-elle dans cette forêt ?... D'où venait-elle ?...

Son regard prenait une sorte d'extase.

Il joignait les mains et murmurait, ainsi que son frère :

— Comme elle est belle !

Ce fut Gaston qui le premier fut hors de danger et se leva.

Et dès lors il se consacra à son aîné.

La convalescence de Pierre devait être longue, une fois tout péril écarté, mais la fièvre et le délire cessèrent.

Les rêves ne cessèrent point.

Au fur et à mesure que la santé revenait, chez l'un et chez l'autre, les préoccupations augmentaient. Souvent Pierre faisait semblant de dormir, et c'était afin de s'enfermer dans son rêve sans en être distrait par les soins empressés de son frère. Et souvent aussi Gaston, lorsque Pierre paraissait ainsi dormir, fermait à son tour les yeux, afin de mieux rechercher, retrouver et poursuivre la charmante vision entrevue au matin de leur duel.

Ils ne se faisaient aucune confidence.

Pour la première fois de leur vie, chacun des deux avait pour l'autre un secret.

Sur ces rudes terrains, la semence d'amour était

tombée par hasard et brusquement ; elle avait germé et grandi, la jolie fleur... Elle occupait à elle seule ces deux cœurs, écartant pour quelques jours toute autre pensée, ravageant tout ce qu'elle trouvait de mauvais et faisant place nette.

Quand ils s'étaient présentés au château de Villefort après l'acquittement d'Horace, Colette se trouvait bien au salon.

Mais ils ne l'avaient pas vue : ils ne la connaissaient donc pas.

Qui était-elle ? Où la retrouver ?

Voilà ce qu'ils se demandaient, au fond d'eux-mêmes, dans leurs longs silences.

Lorsque Pierre fut tout à fait mieux et que Gaston lui-même, complètement remis depuis longtemps, put sortir et laisser seul son frère, sa première promenade fut pour le bois où il s'était battu.

Il y vint à la même heure.

Ce jour-là, le temps était très calme, pas un souffle n'agitait les branches.

— C'est là que l'on m'avait étendu, murmura-t-il, contre cet arbre... et en rouvrant les yeux, là, devant moi, ces genêts et ces bruyères se sont écartés et j'ai vu, oui, je ne rêvais pas... j'ai bien vu...

Il resta pensif :

— Ai-je vraiment bien vu ? C'était une vision de fièvre, peut-être...

Il doutait, à présent...

Il monta sur le tertre, entra dans les broussailles... les écarta de la main...

— C'était là !

Et tout à coup, il se baissa avec un cri.

A ses pieds, accrochée à une touffe plus basse de bruyères, une mantille !...

Alors c'était donc bien vrai ? Ce n'était donc pas la fièvre... une hallucination de sa faiblesse... une fantasmagorie de son cerveau affaibli par l'effort de la lutte et tout le sang qu'il avait perdu ?...

Il prend cette mantille, la déploie, la replie, la dévore du regard, essayant d'y retrouver l'image sitôt disparue...

Il la cache contre lui et s'enfuit de là comme un voleur...

— Puisque je n'ai pas rêvé, puisqu'elle existe, je la retrouverai !

Il rentre aux Grandes-Roches, mais ne fait aucune confidence à son frère. Son visage est si animé, ses yeux si brillants que Pierre l'interroge. Gaston a un moment de trouble, et répond évasivement.

Le lendemain, Pierre voulut faire sa première sortie : il se remettait rapidement.

Par hasard, le temps était très doux, bien qu'on fût en janvier.

Appuyé sur le bras de Gaston, il marchait d'un pas lent, un peu hésitant. Lorsque Gaston lui vit prendre le chemin du bois de chênes, il dit :

— Où vas-tu ?

— Là bas, où j'ai failli mourir...

— C'est loin... Tu vas te fatiguer...

— Nous nous reposerons en route, s'il le faut.

— Attends quelques jours.

— Non... Je voudrais voir...

Mais il se tut, avant d'avoir achevé sa pensée.

Ce qui le poussait là, c'était ce qui avait amené Gaston également. Il s'était trompé sûrement, le matin du duel... Il avait cru voir... Il n'avait rien vu... Il avait pris pour un fantôme de femme quelque branche dénudée, cassée de son arbre, sous la poussée de l'our-

gan, et tombée dans les broussailles... Cela l'avait distrait... Et, alors qu'il tenait la vie de son adversaire à
la pointe de son arme, il s'était laissé toucher comme
un enfant !...

Ils arrivèrent dans l'avenue.

Pierre chercha l'emplacement où avait eu lieu le
combat. Il retrouva exactement sa place, près d'une
ornière où il avait mis deux fois le pied en se battant.
Et devant lui, là, tout près, c'était le tertre..

Il s'assit, fatigué, et rêva.

Et les deux frères, silencieusement, regardèrent ces
buissons d'un vert sombre.

Pierre était si absorbé qu'il ne faisait pas attention
à Gaston.

Mais celui-ci s'aperçut tout à coup de l'attraction
étrange que cet endroit semblait exercer sur le conva-
lescent. Les joues du jeune homme étaient plus ani-
mées, une vie intense dans son regard.

Et Gaston devina, dans un déchirement de son
cœur :

— Il l'a vue, lui aussi ! Et il l'aime.

Quand ils revinrent aux Grandes-Roches, il n'y eut
pas un mot prononcé entre eux. La promenade avait
fatigué Pierre. Il se coucha, autant pour se reposer que
pour être seul et rêver tout à son aise.

Alors, Gaston ressortit, à pied : il n'était pas encore
assez robuste pour supporter une promenade à cheval.
Et ce fut encore vers le bois de chênes qu'il retourna.
Il erra jusqu'au soir dans les environs et le hasard le
fit passer non loin du château de Villefort.

Il leva les yeux vers les sombres ruines.

Le soleil se couchait. Il envoyait ses rayons obliques
dans les fenêtres du château, qu'il incendiait de lueurs
sanglantes. On eût dit que tout était en feu dans les

appartements et que les vitres elles-mêmes allaient entrer en fusion. Ces clartés rouges restaient immobiles, mais tout à coup l'une d'elles s'anima, flamboya plus que les autres, puis disparut : une fenêtre s'ouvrait, remplaçant l'incendie du soleil par un trou sombre où vint s'encadrer une jeune fille.

Et si peu de temps qu'elle fût là, Gaston, le cœur ayant cessé de battre, un sourire d'extase sur les lèvres, Gaston l'avait bien reconnue.

C'était elle... Pouvait-on s'y tromper ?... C'était le joli fantôme apeuré qui avait surgi du milieu des bruyères et des genêts !...

Elle ne pouvait le voir.

Il resta là longtemps, tant qu'elle fut à la fenêtre.

Puis la nuit descendit ; la fenêtre se referma ; le soleil était couché ; tout disparut peu à peu, tout fut noir.

Il soupira, heureux et malheureux tout ensemble.

Et, en reprenant le chemin des Grandes-Roches, il se demandait :

— Qui est-elle ? Que fait-elle à Villefort ?

Il ne lui fut pas difficile de l'apprendre.

Il connaissait assez mademoiselle d'Entraguay pour être certain qu'il ne s'agissait pas d'elle.

Quelle autre jeune fille habitait au château ?

Il s'enquit : le nom de Colette Nathalier lui fut révélé.

Mais alors un doute, une jalousie le mordit au cœur !...

Pour qui et comment cette jeune fille était-elle venue à ce duel ? Était-ce le hasard seulement qui l'y avait conduite ?

Ou bien l'angoisse ?

Elle aimait donc le duc de Villefort ?

Le lendemain, il retournait errer autour du château, s'en approchant le plus qu'il pouvait, tâchant de ne pas être vu. Ce manège dura plusieurs jours. Il avait, de cette façon, fini par connaître les habitudes de Colette, ses heures régulières de promenades au dehors, ou seulement de sortie dans le jardin.

Mais quand elle passait près de lui, il ne se montrait pas.

Aux Grandes-Roches, pas un mot.

Ils se cachaient l'un de l'autre.

A plusieurs reprises, Gaston, étant rentré inopinément, ne trouva pas son frère.

La première fois il l'avait grondé, le voyant fatigué et pâli. Les autres fois, au contraire, la physionomie de l'aîné était animée, comme d'un bonheur soudain.

Et un soir, tous deux étaient sortis — chacun de son côté — sous des prétextes différents, avec quelque gêne réciproque dans les raisons qu'ils se donnaient pour ne point rester l'un avec l'autre.

Gaston était parti le premier.

Quelques minutes après, Pierre s'en allait également.

Il prenait, sans savoir, le même chemin qui aboutissait à la rivière. Et ce ne fut que de l'autre côté de la Sèvre qu'il s'aperçut que son frère le précédait.

Gaston marchait très vite, comme pressé d'arriver.

Il ne retourna pas une seule fois la tête.

Pierre, d'abord sans soupçon, ralentit un peu le pas.

— Nous ne pouvons avoir le même but, murmurat-il... Moi, je vais prendre le sentier des ajoncs, remonter vers le parc de Villefort, traverser le ruisseau, et par les étroits chemins du sous-bois m'approcher du kiosque dont elle fait le but habituel de ses promenades... Lui s'en ira autre part...

Dans les détours des sentes, il perdait Gaston.

Mais lorsque les sentes filaient directement et qu'on pouvait voir assez loin devant soi, il le retrouvait tou-

jours filant, à la même allure, du pas régulier et rapide de l'homme dont le projet est déterminé.

Alors, dans l'âme du frère aîné, un vague soupçon :
— Où va-t-il? Pourquoi prend-il le même chemin
que moi ? Est-ce que ?...

Il passa la main sur son front. Il était très pâle.

— Non, non, murmura-t-il... Ce ne peut être ! Comment la connaîtrait-il? Comment l'aurait-il rencontrée ? Où l'aurait-il vue ?

Mais de l'autre côté du ruisseau, lorsque Gaston eut
atteint le kiosque d'où la vue lointaine s'étendait sur
tous les paysages des alentours, magnifique panorama
de forêts et de campagne, de rivières tortueuses, de
ruisseaux clairs et de grands lacs, de plaines et de coteaux, parsemés de villages, de villas et de châteaux,
— endroit aimé de Colette, où elle venait presque tous
les jours, — Pierre le vit qui s'arrêtait, hésitait un instant, puis entrait dans le petit abri de chaume, bâti à
la norvégienne, mais depuis longtemps délabré et tombant en ruines. Il s'y faufila comme un malfaiteur et
Pierre le perdit de vue.

— C'est pour elle qu'il vient !

Voilà ce que la jalousie criait dans le fond de son
cœur...

Et peut-être allait-il se précipiter vers Gaston...
lui reprocher le mensonge de sa vie, cet amour, sa fé-
lonie, sans réfléchir, lorsqu'il entendit un bruit de pas,
tout près. Il n'eut que le temps de se jeter par terre,
contre le tronc et l'énorme racine d'un arbre abattu et
derrière lequel il se trouva tout à coup invisible.

Là, il attendit.

C'était Colette, c'était la jolie vision du duel, qui
lentement se rapprochait.

Elle vint jusqu'au kiosque, s'assit devant, sur un

banc de pierre, et après un regard à ce paysage qu'elle aimait et qui étalait ses splendeurs à ses pieds, comme si elle en avait été la reine, elle ouvrit un livre qu'elle avait apporté.

On eût dit qu'elle lisait et que même elle paraissait absorbée par sa lecture. Un quart d'heure, une demi-heure se passa. Elle n'avait pas tourné une seule page. Elle rêvait, très loin de là sans doute. Elle rêvait, et parfois un long soupir gonflait son corsage et une lueur humide brillait dans ses yeux. Elle rêvait, sans se douter que très près d'elle, dans le kiosque à l'abandon, deux yeux ardents d'amour, pleins de jeunesse et de passion, suivaient ses gestes et scrutaient sa pensée. Elle rêvait, ne se doutant pas que devant elle, derrière cet arbre déraciné, d'autres yeux, aussi ardents et aussi passionnés, essayaient de la brûler de leur flamme.

Elle resta longtemps ainsi.

Et pas un souffle de chacun des deux hommes ne révéla leur présence.

Tous deux étaient venus là pour la voir, pour l'admirer, pour vivre un peu plus près d'elle, pour boire une fois de plus le poison de cet amour sauvage, unique extrême, qui s'était emparé de leur âme.

Gaston ne pouvait se douter de la présence de son frère.

Et Pierre, tout entier à l'étrange ivresse, à l'ivresse inconnue, jamais ressentie encore, de sa passion, Pierre avait oublié la présence de Gaston...

Longtemps, longtemps, dura cette scène muette.

Enfin, Colette ferme son livre. Elle se lève. Un regard encore à la jolie vallée, devant elle ; mais ce n'est pas la vallée qu'elle regarde ; elle regarde tout au fond de son cœur.

Et lentement, dans le petit sentier à peine tracé qui

raccourcit le trajet, elle reprend le chemin de Villefort.

Au fur et à mesure qu'elle s'éloigne, que la vision devient de moins en moins visible, qu'elle disparait, Gaston s'est avancé hors du kiosque pour la voir encore et Pierre s'est soulevé de sa cachette pour l'admirer une dernière fois ; tous deux ne semblent plus se soucier d'être aperçus par la jeune fille.

Ils sont si près l'un de l'autre que c'est miracle qu'ils ne se surprennent pas.

Mais elle a disparu, au tournant du sentier, derrière les hauts arbres et les broussailles.

Alors, ils relèvent les yeux.

Ils se voient.

Et ils deviennent horriblement pâles, les lèvres blêmes et tremblantes, un peu de folie dans le cerveau.

Car, tous les deux, ils ont compris.

Il a compris, Gaston, devant ce visage du frère aîné où se peint toute une extase, il a compris que Pierre aime Colette.

Il a compris, Pierre, devant l'infini bonheur que reflète le regard de son frère plus jeune, et son intense émotion, et la douleur aussi qu'il a laissé voir lorsque Colette a disparu, il a compris que Gaston aime la jeune fille.

Et dans la rude et extrême affection qu'ils ont l'un pour l'autre, c'est un coup si violent qu'ils en perdent la pensée, que dans leur tête quelque chose de confus, un tourbillon douloureux, remplace pour un moment toute réflexion, et que, lorsqu'ils se remettent, ils se considèrent, silencieux, avec un désespoir navrant.

Ils n'ont même pas l'idée de mentir, de chercher un prétexte à cette rencontre en ce coin de bois qui appartient aux Villefort et où jamais ils ne venaient, ne voulant pas salir leurs pieds à la terre dépendant de la maison haïe et maudite.

Puis, ils détestent le mensonge. Ils ont horreur de tout ce qui est fausseté, petitesse ; le mensonge, c'est de la peur, et ils sont inaccessibles à la peur !

Ils viennent l'un vers l'autre, quand ils ont repris un peu de sang-froid.

— Que viens-tu faire là ?

— Ce que tu es venu y faire toi-même.

— Tu me suivais ?

— Non... Et toi, m'avais-tu suivi ?

— Non... Et je ne me doutais pas que j'allais te rencontrer...

Leur respiration était courte, oppressée ; une souffrance leur étreignait le cœur. Ils se turent.

Puis, l'un près de l'autre, ils reprirent le chemin des Grandes-Roches.

Pas un mot ne fut dit jusqu'au château.

Mais que de réflexions amères !

Et que de soupirs ils étouffaient, montant de leur désespoir !

Quand ils franchirent le seuil de la maison où ils avaient vécu heureux et sans soucis jusqu'à la mort de leur père, Pierre appuya la main sur l'épaule de Gaston :

— Depuis quelle époque la connais-tu ?

— Depuis le duel.

— Tu l'as vue ce jour-là pour la première fois ?

— Oui.

— Sur le tertre aux bruyères.

— Oui... On eût dit une apparition... Et toi ?

— Moi... j'allais tuer Villefort défaillant, à bout de forces ; j'avais vu où j'allais le frapper... mon bras était levé lorsque tout à coup, devant moi, les buissons de genêts et de bruyères s'entr'ouvrirent dans une poussée de la rafale...

Il joignit les mains en parlant, comme si c'était de quelque miracle qu'il parlait :

— Et je la vis... Mon bras resta suspendu... Pendant une seconde, je ne songeai plus à tuer... et c'est moi qui faillis mourir... Elle lui a sauvé la vie... et moi, elle a failli me tuer.

D'une voix indistincte, Gaston demanda :

— Tu l'aimes ?

— Oui, fit Pierre d'un geste.

Et presque aussitôt, très bas, il adressa la même question :

— Tu l'aimes ?

— Oui... dit Gaston, le front baissé.

— Qu'allons-nous devenir ?

— Je ne sais pas, je ne sais pas, dit Gaston, hochant la tête.

— Je crois que nous allons être très malheureux...

— Oui, peut-être, peut-être...

L'aîné prit son frère par la main.

— Viens, dit-il.

Et il l'entraîna.

— Où me conduis-tu ?

— Viens ! viens ! L'heure est grave... Nous avons besoin de nous recueillir.

Dans un angle du large vestibule il ouvrit une porte.

Il sentit dans sa main frissonner la main de son frère : la porte était celle du cabinet de travail du vieux Girodias.

Pierre referma la porte, alla pousser les persiennes pour donner un peu de jour.

Rien n'avait été changé là depuis l'assassinat du vieux,

Les deux frères, d'un geste instinctif, se découvrirent.

Et ils se signèrent pieusement, ainsi que devant une tombe.

C'était une large pièce éclairée par deux fenêtres, meublée simplement de vieux fauteuils en tapisserie, occasion trouvée dans quelque vente. Girodias, malgré sa grande fortune, et bien qu'il ne fût point avare, faisait peu de frais pour s'entourer des superfluités du luxe. Au milieu de la pièce, un large bureau en acajou avec de nombreux tiroirs ; sur le bureau, des papiers, des dossiers, des comptes inachevés, toute la vie de travail du bonhomme qui gérait lui-même ses propriétés et n'avait jamais abandonné à personne le soin de surveiller ses cultures, les coupes de ses bois, le rendement de ses moissons ou les améliorations de ses terres.

C'était là qu'il était, le vieux Girodias, dans ce fauteuil de cuir usé par le frottement, quand il avait été frappé dans le dos d'un coup de poignard qui l'avait tué soudainement.

Car il n'avait pas souffert, il ne s'était pas débattu. Il n'avait pas eu d'agonie ; il n'avait même pas, selon toute probabilité, dû voir son meurtrier.

Ce poignard, qui appartenait à Girodias, et qui toujours était sur son bureau, s'y trouvait encore.

Pierre s'en empara.

La lame était rouillée jusqu'à la garde, c'était du sang !

Il le tendit à Gaston.

— Regarde ! On dirait que c'est hier seulement qu'il est mort.

Gaston frissonna et détourna les yeux.

Mais Pierre, suppliant, disait :

— Non, non, regarde ! regarde !

On eût dit que c'était hier, en effet, que le crime avait été commis. On avait surpris le vieillard en son fauteuil, les mains sur le bureau, la droite tenant un porte-plume, le front touchant les papiers épars devant lui. Et comme le coup avait percé le cœur, un peu de mousse sanglante était venue aux lèvres et avait mouillé la blancheur des papiers d'une rosée rouge.

Et ces reliques tragiques, les deux frères avaient voulu les conserver.

Ce grand cabinet de travail avait deux sorties : l'une donnant sur l'intérieur du château, l'autre donnant sur la campagne.

Par où était-il entré, l'assassin ?

Les deux frères restèrent longtemps en contemplation devant ces choses lugubres qui parlaient si clairement à leur cœur.

Le vieux Girodias était mort, et sa mort n'était pas vengée.

— Gaston, regarde, reprenait l'aîné ; nous allions l'oublier !

— Non, non, je n'ai rien oublié, je te le jure !

— Je ne te fais aucun reproche... Je n'en ai pas le droit, car si tu es coupable, je ne le suis pas moins... Nous allions l'oublier, te dis-je, le drame qui s'est accompli là... Nous allions oublier la mort du vieillard qui a été frappé là par un traître...

Faisant le signe de la croix :

— Père, moi, ton fils aîné, je t'en demande pardon !

Gaston imita son frère :

— Père, moi aussi, comme mon aîné, je te prie de me pardonner !

Ils s'assirent devant le bureau comme au temps où, après quelque dure chasse au sanglier, ils venaient le soir raconter leurs prouesses au vieux Girodias, qui les écoutait en souriant.

Ils regardaient ce bureau désert, ce fauteuil vide, comme si l'âme du père ne les avait pas quittés.

Et, peu à peu, ils s'abîmèrent dans leurs pensées, dans leurs regrets.

Le jour baissa. Il fit nuit autour d'eux. Ils ne s'en apercevaient pas. Qu'attendaient-ils ? Que l'âme évoquée du vieillard leur parlât ? Ou bien, insensiblement, et malgré eux-mêmes, glissaient-ils vers la jeune fille revue tout à l'heure et dont, ils auraient beau faire maintenant, ils ne chasseraient plus jamais l'image ?

Tout à coup, un murmure : c'est l'aîné qui parle :

— Pendant que j'étais malade, dans les intervalles des crises de fièvre, quand je me trouvais un peu plus calme, j'ai cru t'entendre à plusieurs reprises parler d'un fantôme dont tu ne disais même pas le nom.

— C'était elle !... Et moi aussi, pendant que, guéri avant toi, je veillais à ton chevet, moi aussi je t'ai entendu, dans l'exaltation de ton délire, évoquer l'apparition qui avait failli causer ta mort... Mais je ne me rendais pas compte, pas plus que toi, et je ne pouvais pas deviner que la femme qui occupait ta pensée était celle à laquelle je rêvais...

— Moi, je la revoyais dans ma fièvre.

— Et je la revoyais également.

— Comme elle était belle !

— Oui, bien belle !

— Quelle douceur dans ses yeux !

— Et quelle épouvante pourtant !...

— L'épouvante... ou l'horreur...

— Te rappelles-tu ? Elle tendait les bras vers nous, pendant que nous nous battions... Elle avait l'air de vouloir arrêter ce combat...

— Elle tremblait... J'ai vu, je te le jure, j'ai vu ses dents claquer...

— Pour qui tremblait-elle ?

— Hélas !... ni l'un ni l'autre nous ne la connais-sions...

Ils gardèrent le silence, troublés par leurs souvenirs. Puis Pierre reprit :

— Tout cela me revient, maintenant ; j'ai eu vrai-ment, pendant ma fièvre, des imaginations singu-lières... Par instants, je voyais ma vie liée à celle de cette jeune fille, et nous étions heureux, infiniment heureux...

— Et moi, disait Gaston, je me voyais, après de longues années d'un bonheur sans nuage, auprès d'elle toujours, elle m'aimant, elle n'ayant jamais aimé que moi... et la vieillesse venait ainsi dans une par-faite communion d'esprit et de cœur...

— Me voyais-tu, dans ton rêve ?

— Je ne te voyais pas. On eût dit que je n'avais pas de frère... Et dans ton bonheur infini, est-ce que je jouais un rôle ?

— Tu n'y apparaissais même pas.

— Est-ce que nous sommes destinés à nous sé-parer ?

— Frère !

— A nous haïr peut-être ?

— Tais-toi... ce que tu dis est un blasphème !

— Déjà tu te cachais de moi...

— Tu te cachais de moi aussi...

— C'est mal... Je t'en demande pardon... Je rougis de ce que j'ai fait, car, je te le jure, je ne sens pas di-minuer mon affection pour toi...

— Et moi, il me semble que je ne t'ai jamais si pro-fondément aimé...

— Et pourtant, elle, nous l'aimons tous deux !

— Oui... Que faire ?

Ils se tendirent les mains et restèrent ainsi liés par cette fraternelle étreinte.

Pierre ajouta :

— Cette fille est chez nos ennemis ! C'est une fille maudite pour nous. Elle nous portera malheur.

Mais Gaston ne répondit rien.

Bien qu'ils fussent de pareille rudesse, on eût dit cependant qu'au toucher de cet amour naissant, quelque chose de farouche s'amollissait dans le cœur du jeune homme.

Il essaya de la défendre.

— Elle n'a rien de commun avec les Villefort. Nous ne pouvons faire retomber sur elle la haine dont nous les poursuivons.

— Même si c'était notre devoir, le ferions-nous ? En aurais-tu le courage, toi, mon frère ?

— Ce courage, je ne l'aurais pas !

— Frère, nous avons à remplir une grave mission... Nous nous sommes imposé un devoir terrible...

Gaston détourna son regard.

Plus douloureusement, Pierre ajouta :

— Frère, nous ne pouvons pas nous séparer, nous ne pouvons pas quitter ce cabinet de travail où notre père est mort, où nous voyons encore de son sang.... nous ne pouvons pas laisser s'écouler une minute de plus sans prendre une résolution virile.

— Parle, toi... je t'écouterai, je t'obéirai...

— Nous avons juré de venger notre père...

— Et je n'ai pas oublié ce serment.

— Le renouvellerais-tu ?

— Certes, dit Gaston avec violence... En douter serait une insulte...

— Bien ! bien ! je n'en doute pas... Ce que j'ai voulu
dire, c'est que rien ne doit primer la tâche sacrée que
nous nous sommes donnée lorsque nous avons vu que
le Conseil de guerre innocentait un coupable... Et cette
tâche, c'est de punir le meurtrier... c'est d'entreprendre
pour le châtier ce que les lois et les juges n'ont pas osé
faire... Les juges n'ont pas formé leur conviction...
notre conviction à nous est absolue...

— Absolue, inébranlable...

— Frère, nous n'avons pas le droit de penser à autre
chose... Cet amour n'existe donc plus... Nous n'avons
jamais aimé...

Gaston relevait la tête, et son visage perdait peu à
peu l'expresion de tendresse passionnée qu'on y voyait
tout à l'heure et qu'y avait mise la pensée de Colette.
A présent, il redevenait dur... Et la même haine farouche reprenait possession de ces deux âmes, et sur
ces deux physionomies qui s'étaient adoucies plaquait
son masque de férocité.

— Gaston, tu vas répéter mon serment...

— Je jurerai tout ce que tu jureras.

Pierre étendit les mains sur le bureau, vers l'endroit
où il avait rejeté le poignard rouillé de sang, au-dessus
des feuilles de papier toutes rougies de rosée lugubre.

— Père, je jure que je n'aurai d'autre souci que
celui de te venger !

Gaston fit le même geste, répéta les mêmes paroles :

— Père, je jure que je n'aurai d'autre souci que celui
de te venger !

L'aîné continua .

— Père, je jure d'oublier mon amour... parce que
mon amour me rendrait faible et désarmerait peut-être
le bras qui doit frapper, le jour prochain du châtiment...

Gaston obéit.

Sa voix ne tremblait plus. Le frère avait repris son empire.

Enfin, l'aîné acheva solennellement :

— Quel que soit l'avenir, et pour que notre affection survive à tout ce que nous réserve l'inconnu, je jure de n'avoir jamais de secret pour mon frère Gaston... et de le prendre pour confident de mes joies et de mes douleurs, de mes espérances ou de mes désespoirs...

Gaston, les nerfs tendus, tomba dans les bras de l'aîné.

Et dans une surexcitation extrême :

— Oui, frère, je le jure... devant toi et devant le fantôme ensanglanté de mon père... tu seras mon confident... tu partageras tous mes secrets et tu connaîtras toutes mes pensées... Je le jure ! je le jure !

La soirée s'écoula, entre les deux jeunes gens, comme les précédentes. On n'eût pas dit que ces deux cœurs étaient torturés.

Certes, le serment, ils essayèrent de le tenir... Et s'il leur était impossible d'oublier, du moins ils ne considéraient plus cet amour que comme un de ces rêves, une de ces chimères des nuits sans sommeil qui vous poursuivent longtemps encore après le réveil et qu'on finit par chasser...

Leur haine était plus forte que leur amour.

Et dans cette première lutte, dont elle ne se doutait même pas, la jolie charmeuse avait été vaincue !...

Ils s'observèrent pendant les jours suivants.

Ils sortirent l'un sans l'autre.

Mais le soir, dans la loyauté du serment qu'ils étaient décidés à tenir :

— J'aurais pu passer devant Villefort, dit Pierre,

mais je me suis détourné de mon chemin pour ne pas la voir.

— Et moi, dit Gaston, je t'ai suivi... et je sais que tu dis la vérité.

Des jours se passèrent encore.

Pour s'étourdir, pour se distraire, pour se fatiguer, maintenant qu'ils étaient remis de leurs blessures, tous les matins ils partaient à la chasse.

Et ce fut un soir de cette semaine de luttes si douloureuses que le duc de Villefort reçut tout à coup, des deux frères, un billet ainsi conçu :

« Vous avez failli nous tuer. Nous voici rétablis complètement. Veuillez nous faire l'honneur de venir chasser le sanglier mercredi prochain — dans trois jours — dans la forêt de Machecoul... Rendez-vous à six heures du matin, au pavillon de Cimier... Prenez votre meilleur cheval... celui auquel, en cas de dang—de mort, vous aimeriez à confier votre vie... et en qui vous verriez votre suprême ressource... »

Et les deux frères avaient signé l'étrange lettre.

VI

UN AUTRE MYSTÈRE

Peu 'à peu, le charme de Colette s'était étendu autour du château.

Les gens du pays, s'ils enveloppaient de leur haine instinctive ou de leur basse et rancunière envie la maison de Villefort, faisaient une exception en faveur de la douce jeune fille.

Elle les avait conquis les uns après les autres, au fur et à mesure que le hasard et l'occasion d'un service à rendre l'avaient mise en communication avec eux.

Bien que la contrée fût fertile et de grasse culture, il y avait pourtant de nombreux pauvres.

Comme la duchesse ne sortait plus, c'était Colette qui la remplaçait et qui portait les aumônes du château. Elle avait voulu, dans les premiers temps, se faire accompagner par Roland et par Louise : elle sentait en eux deux inimitiés irréconciliables ; elle avait à lutter tous les jours contre l'ironie, l'insolence, les mòqueries méchantes de mademoiselle d'Entraguay ; et si Roland, depuis quelques jours, paraissait se réserver davantage, il suffisait à Colette de regarder ces yeux d'enfant, mauvais et durs, pour être certaine qu'il ne désarmerait jamais.

Elle avait dû renoncer à son projet.

Parmi les courses de dévouement et de charité qui lui étaient devenues habituelles, celle qui l'amenait chez le garde Soubise, à la maison forestière du Mille-pertuis, revenait le plus souvent.

Nous avons vu Soubise apparaître une fois déjà dans notre récit.

Il avait servi de témoin au duc Horace pour son duel.

Soubise habitait dans le bois, à deux kilomètres de Villefort, avec sa fille Michelle, âgée de seize ans.

Michelle, quoique à peine sortant de l'enfance, était une grande et belle fille, aux yeux bruns, aux cheveux roux, au teint éclatant.

La femme de Soubise avait servi de nourrice à Roland, et le jeune homme et la jeune fille, qui s'étaient connus tout petits, avaient partagé ensemble les premiers jeux naïfs des bébés, s'étaient voué l'un à l'autre une affection profonde que l'âge n'avait pas affaiblie.

Le premier chagrin qui atteignit cette affection datait du jour où on avait empêché les enfants de se tutoyer, afin de leur faire comprendre qu'ils n'étaient pas du même rang social et que, malgré tout, malgré le sein qui les avait nourris, l'abîme de la fortune, du rang et de la naissance devait les séparer toujours.

Ils avaient obéi, les deux petits, avec des larmes dans les yeux.

Mais, lorsqu'ils se retrouvaient seuls et qu'on ne pouvait les surprendre, comme ils reprenaient vite leurs habitudes de tendresse naïve, aidée de leurs souvenirs, et leur familiarité !

La mère de Michelle était morte, et le garde avait reporté sur sa fille l'amour profond qu'il avait gardé toute sa vie pour la belle vendéenne qui avait animé sa solitude et dont la beauté revivait dans l'enfant.

Il avait pour Michelle des soins attentifs de mère...

Robuste comme un chêne, elle en riait, se moquait doucement.

— Père, est-ce que vous m'avez jamais vue malade ?

— Eh bien, ne le sois jamais, disait-il, car c'est moi qui en mourrais...

Ils vivaient heureux au cœur de la forêt, et rarement Michelle venait à Clisson. Le plus souvent, quand elle y venait, elle était accompagnée de son père, qui veillait sur elle avec un soin jaloux.

Du reste, l'enfant n'était ni légère, ni coquette. Elle avait reçu en héritage, du père et de la mère, probité rigide, droiture et franchise. Son âge faisait d'elle presque encore une enfant et elle ignorait sa beauté.

Et puis, cette tranquillité de vie, de bonheur si calme, toujours le même, s'écroula certain jour, comme sous un coup de foudre.

En rentrant d'une de ses tournées dans les bois, le garde Soubise surprit sa fille assise près d'une fenêtre, les yeux rouges, pâle comme une morte, cette belle tête empreinte d'un désespoir sans bornes, et parfois sur les lèvres décolorées passait une sorte de rancœur, une expression de dégoût.

Vite il accrocha son fusil au râtelier.

Et se précipitant vers elle :

— Tu es malade ?...

Elle secoua la tête.

— Je te dis que tu es malade, ou bien que tu souffres.
Tu as pleuré !...

— Non.

— Tu mens ! Je suis sûr de ce que je dis.

— Je te jure que je ne suis pas malade.

— Alors, on t'a fait quelque chose ?...

Elle ne répondit pas. Il ne put rien en tirer. Se
voyant surveillée, elle fit son possible pour reprendre sa gaieté ; mais parfois, sans qu'il le vît, elle
sentait des larmes qui mouillaient ses beaux yeux.
Comme Soubise se levait de grand matin, il faisait
une heure de sieste après déjeuner dans un fauteuil en bois. Il s'endormit, appesanti par la chaleur,
car on était en septembre et le soleil était encore
chaud.

Alors elle s'approcha de son père, pendant qu'il dormait, et se mit, mains jointes, en prières, à le considérer
avec une sorte d'épouvante.

— Pourvu qu'il ne sache pas ! Ah ! jamais, qu'il ne
sache jamais ! dit-elle.

En se réveillant, c'est ainsi qu'il la surprit.

Il l'attira sur ses genoux, voulut l'interroger de nouveau. Elle avait repris courage. Elle souriait. Elle
réussit presque à le tranquilliser, à lui enlever tout
soupçon. Et quand il repartit dans la forêt pour sa
tournée du soir, il avait le cœur plus léger. Le bonheur
était revenu.

— Ne m'attends pas pour dîner, dit-il... Dîne sans
moi. C'est aujourd'hui la fête patronale de Clisson... Il
y a des gas qui vont essayer de tuer les lièvres de
monsieur le duc pour les fricoter à l'auberge... Possible que je reste la nuit dehors... Et ne t'inquiète pas
plus que d'habitude...

Il l'embrassa deux fois.

Elle l'enveloppa dans une étreinte nerveuse et lui rendit ses baisers.

— Enferme-toi bien quand viendra la nuit...

Elle se mit à rire :

— Oh ! vous savez que je n'ai pas peur...

Le garde partit, disparut dans les cépées d'un long pas solide et lourd. Elle lui avait garni son carnier d'un fort morceau de pain, avec de la viande froide enveloppée dans un journal, et rempli une petite gourde d'eau-de-vie, pour combattre le froid et l'humidité des longues attentes nocturnes contre les maraudeurs.

Il resta toute la nuit à surveiller ses bois et ne rentra que le matin au petit jour : il avait entendu dans le calme de la nature endormie les orgues de Barbarie qui roulaient leurs airs criards, au milieu des manèges de chevaux de bois, sur la place publique de Clisson ; les pétards que les gamins faisaient éclater ; le tir au fusil, avec le pigeon dont la queue s'allumait ; la musique endiablée du bal en plein vent et le tintamarre des clairons, des trombones, de la grosse caisse, de la clarinette, du tambour et de la cloche d'appel des saltimbanques.

Les bois étaient restés tranquilles.

Pas un coup de fusil n'avait troublé le gibier confié à sa garde.

— Allons, ils s'amusent, ils ne songent pas à braconner.

Le vacarme de la fête dura jusqu'à deux heures, puis tout s'endormit.

Vers six heures, il reprit le chemin de sa maison du Millepertuis.

Au croisement des trois routes, il rencontra Malicamp, son collègue, le second garde de Villefort.

Ils s'abordèrent, se serrèrent la main.

Soubise dit, allumant sa pipe :

— Rien de nouveau de mon côté... Et toi ?

— Rien de nouveau non plus pour ce qui est du gibier... Mais tu ne sais pas la nouvelle ?

— Quelle nouvelle?

— Le père Girodias...

— Eh bien ! qu'est-ce qu'il a encore fait, le vieux grigou?...

— Mort !... assassiné... cette nuit !...

Soubise sursauta. Dans une exclamation de surprise, il laissa tomber sa pipe.

— Ah ! mon Dieu, murmura-t-il, après ce que j'ai vu tantôt, est-ce que le meurtrier serait ?...

Mais sa pensée n'alla pas plus loin.

Il haussa les épaules :

— Vieux fou !

Et tout haut :

— Et qui est-ce qui a fait le coup?

— Ah ! voilà, on ne sait pas encore... Je suis repassé par le village... Les gendarmes sont sur pied, et tout le pays est en émoi...

— Après tout, la perte n'est pas grande !

Soubise ramassa sa pipe, qu'il se mit à essuyer avec le coin de son veston de velours.

— Au revoir, Soubise...

— Au revoir, vieux...

Et les deux gardes, se tournant le dos, s'étaient éloignés.

Soubise, en rude paysan qu'il était, avait sur toutes choses des idées très arrêtées. Et l'une de ces idées était qu'il ne fallait jamais se mêler des choses qui ne le regardaient pas. L'assassinat de Girodias était une grosse nouvelle, assurément, mais en quoi cela l'intéressait-il ? En rien ! Voilà pourquoi, lorsqu'il rentra au

Millepertuis, il ne pensait déjà plus à cette affaire.

En poussant la porte à claire-voie qui clôturait le jardin au fond duquel était sa maison, il fut surpris de ne pas apercevoir Michelle, qui, d'habitude, guettait le retour de son père, lorsque celui-ci avait passé la nuit dans les bois.

Pourtant Michelle se levait toujours de bonne heure.

— Oh! oh! dit-il gaiement, elle a fait la grasse matinée, aujourd'hui.

Nul soupçon ne lui vint. D'un malheur, nulle crainte.

Et d'un pas pressé il traversa le jardinet.

La porte de la maison était entr'ouverte; la maison semblait vide.

Aucun bruit. Un silence de mort.

Alors, seulement, son cœur se serra.

— Michelle, cria-t-il, Michelle, où es-tu?

Il alla droit à la chambre de sa fille et entra.

Michelle était dans son lit; elle ne paraissait pas dormir, car sa pâleur était celle d'un cadavre.

Elle avait les yeux entr'ouverts et vitreux.

— Ma fille est morte! ma fille est morte!

Et tout d'un coup revint à son esprit la pensée de Girodias assassiné; ces deux idées s'associèrent; il crut à un autre meurtre.

— On me l'a tuée!

Il s'était élancé vers Michelle, la soulevait dans ses bras, la dévorait de caresses passionnées.

Non, elle n'était pas morte, ni endormie non plus.

Elle était plongée dans un évanouissement profond, dans une syncope quasi cataleptique. Mais enfin elle respirait. Il lui baigna le front, le visage, avec de l'eau bien fraîche, guettant la première apparition de la vie. Et il eut enfin la joie de lui voir ouvrir les yeux. Elle regarda son père avec terreur. Elle ne prononça pas un moi. Et ses yeux, agrandis, étranges, des yeux dont Soubise ne connaissait pas l'expression, étaient ceux d'une folle.

— Mon enfant, je t'en supplie, dis-moi quelque chose...

Elle murmura faiblement :

— Mon père, mon père chéri !

— Parle ! parle-moi ! Que s'est-il passé ?

— Mais rien, je ne sais rien...

Elle se souleva péniblement, chercha l'heure à l'horloge :

— Sept heures ! C'est vrai... je devrais être debout depuis longtemps.

Elle essaya de sourire, embrassa le garde :

— Allez-vous-en, père ; je vais m'habiller en un tour de main.

Il la laissa. Heureusement qu'il partit, elle était à bout de forces. Elle chancela, eut un éblouissement, se remit enfin. Mais elle conservait la même pâleur étrange, intense ; ses gestes étaient indécis, saccadés. A plusieurs reprises elle s'arrêta au milieu des soins de sa toilette, les mains étreignant les lourdes retombées de ses tresses rousses, et resta ainsi, les yeux au lointain, hypnotisée par quelque spectacle qu'elle évoquait sans doute. Quand elle s'apercevait de sa distraction, elle secouait la tête pour chasser la vision et retombait dans ses mouvements nerveux.

Et toute cette journée, ce fut la même attitude.

Plusieurs fois, Soubise la surprit, près de la porte à claire-voie, regardant au loin dans l'avenue.

Il ne put s'empêcher de lui demander, soupçonneux :

— Tu attends donc quelqu'un ?

— Non, personne.

Après un silence, il lui annonça sans préambule :

— Le père Girodias est mort... On l'a assassiné !...

— Ah !

Elle ne fut même pas troublée. Surprise, seulement, et c'était naturel, avec un léger battement des paupières. Puis elle dit :

— A-t-on arrêté l'assassin ? Le connaît-on ?

— Pas encore !

Le soir, Soubise rentra bouleversé.

— Sais-tu qui l'on accuse ? Sais-tu qui l'on vient d'arrêter ?

— Quelque vagabond ?... cet ivrogne de Boileau !... ou un saltimbanque qui se trouvait à la fête de Clisson ?

Soubise, affalé dans un fauteuil en bois, essuyait son front baigné d'une sueur d'angoisse.

— On accuse M. le duc, et on vient de l'arrêter !... cria-t-il.

— Lui ! lui ! dit-elle d'une voix étouffée... Oh ! père, tu te trompes...

— Je te le jure !

— Tu te trompes... Ce serait horrible, et il y a des choses qui ne peuvent pas être vraies...

— Je l'ai vu... les mains liées.. Je l'ai vu entre deux gendarmes...

— Bonne Vierge, ayez pitié de nous ! murmura la jeune fille.

Et elle se laissa défaillir aux pieds de son père, non moins ému que l'enfant.

Elle fut prise de fièvre le lendemain, une fièvre très forte, qui la fit grelotter et contre laquelle pourtant elle lutta, voulant rester debout. Tous les jours, elle s'informait du duc Horace à son père, qu'elle voyait triste et abattu. Le garde hochait la tête. L'affaire prenait une mauvaise tournure. Lui-même, tous les soirs, poussait jusqu'à Villefort chercher des nouvelles. Et les nouvelles qu'il rapportait plongeaient père et fille dans la consternation.

Un de ces soirs, il dit à Michelle :

— C'est demain qu'on le juge ! Prie pour lui... S'il y a un bon Dieu, il doit aimer les prières des lèvres comme les tiennes, innocentes et pures...

Une ardente rougeur couvrit le front et les joues de Michelle.

Innocentes et pures, ces lèvres si fraîches.

Il avait dit vrai, le père. Quel baiser les eût flétries ?

Elle obéit, rentra dans sa chambre, s'y enferma.

Elle outrepassa les ordres paternels, ne se coucha pas et toute la nuit pria, jusqu'au matin.

Ah ! comme ses prières furent fiévreuses et ardentes.

Et que de larmes elle versa !

Dans la journée, pendant qu'à Nantes on jugeait l'officier, soit fatigue, soit sous l'empire de quelque autre sentiment, Michelle eut une hallucination.

Le garde n'avait pas voulu sortir. Il attendait le soir pour aller se renseigner à Villefort. Père et fille étaient restés l'un près de l'autre.

Tout à coup, elle se leva, les yeux hagards, les bras tendus, prêtant l'oreille, dans une pose extatique, à des paroles imaginaires.

— Les entends-tu, père ? les entends-tu ?

Plein d'angoisse, éperdu, il voulut la prendre dans ses bras.

— Mon enfant !

Elle le repoussa doucement.

— Laisse-moi... je t'en prie... Si tu ne les entends pas, moi je les entends très bien... ils l'accusent... Malgré toutes ses protestations d'innocence, ils l'accusent... Malgré les preuves qu'il leur donne et qui ne leur paraissent point être des preuves, ils l'accusent...

Malgré ses supplications, ses colères, ses larmes, malgré sa rage impuissante, et malgré son désespoir et la révolte de son honneur outragé, ils n'ont pas de pitié et ils l'accusent !

— Reviens à toi, mon enfant, reviens à toi...

— Pourquoi l'accusent-ils, les méchants, puisque ce n'est pas lui **qui a** assassiné Girodias... puisque... puisque...

Mais elle n'acheva pas.

Elle tomba dans une torpeur dont il ne put la tirer et ne se réveilla que dans la soirée.

C'était l'heure, à peu près, où par une pluie battante la gentille Colette faisait son entrée à Villefort.

Elle se dressa soudain.

Cette fois, si son visage avait toujours la même extase, il n'exprimait plus la même épouvante.

Au contraire, il s'y reflétait une joie intense.

— Écoute, père, écoute ; il les a convaincus, enfin... et ils se sont laissés attendrir... Il a retrouvé enfin, dans ses juges, non plus des bourreaux qui le torturent, mais des hommes comme lui dont le cœur est compatissant. Écoute, père, écoute... j'entends des paroles qui vont apporter le bonheur auprès de ceux que nous aimons... Le duc est innocent... le duc est acquitté !...

Deux heures après, au château, Soubise apprenait que la vision de sa fille ne l'avait pas trompée

Mais, le cœur serré, il se demandait :

— Est-ce que ma fille deviendrait folle ?

Quand il la revit dans la soirée, elle était beaucoup plus calme et elle ne se souvenait pas de ce qu'elle avait dit.

Son père garda le silence là-dessus.

Il craignait de l'effrayer.

Il lui dit seulement:

— Je reviens du château; le Conseil de guerre a rendu son arrêt...

— Eh bien? fit-elle haletante, les mains crispées, essayant de comprimer les sursauts qui faisaient bondir son corsage.

— M. le duc est acquitté.

Elle eut un grand soupir... Un fardeau tombait de son cœur.

Un sourire d'expression divine illumina son visage.

Puis, à bout de forces, et comme si elle était morte, comme si elle n'avait attendu que ce moment-là pour mourir, elle s'écroula, et son père la reçut dans ses bras, évanouie.

C'était l'heure juste, c'était l'heure, minute pour minute, où la même nouvelle, imprévue et heureuse, produisait chez Roland une crise de nerfs effrayante...

Singulière coïncidence qui semblait relier, à travers l'espace, la vie des deux enfants dans une même et commune pensée, comme s'ils n'avaient pas eu besoin de se revoir ni de se parler, pendant tout ce drame judiciaire, pour que leurs cœurs battissent, à l'unisson, des mêmes angoisses et de la même horreur !

Michelle ne retrouva plus sa gaieté.

De jour en jour elle dépérissait. Jadis florissante, si robuste, pleine de sève et de jeunesse. Maintenant elle avait maigri. Ses joues s'étaient creusées. Ses yeux s'enfonçaient, ardents de fièvre, inquiets d'une perpétuelle terreur, sous ce beau front où nul souci, jusque-là, n'avait marqué de rides.

Le garde voyait cela, tentait de pénétrer ce mystère et y échouait.

Elle n'était plus si vaillante.

D'étranges fatigues la surprenaient dans ses travaux

du ménage. Alors, elle s'arrêtait, lasse, **pliée en deux,** respirant avec efforts.

Soubise voulut voir un médecin.

Elle s'y opposa.

Faible devant elle, à cause de sa trop **grande tendresse,** il n'osa passer outre.

Il couchait dans un petit cabinet noir voisin de la chambrette de sa fille, et plusieurs fois pendant la nuit il l'entendit qui parlait à très haute voix. Il entra, la surprit debout sur son lit, avec des hallucinations. Mais on eût dit que, soit affection, soit terreur, la présence de son père la calmait brusquement, car elle se taisait à son approche et se rendormait aussitôt. Il veillait sur elle, ces nuits-là, pour que son sommeil fût tranquille.

Souvent, dans ses tournées forestières, il rencontrait Colette.

Un jour, il lui fit ses confidences.

— Je suis bien malheureux, mademoiselle, dit-il en pleurant, ses grosses mains noueuses de paysan cachant ses yeux ; je suis bien malheureux, car ma fille est malade... Je le vois... j'en suis sûr... elle s'en va doucement et elle mourra... Elle a des accidents étranges. Elle est comme folle, des fois... Et moi j'en deviens fou à côté d'elle, en ne sachant pas comment la soigner, comment lui rendre sa gaieté et tout son bonheur qu'elle a perdu.

— J'irai la voir, dit Colette.

— Merci, oh ! merci, mademoiselle... Elle s'ennuie peut-être, dans notre maison solitaire du fond des bois... Guérissez-la, mademoiselle, avec votre gentil sourire qui fait du bien et le charme de vos jolis yeux qui disent tant de douceurs... Guérissez-la et faites qu'elle soit heureuse comme dans le temps.

— Oui, oui, je vous le promets... Les jeunes filles

s'entendent bien entre elles... Si elle s'ennuie, je lui
trouverai des distractions...

— Et vous la verrez, vous viendrez bientôt ?

— A mon premier jour de liberté, dimanche.

Il s'en alla, déjà un peu consolé, un peu d'espérance
au cœur.

Et dans l'après-midi du dimanche, en effet, il vit
arriver Colette.

La connaissance fut bientôt faite, et Soubise, voulant
les laisser libres, prit son carnier et son fusil et partit
en tournée.

Quand il revint, le soir, le charme avait opéré déjà,
car il s'imagina que le visage de Michelle était moins
sombre, que les yeux avaient perdu un peu de leur
éclat de fièvre et que ce front d'enfant, si chargé de
nuages, s'était éclairci.

— Mademoiselle Colette est restée longtemps?

— Elle n'est partie qu'à la nuit tombante.

— Elle te plaît ?

— Il me semble que je l'ai toujours connue et toujours aimée.

Colette revint au Millepertuis le plus souvent qu'elle
put. Un mieux sensible se manifestait en Michelle.
Pourtant, elle restait triste. Parfois, des larmes dans
les yeux. Parfois aussi, le regard vague et fixé sans
rien voir, sa figure reflétait je ne sais quoi de terrible,
quelque chose comme une frayeur qui la faisait trembler
de tout son corps ; et alors, dans un geste bizarre, elle
passait sa main sur sa bouche, en dégoût, pour essuyer
une souillure qui l'aurait touchée.

Au retour d'une de ses visites, Colette se trouva un
soir devant Roland.

Il tenait en laisse un dogue énorme, qui servait de
chien de garde au château, qu'on ne lâchait que la nuit

et dont la férocité était connue. César — c'était le nom
du chien — ne connaissait au château que le jardinier
chargé de lui apporter sa pâtée, et Roland, pour lequel
il semblait avoir une prédilection particulière.

Seuls, le jardinier et Roland pouvaient l'approcher

Le dogue gronda et montra les dents à l'approche de
la jeune fille.

Roland le flatta doucement.

— Tout beau, mon César... tout beau... ne te fâche
pas... Tu n'aimes pas la nouvelle venue, n'est-il pas
vrai? tu détestes l'institutrice, et tu voudrais le lui
prouver avec tes crocs... Eh bien ! tu es comme moi,
César.

Elle voulut passer dans le sentier étroit.

Il se mit en travers, sans lâcher le dogue, et il éclata
de rire.

Elle vit, à son allure, à sa pâleur profonde, au tremblement de sa voix, que le jeune homme traversait une
de ses crises de colère si redoutables.

— Monsieur, dit-elle, il se fait tard ; permettez-moi de
passer...

— Tout à l'heure... Vous m'accorderez bien quelques
minutes...

— Non, je n'ai rien à vous dire... Si j'avais à vous
parler, je choisirais un autre endroit et un autre moment... Je vous prie pour la seconde fois de me laisser
le passage libre.

— Non.

— Alors, je vais retourner sur mes pas.

— Si vous faites un pas en arrière, je lâche mon
chien... Il ne vous aime guère, César... il est comme
moi... regardez-le !...

— C'est vrai, dit-elle avec une ironie imprudente, mais
superbe... je vois en vous deux un peu de la même fé-

rocité et je pourrais me demander, en hésitant, quel
est celui des deux qui a appris à l'autre la méchan-
ceté...

Il frémit une seconde; il abaissa les yeux sur son
chien, prêt peut-être à exécuter sa menace. Il n'osa pas,
mais il eut un mauvais sourire.

— Mademoiselle, dit-il, voici deux ou trois fois que
je vous surprends au sortir de chez le garde Soubise...

— Michelle est souffrante... Me suis-je cachée pour
aller lui rendre visite ?

— Peu m'importe... J'ai un ordre à vous donner à ce
sujet...

— Un ordre ?

— Oui.

— Vient-il de votre mère ? Je vous ai déjà dit que je
n'avais pas à tenir compte de vos fantaisies et de vos
caprices...

— Nous verrons bien... Ecoutez... vos visites à Michelle me déplaisent...

— J'en suis fâchée.

— Vous les cesserez donc !

Elle se redressa. Roland continuait de flatter doucement le chien pour l'obliger à se tenir tranquille. Le
dogue grondait, piétinait, prêt à s'élancer.

— Je ne les cesserai que si elles déplaisent à votre
mère ou à Soubise...

— Mademoiselle, dit-il d'une voix étranglée par la
rage, et faisant un suprême effort pour se contenir
encore, — mademoiselle, je vous jure que vous avez
tort de me braver... Je vous hais... d'une haine instinctive, que je ne raisonne pas ; je vous hais parce que je
suis sûr que vous me porterez malheur, à moi, aux
miens, à tous, à tous, entendez-vous ?... Je ne veux pas
que vous revoyiez Michelle...

— Pourquoi ? Donnez-moi seulement une bonne raison... et j'obéis...

— Je ne vous dirai rien.

— En ce cas, vous souffrirez que je ne tienne pas compte non plus de vos menaces.

— Ah! malheur à vous ! malheur à vous !

Il suffoquait.

Le chien grondait de plus en plus.

— Mademoiselle, vous voyez bien que vous me portez malheur, puisque vous allez faire de moi un misérable, un meurtrier peut-être. Vous me jurerez, à l'instant, que vous ne reverrez plus Michelle, ou, si vous refusez, j'envoie mon chien sur vous...

Elle eut un cri de terreur, regarda autour d'elle, affolée.

Mais autour d'elle, rien que les broussailles de la forêt, rien que les grands arbres mornes et impassibles, rien que les ombres de la nuit qui tombaient.

Il ricana.

Elle se vit perdue.

— C'est vrai, dit-elle, vous êtes bien lâche et bien misérable.

— Répondez !

Elle se tordait les mains.

— Répondez ! Je ne veux pas attendre plus longtemps votre bon plaisir...

Mais la faiblesse de Colette dura peu.

La voici tout à coup qui redevient calme, si calme, si tranquille, qu'on la dirait rassurée et complètement étrangère à ce qui se passe.

— Je rougirais d'obéir à vos menaces. Faites ce que vous voulez!

— Ah ! la malheureuse ! la malheureuse ! dit-il.

Il défait la chaîne de César qui entoure sa main.

Le dogue se trouve libre, gratte la terre...

Et très bas, l'enfant dit :

— Pille, César, pille !

La bête s'élance férocement... et s'arrête à deux ou trois pas devant Colette.

On dirait qu'elle hésite...

— Pille, César, pille ! dit le malheureux enfant dans sa folle colère.

Alors, le chien se **ramasse**, puis se détend comme un ressort puissant.

Mais il n'arrive pas jusqu'à la jeune fille.

Un coup de fusil retentit...

En l'air, comme un oiseau **frappé** au vol, le dogue vient d'être frappé d'une balle en plein cœur.

Il retombe comme une masse...

Et c'est aux pieds mêmes de la jeune fille, tremblante, qu'il s'abat.

L'énorme bête a un léger frémissement de la pointe extrême des pattes. Elle se tend, souffle bruyamment, rend du sang par la gueule.

Et c'est tout. Elle est morte.

Horace est là, son fusil à la main, et devant son frère aîné Roland se tient effaré, éperdu, pareil à une statue de l'épouvante.

Le duc a-t-il tout vu ? s'est-il rendu compte du crime qui allait se commettre ?

Vraiment, on ne le dirait pas, tant il est calme.

Il dit à son frère :

— Pourquoi sors-tu avec ce chien en liberté ?... Il pouvait mordre cette jeune fille...

Et à Colette toute tremblante et qui peut à peine se tenir debout :

— Permettez-moi de vous offrir mon bras, mademoiselle, pour rentrer au château.

Elle accepte.

Sans son aide elle n'eût pas pu marcher.

Encore même fut-il obligé de la soutenir. Elle défaillait, tant elle était émue, maintenant que le danger était passé et que se faisait la réaction.

Elle s'appuyait fortement sur lui.

Il la regarda avec une sorte de surprise, mêlée d'admiration.

— J'ai tout vu, dit-il très bas... Savez-vous que vous êtes brave?

— Oui, dit-elle en essayant de sourire ; mais à présent, j'ai peur, j'ai peur...

— Remettez-vous !

Involontairement, il serra contre lui le bras frémissant de la jeune fille.

Et cette fois, si la pâleur de Colette s'accentua, si ses yeux se fermèrent, si ses lèvres s'entr'ouvrirent dans un soupir étouffé, la peur n'y fut plus pour rien. L'amour seul était coupable. Le duc ne pouvait le deviner, et cette dernière émotion, il la mit sur le compte de la scène où il venait d'intervenir.

— Voulez-vous que nous nous arrêtions, mademoiselle?

— Non, non ; j'ai hâte d'être de retour au château...

Ils firent quelques pas, silencieusement.

On n'entendait aucun bruit dans la forêt. Il ne faisait pas le moindre vent. Tous les oiseaux de jour étaient couchés. Et les oiseaux de nuit n'étaient pas encore levés.

Le pas des jeunes gens semblait glisser comme ceux des fantômes. Il s'amortissait sur la mousse du sentier et sur les feuilles mortes humides.

Elle respira plus librement.

Horace sentit que le bras de Colette, peu à peu, pesait sur le sien moins lourdement : ce n'était plus qu'un frôlement.

Il avait été pénétré jusqu'à sa chair par la chaleur de cette chair, et pendant quelques secondes s'était établie une communion de sensation entre eux dont Colette avait été troublée et dont le duc de Villefort ne s'aperçut que lorsqu'elle vint à disparaître.

Il en eut un vague regret.

Bientôt même, pouvant marcher toute seule, elle quitta son bras tout à fait.

— Mademoiselle, dit-il comme à regret, comprenez-vous les raisons de la haine que vous porte mon frère ?

— Non, je vous le jure... J'ai beau chercher... je ne trouve pas... Cette haine n'a pas de raison, puisqu'elle s'est déclarée au lendemain même de mon arrivée à Villefort... Jamais votre frère ne m'avait vue, et je ne le connaissais pas. Je sais qu'il est malade, nerveux à l'excès, et que cet état s'est manifesté au moment du meurtre de Girodias et de votre arrestation. Je lui pardonne donc volontiers, car je ne le rends pas responsable....

— Vous êtes bonne.

— Et pourtant, malgré toutes les précautions prises, malgré toute ma prudence, bien que je me garde de le heurter, bien que je le laisse libre du travail qu'il me donne, sa haine grandit tous les jours, étrangement... Cela me fait de la peine, beaucoup de peine.

— Mais enfin, que vous reproche-t-il ?

— Il lui semble que je porte malheur... à lui... à tous..

— Enfantillages !

— Enfantillages qui vont jusqu'à devenir féroces, monsieur. Vous venez de le voir, dit-elle avec tristesse.

— Avez-vous parlé de tout ceci à ma mère?

— Non, non, jamais, jamais... Et je vous supplie de ne lui en rien dire. Votre frère l'apprendrait et sa haine s'en augmenterait encore...

De nouveau un silence ; ils approchaient de Villefort.

Là, devant les ruines, ils s'arrêtèrent.

— Vraiment, je ne reconnais plus mon frère, dit le duc... Jadis si doux, si gai, plein de vie et plein d'entrain...

— Voulez-vous ma pensée tout entière ?

— Je vous en prie...

— Cet enfant a un grave secret sur le cœur...

— Oui... je l'ai déjà pensé, comme vous... mais quel secret?... Vous en doutez-vous, mademoiselle ?

— Non.

— L'avez-vous interrogé?

Elle frissonna, reprise de l'épouvante que l'enfant lui inspirait.

— S'il soupçonnait ce que je viens de vous dire... si j'essayais de lui arracher le secret dont je devine l'existence, il me tuerait...

— Que peut-il nous cacher? murmura le duc avec inquiétude.

Il lui revenait à l'esprit, au même moment, le souvenir des violences de Roland envers la duchesse, quand le duc avait jeté l'enfant aux genoux de sa mère, en l'obligeant à demander pardon...

— Monsieur, dit Colette suppliante, j'ai votre promesse que vous ne direz rien à madame de Villefort de ce qui s'est passé ce soir...

Il hésita un instant.

— Si vous parlez, monsieur, je serai obligée de quitter votre maison.

— Non, non, dit-il avec élan, je ne dirai rien, je vous

en renouvelle la promesse, mais à une condition : c'est que si Roland fait contre vous quelque tentative du même genre, vous me prendrez pour confident.

— Soit.

Il lui avait pris la main, qu'il serrait doucement.

Dans la nuit tout à fait venue, elle entendit la bouche aimée qui murmurait :

— Vous êtes aussi bonne que vous êtes courageuse... et aussi jolie que vous êtes bonne... Au contraire de ce malheureux enfant, il me semble, je ne sais pourquoi, que par vous reviendront le calme et le bonheur dans notre maison...

Il la laissa infiniment troublée, et reprit le sentier forestier. Alors elle s'assit dans les ruines, pour se remettre, car son cœur battait bien fort.

Horace allait à la rencontre de son frère.

Il le trouva, n'ayant pas bougé, debout devant le cadavre du chien.

Il entendit venir le duc, mais ne fit aucun mouvement, ne tourna même pas la tête. Horace le prit par le bras.

— Viens, dit-il...

Roland se laissa faire passivement, tête baissée.

Alors, doucement :

— Comme tu es changé ! Je ne te reconnais plus. Que t'a donc fait cette jeune fille pour que tu la poursuives de tant de haine, de tant de cruautés ?

Roland resta silencieux ; le duc poursuivit :

— Que s'est-il passé en toi depuis quelque temps ? Si tu as une tristesse cachée, que ne me prends-tu pour confident ? N'est-ce pas moi, ton frère, qui dois partager tes douleurs ?

Roland ne desserra pas les lèvres.

— Tu n'as donc plus aucune affection pour moi ? Réponds !

Même silence obstiné.

Alors, le duc n'insista pas. Ils firent le reste du trajet côte à côte, sans plus un mot. Aux ruines, ils se séparèrent. Roland disparut vers le château, mais Horace avait aperçu Colette qui rêvait et qui tressaillit à son approche. Il vint à elle :

— Je ne sais quel drame se passe dans ce cœur, dit-il... Je l'ai questionné... J'ai voulu pénétrer un peu dans son âme... son âme est restée fermée... Il n'a pas prononcé un seul mot... ni de révolte, ni de remords...

Vers neuf heures, un peu après le dîner, quand le marquis de Vivarez ne la retenait pas et n'avait pas besoin d'elle, Colette remontait dans sa chambre. Ce soir-là, le marquis resta au salon avec la duchesse, et Colette fut libre.

Il n'y avait pas cinq minutes qu'elle était chez elle, que l'on frappait timidement, si faiblement qu'elle crut avoir mal entendu.

Elle prêta l'oreille. On frappa un peu plus fort, une seconde fois.

Jamais on ne la dérangeait quand elle était chez elle.

Surprise, elle se levait pour aller ouvrir, lorsque la porte fut poussée.

Et Roland, bouleversé, tremblant, fléchissant sur ses jambes, entra.

— Vous, dit-elle, effarée, s'attendant à quelque cruauté nouvelle, vous !

Il bégaya, se retenant des deux mains à une chaise :

— N'ayez pas peur... je vous en prie... n'ayez pas peur ! Je viens...

Il s'arrête.

On dirait que les paroles ne peuvent sortir de sa gorge.

Puis il crie dans une sorte d'exaltation et en éclatant en sanglots :

— Je viens vous demander pardon... pardon de ce
que j'ai fait... Oui, pardon... Je ne suis pas méchant...
non... il ne faut pas croire que je sois méchant... Tout
ce qui arrive n'est pas ma faute... Ah ! si vous saviez...
vous saviez... c'est terrible... Mais je ne peux rien
vous dire... Non, ni vous ni les autres, vous ne saurez
rien !... Ce que je vous demande, c'est de ne pas essayer
de savoir, jamais !... Non, non, il ne le faut pas... Mais,
je vous le jure, je ne suis pas méchant... Pardon, pardon !

— Je vous plains de tout mon cœur et je vous pardonne, dit-elle, infiniment émue par ce qu'elle voyait,
par ce qu'elle entendait.

Il ne dit rien de plus, et s'enfuit, comme honteux de
sa faiblesse.

Rêveuse, longtemps après, Colette murmurait :

— Cet enfant ne peut pas me haïr davantage : sa
haine ne peut donc que diminuer... qui sait s'il ne m'ai-
mera pas quelque jour ?

Et en s'endormant :

— Il y a tant de mystères autour de ce château qu'il
me semble que j'y vis comme dans un de ces rêves où
les mains se tendent pour saisir des choses qui s'en
fuient sans cesse, où l'esprit cherche à donner un corps
à des êtres qui se transforment et qui n'ont que l'apparence de la réalité...

Le lendemain, dans la journée, elle reçut un mot de
la fille de Soubise.

Michelle lui disait :

« Mademoiselle, on m'assure qu'il ne faut plus que
vous veniez me voir. Ne croyez pas que je suis ingrate.
Je vous aimerai toujours, malgré tout. »

Elle reconnut là l'intervention de Roland, mais ne lui
en parla pas.

En dépit de ce qui s'était passé la veille au soir, l'enfant paraissait ne pas vouloir changer d'attitude envers la jeune fille. La veille, sans doute, sous l'empire d'une émotion, de remords qu'il n'avait pu dompter, il s'était laissé aller à cet accès de sensibilité, presque à cette prière... Il s'en repentait maintenant... Il s'était abaissé devant cette fille ! Il lui avait demandé pardon ! Et cela, de son propre mouvement, sans que personne l'y obligeât ! Et par cela même, par cette humiliation, il reconnaissait combien elle lui était supérieure. A présent, plus calme, il lui en voulait d'avoir eu devant elle cette faiblesse. C'était un nouveau grief, un motif nouveau de haine.

Colette obéit à la lettre de Michelle et ne revit pas celle-ci.

Ces incidents, qu'il a été nécessaire de raconter, car ils se relient étroitement à la suite de notre récit, s'étaient passés, on l'a vu, pour les uns, à l'époque même où Girodias avait été assassiné et où le duc avait été arrêté et acquitté, pour les autres, pendant les premiers temps qui suivirent le retour d'Horace dans sa famille.

En cet intervalle, le duel avait eu lieu entre M. de Villefort et les fils de Girodias ; le duc, grâce à une intervention qu'il ignorait, était sorti vainqueur de cette lutte ; les frères étaient guéris.

Et au château, Villefort venait de recevoir, signée de Pierre et de Gaston, l'étrange lettre où on l'invitait à chasser le sanglier, de concert avec les Girodias, trois jours après, dans la forêt de Machecoul, près de Grandlieu.

VII

Ce fut le soir qu'on reçut cette lettre. Villefort la lut tout haut dans le salon où tout le monde était réuni.

— Qu'est-ce que cela veut dire? demanda le marquis. Il se cache un piège là-dessous... Cette recommandation surtout : « Prenez votre meilleur cheval, celui auquel, en cas de danger de mort, vous aimeriez à confier votre vie et en qui vous verriez votre suprême ressource... » La forêt de Machecoul est dangereuse, surtout le pays qui avoisine le lac de Grandlieu. Il y a là des tourbières profondes, cachées sous les herbes ou la neige...

Indifférent, le duc froissa le papier et le jeta dans le feu.

— Qu'importe ce qu'ils ont rêvé...

— Mais si tu tombes dans un piège?...

— J'ai failli les tuer tous les deux. Je leur dois une revanche. Je la donne.

— Mais, mon cher enfant, la partie n'est pas égale...

Déjà, dans ce duel, tu as, m'as-tu raconté, failli succomber... Et dans les conditions où tu t'es battu, si tu avais succombé, c'eût été un meurtre véritable...

— Voyons, mon oncle, dit Horace en riant... il est évident que cette chasse au sanglier est un prétexte et que cette lettre est un défi...

— Je le reconnais sans hésitation.

— Bien... en ce cas, voudriez-vous me dire ce que vous auriez fait à ma place, si pareille aventure vous était arrivée?...

Le marquis gronda sourdement dans son fauteuil, ne pouvant répondre à une mise en demeure aussi catégorique.

Et le duc se mit à rire, franchement.

— Vous auriez fait comme moi... Je vais faire comme vous auriez fait...

Mais relevant le front, les yeux énergiques et résolus :

— Du reste, tranquillisez-vous... quelle que soit l'attaque, je saurai me défendre... et ils ne me tiennent pas encore...

— Quel cheval prendras-tu?

— Ma bonne jument Sarah.

Avant que le jour fixé arrivât, bien des événements tragiques allaient se dérouler encore au courant des trois journées qui le séparaient de ce rendez-vous si mystérieux au pavillon de Cimier.

Fidèle à la lettre qu'elle avait reçue, Colette n'avait pas essayé de revoir Michelle. Soubise l'en avait suppliée pourtant. Michelle, en effet, était retombée dans ses langueurs, dans ses hallucinations.

Et la dernière fois le garde avait dit :

— Mademoiselle, si vous ne revenez pas, il arrivera malheur.

— Je ne puis aller la voir sans sa volonté.

— Mais moi je vous y autorise... moi, mademoiselle, je vous en prie...

— Que Michelle me fasse savoir seulement qu'elle le désire et je me hâterai d'aller la voir, — et j'irai la voir tous les jours.

Le pauvre homme, triste, abattu, était parti l'oreille basse.

Et le lendemain même, ce n'était pas une lettre de Michelle qui arrivait, c'était Michelle elle-même qui accourait à Villefort, en désordre, les traits étrangement animés, les yeux hagards, et s'exprimant avec peine :

— C'est à mademoiselle Colette que je veux parler...

— Mademoiselle Nathalier vient de remonter dans sa chambre.

— Alors, conduisez-moi auprès d'elle, tout de suite, tout de suite.

Et quand, toutes portes fermées, elle s'était trouvée seule avec Colette, inquiète et surprise de la voir en pareil état, elle s'était mise à sangloter bruyamment :

— Ah ! mademoiselle ! mademoiselle ! sauvez-moi ! sauvez-moi !

— Et de quoi donc, Michelle ? Quel danger vous menace ?

— Quelque chose d'atroce, de terrible...

— Parlez, mon amie, parlez ..

— Je me sens devenir folle ! dit la fille de Soubise à voix basse.

— Dites-moi tout...

— Hélas ! je n'oserai jamais... mais je vous dirai, oui, je vous dirai du moins tout ce que je puis vous dire... Je sens que ma tête s'en va... que, petit à petit, je n'ai plus la pleine possession de mes pensées... Déjà, je déraisonne... je m'en rends compte, et c'est horrible de

voir ainsi sa raison, son intelligence s'en aller morceau
par morceau... Puis, après ces accès, pendant quelques
heures je me reprends... je finis par rester silencieuse,
et, parce que je vois mon pauvre père épouvanté, je me
mets à lui sourire, d'un sourire constant, perpétuel.
que je garde exprès sur mes lèvres, parce que, cela,
c'est machinal... c'est plus facile que de trouver quelques tendresses qui le consoleraient. Ce sourire, c'est
encore de la folie ; mais mon père peut s'y méprendre,
me croire plus calme, et c'est encore une espérance...
C'est horrible, je vous dis, horrible... Que faire pour
échapper à un pareil supplice ?... Rien, je le sais bien...

Elle se frappa la tête dans un geste désespéré :

— J'ai là un secret qui m'étouffe, qui me tue !...

— Il faut le confier à votre père !

Sa figure eut une navrante expression de terreur.

— Ah ! si je le pouvais ! Mais je ne le peux pas ! car
ce serait un autre danger, non moins grand... Mon père
me tuerait, et il se tuerait ensuite.

— Quel est donc ce secret si redoutable ? murmura
Colette.

Et machinalement, d'instinct, les paroles de Michelle,
la jeune fille les rattacha à tous ces mystères, à toutes
ces énigmes qui se déroulaient sous ses yeux depuis
quelques semaines.

Est-ce que tout cela se tenait ?

Peut-être ! mais par quel invisible lien ?

— Ah ! mademoiselle, si vous la connaissiez, ma vie
de rêves et de cauchemars ! Je vous en avais parlé, autrefois, quand vous veniez... Mais, après votre départ,
toutes mes journées et toutes mes nuits se passaient
dans une angoisse abominable... Le jour, parfois, il
m'arrivait de ne point reconnaître mon père... La nuit,
je me dressais dans mon lit, appelant au secours, ne

dormant plus, et me voyant entourée de flammes qui me dévoraient, parmi lesquelles dansaient des fantômes rouges... Et je vous jure que je sentais vraiment les brûlures de ces flammes... Vous voyez bien que je suis folle, puisque ces fantômes me poursuivent jusqu'ici... et que, tenez, là, tout le long des bras et autour du cou, et sur le visage, j'ai des traces de brûlures ! Regardez, mademoiselle, regardez, mais ne mettez pas votre main, n'appuyez pas trop, car cela me ferait souffrir davantage...

Ses yeux étaient de plus en plus hagards.

Et elle tremblait de tous ses membres, lamentablement.

Colette essayait de la calmer, lui prenait les mains, l'attirait à elle.

C'était en vain.

— Dites-moi, Michelle, que voulez-vous que je fasse?

— Je ne sais pas... Vous ne pouvez rien... Je suis perdue... Pourquoi suis-je venue vous trouver, puisque vous ne pouvez pas me sauver?... Pourquoi suis-je venue vous entretenir de tout cela, puisque je n'ose pas aller jusqu'au bout de ma confidence?... Je fais tout de cette façon, sans me rendre compte, sans réfléchir... C'est bien encore de la folie... Oh ! mademoiselle, j'ai peur de tout le monde... J'ai peur, sauf de vous... Oui, auprès de vous, je me sens malgré tout un peu plus rassurée... Ne m'abandonnez pas... Restez toujours près de moi...

— Ma pauvre enfant, confiez-vous à moi, comme vous le feriez à une sœur aînée, car je vous aime comme une sœur.

— Vous m'aimez ! dit-elle avec une sorte de passion.

— De tout mon cœur...

— Alors, écoutez, écoutez...

Elle allait parler... mais de nouveau la crise de folie s'empara d'elle. Des tremblements la secouèrent. Aucune lueur d'intelligence dans ses yeux.

— Mon Dieu ! mon Dieu ! Est-ce qu'en effet elle deviendrait folle ?

Et soudain, la repoussant, Michelle lui échappa, ouvrit la porte avec violence et s'enfuit.

— Michelle ! Michelle !

Mais la pauvre fille n'entendait plus.

Alors, redoutant un malheur, Colette descendit derrière elle, essayant de la rejoindre.

Michelle courait avec une rapidité vertigineuse.

Déjà elle était loin.

Et, du château, on la voyait, descendant, avec de grands gestes d'insensée, la prairie qui longeait la rivière.

Colette, en lui voyant prendre ce chemin, eut un pressentiment sinistre.

— Elle va se noyer !

Et personne dans la prairie pour arrêter la pauvre folle, personne pour l'empêcher d'exécuter son projet.

Au château, quand on se rend compte de ce qui se passe, il est trop tard pour intervenir : les deux jeunes filles sont trop loin ; il faut que le drame qui vient de commencer s'achève entre Colette et Michelle.

Et il se passe, ce drame, en quelques minutes.

Michelle n'a pas d'hésitation.

En proie à son accès de folie, elle parvient au bord de la Sèvre.

La rivière roule ses eaux en torrent boueux, grossie par les pluies et les neiges fondues.

Michelle s'y laisse tomber.

Colette a tout vu, mais ne ralentit pas sa course.

Elle sait nager, et, on l'a vu, elle est brave.

Quand elle arrive, Michelle n'a pas complètement disparu. Colette la voit tournoyant au courant rapide, un instant arrêtée par des branches d'arbre retombantes.

Colette fait un signe de croix et se précipite.

Elle a le temps de rejoindre Michelle au moment où celle-ci s'enfonce et, s'aidant des branches, elle regagne la rive.

Mais là, épuisée par la course furieuse, par l'effort qu'elle vient de faire, elle tombe sur le pré, à côté de la fille de Soubise.

Toutes deux sont évanouies.

Du château, on a eu le temps d'accourir.

Roland et Horace ont tout vu ; ils sont là ; ils les transportent à Villefort, où des soins empressés leur sont prodigués et les rappellent à la vie.

C'est Colette qui, la première, revient à elle.

La duchesse est restée seule auprès des jeunes filles ; des vêtements de rechange leur ont été apportés ; elle aide Colette à s'habiller.

Roland et Horace attendent dans une chambre voisine.

Roland est de plus en plus sombre.

Mais cette fois, sur ses traits, ce n'est plus ni la haine, ni la colère, ni la cruauté ; c'est une tristesse profonde, intense, incurable.

Et ses yeux parfois, à la dérobée, s'emplissent de larmes.

Quant à Horace, il ressent encore, entre ses bras, l'impression de ce corps élégant et svelte, si parfait, qu'il a tenu un instant contre son cœur, dans un abandon absolu, et il en est comme étourdi.

Enfin, Michelle, à son tour, reprend connaissance.

La duchesse la réconforte, lui fait de doux reproches.

La jeune fille reste silencieuse ; elle tremble seulement lorsque madame de Villefort vient de lui parler de Soubise, que ce suicide eût tué.

Et c'est alors qu'elle prononce son premier mot :

— Oui, il se serait tué, à son tour... je le sais bien...

Puis, plus bas, poursuivant la même idée :

— Peut-être cela eût-il mieux valu...

Après quelques minutes, la duchesse lui dit :

— Je vais faire atteler. Vous n'auriez pas la force de vous rendre à pied chez Soubise.

— Non, non ; j'irai... j'irai seule.

— Pourquoi ? Vous ne pouvez même pas vous tenir debout...

— J'irai à pied... la marche me calmera...

— On dirait, mon enfant, que vous redoutez de reparaître devant lui.

— Peut-être est-ce vrai...

— Voulez-vous que je vous accompagne ? Nous essuierons ensemble ses premiers reproches... Devant moi il n'osera pas se montrer trop sévère.

— Merci, madame ; vous êtes bonne, mais à quoi bon ?

— Ce sera comme vous le désirez, ma pauvre fille.

Colette écoutait cette conversation.

— Et moi, Michelle, me refuserez-vous, si j'offre de vous accompagner jusqu'à la maison de votre père ?

— Non.

— Vous consentez ?

— Oui, car j'ai à vous confier un secret... Oh ! le secret, vous le direz ensuite à madame la duchesse, si bon vous semble... Et si je ne le lui confie pas tout de suite, ajouta l'enfant avec tristesse, c'est que j'ai peur, c'est que j'ai honte... Ah ! Dieu, oui, j'ai honte, j'ai honte !

La duchesse et Colette se regardèrent !

C'était donc bien grave ?

Madame de Villefort ne s'oppose pas à son départ.

Michelle sort avec Colette.

En passant devant Roland, le regard des deux jeunes gens se rencontre. Et ces deux regards expriment la même horreur, la même tristesse morne.

Quelques instants après, Michelle et Colette sont dans la forêt.

Colette n'ose pas interoger.

Elle attend la confidence qu'on a promise, qu'on doit lui faire.

Elle attend longtemps.

Ce n'est que lorsqu'elles arrivent aux abords de Millepertuis et que Michelle court le risque de se trouver en présence de son père, que la jeune fille se décide enfin à parler.

Elle tombe dans les bras de Colette émue, bouleversée, et dont le cœur bat comme à l'approche d'un malheur personnel.

— Oh ! mademoiselle, pardonnez-moi, avant toutes choses, de vous avoir choisie pour confidente, vous si chaste et si pure et dont je vais faire rougir le front. Mais si vous pouviez deviner combien est grand le charme que vous exercez et quelle puissance vous avez sur tous ceux qui sont autour de vous, alors vous comprendriez que je n'ai pas voulu qu'une autre entendît le fatal secret pour lequel tout à l'heure j'ai failli mourir...

La tête cachée dans le sein de la jeune fille, elle reprit :

— Me pardonnerez-vous si je vous fais rougir ?

— Vous avez mon pardon, puisque vous êtes malheureuse.

— Faites-moi aussi une promesse...

— Je vous promets tout ce que vous désirerez.

— Plus qu'une promesse, un serment.

— Un serment si vous y tenez.

— Jurez-moi qu'après m'avoir entendue vous ne me mépriserez pas...

— Je vous le jure.

— Jurez-moi que vous m'aimerez comme auparavant...

— Je puis presque vous assurer que je vous en aimerai davantage...

— Oui, oui, dit Michelle avec exaltation, davantage, c'est cela, car je ne suis pas coupable... oui, je suis innocente de tout, et c'est une infamie qui me déshonore, une infamie contre laquelle je me suis défendue, hélas ! et à laquelle j'ai succombé...

Colette pâlit. Elle entrevoyait, vaguement, l'atroce secret.

— Parlez, Michelle, parlez, ma pauvre fille.

— Ah ! je vois que vous soupçonnez déjà ce que je vais vous dire... Tant mieux ! Tant mieux ! Sachez-le donc... Je suis... ah ! mademoiselle Colette... comment dire... je suis enceinte...

Et elle s'abîma aux pieds de l'institutrice dans une crise effrayante de rauques sanglots et de convulsions.

Oui, Colette l'avait deviné, ce secret, depuis quelques secondes, et, pourtant, lorsqu'elle l'entendit, elle en fut anéantie.

Elle fut longtemps à se remettre, et ce qui la tira de cet anéantissement, ce fut le spectacle de l'enfant qui se tordait à ses genoux.

Elle la releva. Elle la caressa. Elle cherchait des paroles de consolation, et dans sa première détresse elle ne trouvait rien à dire.

A travers ses sanglots, Michelle criait :

— Vous voyez bien, mademoiselle, il eût mieux valu me laisser mourir.

— Et votre père ?

— Il ne sait rien. Maintenant que vous m'avez empêchée de me tuer, je n'aurai plus la force de recommencer... J'ai eu peur, tout à l'heure, dans cette eau glacée dont la boue m'entrait dans la bouche, dans les yeux, dans les oreilles, m'étouffait, prenait déjà possession de moi comme un cercueil... Alors, voilà pourquoi je vous ai faite ma confidente... Un jour ou l'autre, il faudra bien que mon père sache tout... Autant que ce soit aujourd'hui... Et c'est vous, mademoiselle, vous si douce, si charmeuse, que mon père respecte et vénère comme la madone, c'est vous qui lui apprendrez la honte de sa fille... parce que nulle autre ne le pourrait sans le frapper à mort...

— Et s'il me demande ? fit Colette en hésitant, de plus en plus pâle.

— Le nom de... l'autre ? Le nom de... l'homme ?

— Oui.

— Eh bien ! vous lui direz que jamais personne ne le saura, jamais, ni lui, ni vous, ni personne, jamais, jamais !

Tout à coup, elle redevint plus calme.

— Acceptez-vous cette mission ?

— Oui, dit Colette résolument... Demain matin je verrai Soubisc, à huit heures.

— Bien. Moi, je serai sortie. Et j'irai attendre sa décision... sa colère ou son pardon... au kiosque en ruines, sur la bordure de la forêt.

— Adieu, pauvre petite ; à demain.

— Adieu, à demain, et soyez heureuse à jamais pour le bien que vous faites

VIII

DEUXIÈME JOURNÉE

Certes, le lendemain, Colette n'était pas rassurée pendant qu'elle se dirigeait vers Millepertuis, faisant craquer du bout de son petit pied les herbes durcies par la gelée et revêtues tout le long de la tige d'une poussière de cristal. Elle tremblait même bien fort en allant accomplir, auprès de Soubise, la douloureuse mission qu'elle avait acceptée.

Une pareille nouvelle à cet homme ! une pareille tristesse à ce père !

Où trouverait-elle le courage de dire cela ?

Où trouverait-elle surtout les paroles qu'il fallait pour empêcher l'explosion du désespoir qu'elle prévoyait, de la colère qu'elle redoutait ?

Mais elle n'hésitait pas à faire son devoir.

Son devoir, c'était de sauver Michelle de la colère de Soubise, c'était d'attirer le pardon paternel par la vision de ce suicide auquel, bien qu'elle en eût peur maintenant, Michelle aurait peut-être recours une seconde et suprême fois, si le père ne pardonnait pas.

Toutes ses belles résolutions chancelèrent toutefois lorsqu'elle aperçut, au travers du gaulis, dans la clairière, le toit de la maison du garde.

Un peu de fumée s'échappait de la cheminée.

Il y avait donc là quelqu'un, Soubise lui-même sans doute, puisque Michelle avait dit qu'elle s'absenterait à la même heure.

Elle n'osait faire un pas de plus, si émue qu'elle ne l'eût pas été davantage s'il s'était agi d'elle-même et d'une faute qu'elle aurait commise.

Elle ne voulait pas revenir sur ses pas ; elle ne se décidait pas à avancer.

Des chiens de garde l'entendirent et se mirent à aboyer.

Soubise apparut sur le seuil ; il avait de bons yeux et il aperçut la jeune fille ; il alla au-devant d'elle en souriant.

— Il fait froid, ce matin, mademoiselle Colette... venez donc réchauffer vos petits pieds devant mon feu.

Il était trop tard pour reculer.

Elle sortit du bois, traversa la clairière et entra au Millepertuis.

Il lui offrit une chaise près d'un grand feu qui flambait.

— C'est vrai, dit-elle, il fait un froid de loup, ce matin, et j'ai eu tort de sortir.

Elle frissonnait, en effet, mais ce n'était pas de froid, c'était de peur.

— Vous avez quelque chose à me dire, mademoiselle Colette? demanda le garde.

Elle eut un geste de surprise.

Le garde reprit aussitôt, toujours souriant, sans défiance, sans nul supçon :

— C'est Michelle qui m'a prévenu tout à l'heure... avant de sortir pour aller au village chercher des provisions... Elle m'a dit : « Ne sors donc pas avant d'avoir vu mademoiselle Colette... Mademoiselle m'a avertie hier qu'elle viendrait causer avec toi ce matin. » Alors, je vous attendais.

Et décrochant sa pipe, à un râtelier où il y en avait une douzaine :

— Ça ne vous fait rien que je l'allume, mademoiselle ?

— Mais non, Soubise, mais non.

Il l'alluma, consciencieux, tira quelque larges bouffées, puis s'assit, lui-même, auprès du feu et croisa les jambes.

— Maintenant, je vous écoute, mademoiselle Colette, et je voudrais bien que ce soit un service que vous ayez à réclamer de moi... quelque chose de très difficile et qui vous prouverait en quelle affection je vous tiens.

Et ce cœur si simple, dont le langage allait droit à son âme, Colette le briserait d'un mot... ce calme bonheur qui s'épanouissait autour d'elle, Colette le ruinerait avec une seule parole...

Voilà ce qu'elle avait accepté de faire !

Et ce fut à cette heure seulement qu'elle comprit l'énormité de la responsabilité qui retombait sur elle-même.

Le garde, en la voyant hésiter, en la voyant pâlir, interrogeait :

— C'est donc grave, mademoiselle, ce que vous avez à me confier ?

— Très grave, Soubise, murmura-t-elle, en tremblant.

— Ah !

Et il retira sa pipe, vissée entre ses dents.

— Est-ce que... cette chose si grave... vous concerne particulièrement, vous, mademoiselle Colette ?

— Non, pas moi.

— Alors, quelqu'un du château, parmi ceux que j'aime... M. le duc est-il menacé de quelque nouveau malheur ?...

— Je l'ignore...

— M. le marquis serait-il plus malade ?

— Au contraire, M. de Vivarez me semble aller beaucoup mieux.

— Alors, restent M. le comte et madame la duchesse... ou mademoiselle d'Entraguay.

— Il ne s'agit ni de Louise, ni de Roland, ni de madame de Villefort.

Le garde respira et remit sa pipe entre ses lèvres.

— En ce cas, mademoiselle, fit-il en souriant, comme les noms que je viens de dire sont ceux des personnes que j'aime le plus au monde et que le reste m'est à peu près indifférent, la chose n'est donc pas aussi grave que vous me l'aviez annoncé tout d'abord...

— En énumérant ceux que vous aimez, vous avez oublié quelqu'un...

— Je ne crois pas...

Et récapitulant :

— Le duc, le marquis, M. Roland, la duchesse, mademoiselle Louise, vous...

Mais tout à coup, s'arrêtant et la voix un peu changée :

— Bien sûr, il y a aussi ma fille, qui passe avant tout le monde ; mais je suppose qu'il ne s'agit pas de Michelle ?

Colette ne répondit pas.

Elle voyait s'approcher le suprême moment où il faudrait tout révéler.

Ah! comme elle aurait voulu le retarder, ce moment! Son regard se fit très doux et très suppliant, tout empli de ce charme, de cette séduction particulière à laquelle il était si difficile de résister et de rester indifférent...

— Et s'il s'agissait de votre fille? dit-elle enfin.

— Une chose grave intéressant Michelle? Comment voulez-vous que ce soit? De quoi pourrait-il être question? Elle vit avec moi. Elle ne me quitte pas. Elle ne sort pas d'ici. Tout à l'heure, il n'y a pas un quart d'heure, elle était encore là, sur cette chaise où vous êtes. Comment voulez-vous qu'il lui soit arrivé quelque chose, et qu'est-ce que vous voulez qui lui soit arrivé?

Le silence de Colette l'inquiéta de plus en plus.

Il cessa complètement de fumer, posa sa pipe au bord de la cheminée, réfléchit un peu, puis, restant debout devant la jeune fille :

— Voyons, mademoiselle, ce n'est certainement pas pour vous amuser que vous excitez mon inquiétude. Vous avez quelque chose à me dire et qui doit être, en effet, bien grave, car il me semble que vous n'osez pas prendre le parti d'être franche.

— Monsieur Soubise, dit Colette, j'ai un grand malheur à vous annoncer... et je vous supplie de ne pas vous fâcher et d'être courageux.

— Courageux, je le suis, mademoiselle, les braconniers du pays, — qui ont pourtant le coup de fusil facile, — en savent quelque chose. Quant à me fâcher... on ne se fâche pas contre un malheur... à moins... dit-il en se passant la main sur le front, — à moins que le malheur immérité n'entraîne avec lui de la honte...

Colette baissa les yeux.

Et Soubise dit très bas, simplement, avec une tristesse profonde :

— Mademoiselle, vous me faites souffrir cruellement.

— Soubise, n'avez-vous rien à vous reprocher envers votre fille ?

— Envers Michelle ? Rien, rien, je le jure. Si une enfant a jamais été aimée, adorée, gâtée, c'est bien celle-là... et il faut dire aussi que quant à en avoir profité pour être mauvaise, non, jamais, jamais !...

— Ce n'est pas de ces reproches-là que je veux parler.

— Alors, quoi ?

— Michelle est très belle... Elle est encore une enfant, sans expérience, sans connaissance des dangers qui peuvent la menacer... N'avez-vous pas à vous reprocher de l'avoir laissée trop libre... de ne pas l'avoir entourée d'une de ces surveillances affectueuses qui ne se font pas voir, mais qui, pourtant, n'en sont pas moins actives et pas moins prudentes ?

Soubise resta interdit... Sous son gilet de velours râpé, on voyait distinctement le cœur qui battait à rudes coups.

— Mon Dieu ! dit-il... Mon Dieu, mademoiselle, comme vous me faites peur !

— Je vais vous faire beaucoup de peine, mon pauvre Soubise.

Il joignit les mains, comme pour supplier qu'on l'épargnât.

— Oui, reprit-elle, une peine très grande, très grande... pourtant, il faut vous dire que Michelle n'est coupable de rien... Elle me l'a juré et je l'ai cru, parce qu'il y a des accents de sincérité et de désespoir auxquels on ne peut refuser d'ajouter foi...

— Coupable, bégaya le garde, mais de quoi donc enfin ?...

— Elle a été séduite !...

— Séduite ! séduite !... murmura le malheureux, surpris et comme ne comprenant pas... tellement l'horrible réalité était loin de son esprit... Séduite ? Qu'est-ce que vous dites donc là, mademoiselle Colette ?

— Et voyez la détresse où elle est, Soubise, puisqu'elle n'a pas osé chercher une autre que moi — que moi — pour confidente de sa faute et de son malheur...

Soubise, effaré, la considérait, bouche ouverte.

Un lent travail se faisait dans cette tête. On ne voit pas tout à coup souiller tout ce qu'il y avait de meilleur, de plus chaste et de plus pur, sans en éprouver un affolement.

Puis, se refusant à ce qu'il venait d'entendre, et d'une voix enrouée :

— Cette enfant-là est toquée... et elle vous a conté des histoires...

— Michelle... Michelle est enceinte...

Elle avait prononcé cela très bas, si bas que l'on eût dit un souffle, et cependant la phrase avait raisonné aux oreilles de Soubise avec un éclat terrible, comme dans une formidable tempête.

— Enceinte ! Michelle !... dit-il.

Ses yeux restèrent secs, mais sur son visage maigre et osseux, bruni par tous les hâles, par le soleil, le vent, le froid, la pluie, passa une navrante expression de torture physique.

Colette voyait cette souffrance muette et elle en concevait plus de peur que s'il s'était, du premier coup, laissé aller à la rage...

Et cela se termina par une crise de sanglots, sans

une larme, au milieu desquels revenaient quelques mots, exprimant la même pensée :

— Souillée ! déshonorée ! violée !...

— Oui, dit Colette, on vous a violé votre enfant ; car souvenez-vous bien de ce que je vous ai dit : elle n'est pas coupable...

Longtemps, longtemps, il resta absorbé.

Puis, à la fin, en parlant avec difficulté, la langue pâteuse :

— Mais il y a un coupable !... Et celui-là il faut qu'il répare...

Déjà l'homme énergique reprenait son sang-froid — un sang-froid plus effrayant que toute explosion de douleur :

— Et il réparera, le coupable, ou bien c'est moi qui le tuerai !... Elle vous l'a nommé, n'est-ce pas, mademoiselle ? Et son nom, son nom maudit, son nom exécrable, elle vous a chargée de me le dire...

— Elle ne me l'a pas révélé...

— C'est que vous ne le lui avez pas demandé...

— Je le lui ai demandé, car il faut que vous sachiez tout...

— Et qu'a-t-elle répondu ?

— Que ce nom, jamais personne, ni moi, ni vous, ne le connaîtrait...

— Alors, c'est qu'elle est coupable... puisqu'elle a peur... Et elle a peur, puisqu'elle n'a pas osé se confier à son père et puisqu'elle a été obligée de recourir à une étrangère... pour tout me dire...

Il réfléchissait froidement, dans un calme terrible

Tout à coup il se leva, s'en alla à l'autre bout de la chambre.

Là, dans un coin, son fusil était appuyé contre le mur.

Il le saisit, le fit basculer, chercha dans une poche

particulière de son gilet de chasse deux courtes cartouches à balles qu'il glissa dans les deux canons et referma.

Colette, blême, avait suivi tous ses mouvements.

Lentement, presque avec indifférence, comme s'il partait pour sa tournée de garde, il se dirigea vers la porte.

Mais là, il trouva la jeune fille lui barrant le passage.

— Laissez-moi passer, mademoiselle, dit-il d'une voix qui ne tremblait pas.

— Où allez-vous?

— Que vous importe !

— Soubise, je ne vous laisserai pas sortir.

— Il le faut, de gré ou de force, mademoiselle.

— Soubise, je vous en supplie...

— Ne m'obligez pas à employer la force, mademoiselle.

— Soubise, vous allez commettre un crime, un crime affreux...

— Vous voulez dire que je vais faire justice...

Et tout à coup, appuyant les deux mains sur les canons de son fusil.

— Du reste, de quoi avez-vous peur ?... Vous m'avez vu mettre deux balles dans mon fusil ? Et bien !... je n'en utiliserai qu'une seule, peut-être... Peut-être aussi les utiliserai-je toutes les deux... Vous devez savoir où se cache Michelle... Dites-le-moi ?

— Non.

— Soit. Je la trouverai bien... Quand je l'aurai découverte, j'aurai avec elle une explication. Oh ! je vous jure que je ne lui ferai aucun reproche et que je ne me mettrai pas en colère... Ma résolution est prise... Elle est coupable ou non... Et alors, voici ce qui va arriver sûrement...

En même temps, sans émotion apparente, il jouait avec la batterie de son fusil, s'assurant que les chiens fonctionnaient.

— Il arrivera que si elle n'est pas coupable, elle m'en donnera immédiatement la preuve, en me révélant le nom de l'homme qui l'a séduite... Une de ces deux balles est réservée à ce misérable... Et l'autre deviendra inutile... Et quand j'aurai fait justice de cet homme, je reviendrai à ma fille et je lui dirai : « Je te pardonne ! »

Il s'arrêta, respira fortement, et d'une voix sourde :

— Ou bien il arrivera, contrairement à ce qu'elle affirme, qu'elle est vraiment coupable, et je le saurai tout de suite si elle refuse de me livrer le nom de son complice... En ce cas, les deux balles de mon fusil seront utilisées, l'une pour elle, l'autre pour moi !...

— Et si elle ne peut parler ?

— Pourquoi ne le pourrait-elle ?

— Je l'ignore... Je vous le jure, je l'ignore...

— Elle me parlera, à moi, ou bien je ferai ce que j'ai dit...

— Mais c'est horrible...

— C'est horrible de tuer sa fille, mais je me tuerai aussi... On nous plaindra...

— Soubise, pitié, pitié pour cette enfant...

— Je suis prêt à la pitié et au pardon, si elle est prête à l'aveu.

Ils restèrent l'un devant l'autre, elle l'empêchant de sortir, dans une émotion indescriptible. Michelle avait dit, parlant de l'homme qui l'avait séduite : « Jamais personne ne saura son nom, ni mon père, ni vous, ni personne, jamais, jamais ! » Alors, si Soubise sortait, c'était la mort pour Michelle !

— Livrez-moi passage, mademoiselle, fit-il avec douceur.

Elle ne répondit rien et resta ferme devant la porte.

Alors il jeta son fusil sur son épaule.

— Mademoiselle, je vous demande pardon d'être obligé d'employer la force.

Il la prit par la taille avec précaution, craignant de lui faire mal, et l'emporta ainsi, à bras tendus, ainsi qu'il eût fait d'une enfant.

Puis, brusquement se reculant, ce fut lui qui se trouva devant le seuil.

Elle ne songea plus à résister. C'était impossible.

Il lui montra, du geste, un crucifix placé au-dessus de son lit, avec, en travers de la croix, une branche de buis bénit.

Et gravement, sans qu'on eût pu deviner la moindre émotion :

— Priez pour elle... dit-il.., et priez aussi un peu pour moi...

Quelques secondes après, il avait disparu dans la forêt, en courant.

Et Colette se mettait en prières.

Soubise se dirigea d'abord vers le village de Clisson.

En sortant, Michelle lui avait donné comme prétexte qu'elle allait aux provisions. Il n'y croyait guère, à ce prétexte, maintenant, mais où la trouver ? Il comptait pour cela sur le hasard.

Au village, il s'enquit de sa fille dans les maisons où elle avait l'habitude de se rendre.

Personne n'avait vu Michelle ce jour-là.

— C'est bien, se dit-il, elle m'a menti.

Il revint dans le bois.

Il n'eut même pas l'idée de rentrer au Millepertuis. Il

était bien sûr que Michelle n'y était point revenue.

Il rôda à l'aventure dans la forêt.

Pendant une heure, pendant deux heures, il marcha ainsi.

Il faisait très froid : la neige se mit à tomber avec abondance, par flocons serrés ; c'était pareil à un immense voile blanc étendu entre le ciel et la terre, et qui faisait disparaître la nature entière, même les arbres, sous une couche uniformément blanche.

Vers midi, il rencontra un bûcheron.

— Vous n'avez pas vu ma fille ?

— Si, elle était ce matin dans les alentours du kiosque ruiné...

— Qu'y faisait-elle ?

— Elle était assise sur une racine d'arbre.

— Seule ?

— Seule. Elle paraissait attendre.

Il se rendit au kiosque.

Michelle n'y était plus.

Il revint alors au Millepertuis. Colette était partie. Le feu était éteint. La neige enveloppait, triste, la maison de son suaire.

Il n'y resta pas, rentra sous bois.

— Je la trouverai, il le faut...

Vers deux heures, il fit la rencontre du mendiant Boileau, dit Mal-Nommé, qui lui demanda l'aumône.

Soubise lui fit boire une gorgée d'eau-de-vie à sa gourde.

Après quoi il demanda :

— Vous n'avez point, par hasard, des nouvelles de ma fille ?

— Si... je viens de la voir.

— Il y a longtemps ?

— Il n'y a pas dix minutes.

— Où ?

— Près des ruines de Clisson...

— Que faisait-elle ?

— Elle marchait, courait, s'arrêtait, parlait, riait, chantait... On aurait dit quasiment qu'elle avait bu un coup de trop.

Le mendiant ajouta, clignant de l'œil :

— Ça me connaît. J'en parle par expérience.

Mais Soubise ne l'écoutait plus.

Déjà il était loin, s'en allant vers les ruines.

Ce fut là qu'il découvrit la jeune fille, en effet.

De loin, en sortant de la forêt, il l'aperçut...

Elle lui tournait le dos et se tenait debout, sur un monceau de pierres, comme en haut d'un tumulus de neige.

Elle avait ses vêtements dans un grand désordre, et ses longs cheveux roux se déroulaient en vagues dorées sur ses épaules à demi nues, bleuies par le froid, et dans son dos jusqu'à la ceinture.

Elle était couverte de neige, mais n'y prenait pas garde.

Il s'avança. Au même moment, sans se retourner, comme si elle avait été avertie par un pressentiment instinctif de la présence de son père, elle glissa en bas du tumulus et s'enfuit au milieu des ruines.

Il se mit à sa poursuite.

Lui perdait pied parmi tous ces débris ensevelis, cachés, pareils à autant de pièges, sous une couche uniformément blanche.

Elle, au contraire, semblait se jouer de tous les obstacles.

Rien ne l'arrêtait.

Elle se dirigeait vers une haute tour où l'on accédait encore, jusqu'à une certaine hauteur, par des mor-

ceaux d'escaliers, ou plutôt, car cela n'avait plus
forme d'escalier, par des entassements de blocs qui
jadis avaient formé les redoutables murailles.

Elle escaladait ces blocs.

Soubise eut peur.

Est-ce qu'elle voulait se tuer ?

D'en haut, une chute jusqu'en bas de la muraille,
c'était la mort, la mort certaine.

Et même le corps de la pauvrette n'arriverait pas
entier...

Projeté, dans sa descente terrible, de roches en
roches, — et ces roches qui pointaient hors de l'enceinte étaient aiguës, tranchantes, comme des pieux,
— l'enfant serait mise en lambeaux, disloquée, meur-
trie...chaque roche voudrait sa part au passage de ce
joli corps, dans cette aubaine inespérée qui rajeunirait
ces antiques murs, témoins de tant de scènes de car-
nage...

Elle montait, elle montait sans tourner la tête.

Et parfois, sous ses petits pieds, des blocs énormes se
détachaient, roulaient, en entraînaient d'autres.

Et c'était une avalanche sous laquelle Soubise faillit
être enseveli.

Elle atteignit, au faîte, une meurtrière dans laquelle
elle entra.

Elle n'avait plus qu'un pas à faire, elle n'avait plus
qu'à se pencher un peu pour être précipitée dans
l'abîme.

Elle n'avait pas encore vu Soubise.

Et Soubise continuait de monter, faisant le moins de
bruit possible.

Mais quand il la vit ainsi, dans ce péril atroce, retar-
dant sa mort comme si elle avait voulu savourer toute
la volupté d'en finir, il n'eut plus le courage de se taire.

Et il dit à voix basse :

— Michelle ! Michelle ! que fais-tu donc ?

Elle tressaillit, se retourna en se retenant des deux mains à une pierre en saillie, et elle aperçut le garde.

Alors, en cette pauvre tête surexcitée, surchauffée, il y eut un détraquement suprême à la vue de son père, qui venait à elle sans doute pour châtier, pour lui demander compte de son honneur.

Et soudain, elle eut, en le regardant, un grand éclat de rire.

Elle ne fit aucun mouvement pour se précipiter.

Elle se laissa prendre par la main, sans résistance.

Et ce fut ainsi qu'il l'entraîna.

Ils redescendirent du sommet en trébuchant.

Elle n'avait plus la même sûreté de pied que tout à l'heure. Le garde la prit dans ses bras et la porta. Des débris s'éboulèrent encore, avec un bruit retentissant ; mais ils parvinrent au bas sans blessures.

Elle n'avait pas cessé de rire.

Ses yeux étaient bien ceux d'une folle, hagards, sans plus d'intelligence.

— Michelle ! Michelle ! dit-il terrifié.

Mais elle ne le reconnaissait plus. Désormais, c'était fini. Trop d'angoisses, trop d'épouvantes avaient tué cette raison.

Elle prit le bras de son père et doucement se mit à chanter la vieille chanson des Vendéens quand ils allaient à la bataille, que son père fredonnait parfois, mais seulement en manière de plaisanterie et pour rappeler à sa fille les mauvais jours des grands-pères. C'était même un de ses souvenirs de toute jeune enfance, pour Michelle. Que de fois elle avait dit au garde :

— Père, chante-moi « Monsieur de Charrette et ceux de Clisson » !

Il entonnait cela dans sa moustache.

Elle riait, puis courait l'embrasser.

Et, dans sa folie, c'était cette chanson des chouans qui lui revenait :

> Monsieur d'Charette a dit à ceux d'Clisson :
> Le canon
> Fait mieux danser que ne fait le violon.
> Prends ton fusil, Grégoire,
> Prends ta gourde pour boire,
> Prends ta Vierge d'ivoire.
> Nos messieurs sont partis
> Pour chasser la perdrix...

Ils étaient rentrés sous bois. La neige tombait plus épaisse que jamais. Non seulement les arbres avaient déjà l'air d'immenses fantômes, mais les dessous de bois en étaient couverts, et ce n'était plus qu'un vaste tapis blanc que perçaient, de-ci, de-là, des brindilles.

Soubise se taisait, les dents serrées par un désespoir affreux.

Il était venu pour châtier... il était venu la rage au cœur.

Ah ! comme il n'y pensait plus guère !

Il n'osait même plus la regarder, tellement c'était un navrant spectacle.

Ils traversèrent ainsi la forêt. Souvent Michelle s'arrêtait. Elle paraissait écouter ; elle regardait, en riant, vers le haut des arbres.

Elle montrait vers les cimes, à son père, des choses qu'elle était seule à voir et qui n'existaient que pour elle.

— Oh ! comme c'est beau, comme c'est beau !

Il l'entraînait doucement.

— Viens, mon enfant, viens... Tu as froid... hâtons-nous !...

Elle obéissait, docile, mais, souriante, elle se retournait longtemps en marchant, pour continuer à admirer ces choses imaginaires.

Quand ils furent au Millepertuis, quand elle se trouva devant la maison, elle s'arrêta soudain.

On eût dit que des souvenirs venaient enfin de frapper son intelligence.

— Viens, mon enfant. Rentrons chez nous... dans notre petite maison qui est bien pauvre, mais qui est bien close... J'allumerai du feu et tu réchaufferas tes pauvres membres engourdis de froid.

Elle grelottait.

Il avait enlevé sa veste de velours et l'avait attachée sur les épaules nues de la malheureuse fille.

Elle entra, tenant son père par la main.

Bien vite il alluma du feu. Il l'approcha du foyer. Il chauffa des vêtements, les lui passa. Elle se laissait faire, réconfortée par la chaleur. Cela même semblait l'amuser, que son père s'occupât d'elle ainsi.

Elle ne disait plus mot, les mains et les pieds tendus à la bonne flamme vivifiante ; son regard vague errait autour d'elle.

Soubise se mit aux genoux de sa fille.

— Mon enfant, réponds-moi, regarde-moi bien, reconnais ton père... Tu n'as rien à craindre de lui, ma pauvre enfant... je te jure... non, entends-tu ? rien... rien... Tout à l'heure, j'ai eu trop peur en te voyant dans les ruines... J'ai cru que c'était fini et que tu allais mourir... J'étais venu à toi avec des idées de vengeance... Je voulais te tuer, comprends-tu ?... Te tuer si tu ne me disais pas la vérité... Mais c'est fini... je veux que tu vives... Quelle que soit ta faute... je ne t'interrogerai plus... tu ne m'avoueras que ce que tu voudras... Si l'on se rit de nous, si l'on nous montre au doigt, si l'on nous oblige à quitter le pays, eh bien, nous partirons, tous les deux, et nous vivrons où nous pourrons, et nous serons heureux quand même puisque nous ne nous quitterons pas... Oh ! mon enfant chérie, appelle-moi ton père...

Elle dit, en souriant, mais toujours folle :

— Mon père...

— Encore ! encore ! Répète-le... et que ton amour filial soit plus puissant que tout ce que je pourrais faire et dire, et te rende la raison.

On eût dit vraiment qu'elle tentait un effort pour la ressaisir, cette raison qui venait de sombrer.

— Mon père ! murmura-t-elle en cherchant... Mon père ! mon père !

— Oui, oui, souviens-toi...

Mais déjà elle passait à une autre idée.

Et ce fut encor la chanson des chouans qu'elle fredonna.

> Monsieur d' Charette a dit à ceux d'Ancenis :
>   Mes amis,
>   Le roi va ramener les fleurs de lis...
>   Prends ton fusil, Grégoire,
>   Prends ta gourde pour boire,
>   Prends ta Vierge d'ivoire.
>   Nous allons à Paris
>   Pour chasser la perdrix...

Alors le garde étouffa un sanglot.

Ses yeux se troublèrent.

Un grand bourdonnement passa dans sa tête, et, ses jambes chancelant tout à coup, il défaillit, sans connaissance, aux pieds de sa fille.

Là, les paupières closes, il resta immobile.

L'enfant se tut, interrompant sa chanson.

Elle regarda son père avec surprise, puis elle mit le dorgt sur ses lèvres.

Et très bas, autour d'elle, elle dit :

— Chut ! Ne le réveillez pas ! Il dort !...

IX

Il fit venir le lendemain le médecin de Clisson, qui, lui-même, manda par dépêche un de ses collègues de Nantes.

Il y eut consultation. Michelle fut soumise à une observation méticuleuse, à des épreuves qui furent, hélas ! concluantes.

Elle était bien folle, d'une folie douce et mélancolique qui semblait ne devoir être dangereuse ni pour elle-même ni pour les autres.

— Folle pour toujours ? demandait le garde.

— De cela, nous ne pouvons répondre, dirent les médecins. C'est le secret de l'avenir, et qui peut prévoir l'avenir ?

— Au moins, il ne m'est pas défendu d'espérer ?...

Ils hochèrent la tête.

— N'espérez pas trop... et surtout ne croyez pas que cette espérance se réalisera vite... Vous auriez une douloureuse déconvenue.

— Alors, elle ne me comprendra plus jamais ?

— Elle comprendra certaines choses... parfois... mais je vous engage à ne pas trop revenir sur les émotions et sur les événements qui ont amené sa folie... Ce serait, non pour elle, mais pour vous, une tentative et une souffrance tout à fait inutiles.

— Qu'est-ce que cela me ferait de souffrir, murmura Soubise, si j'arrivais à apprendre ce que je tiens tant à savoir ?

Et lorsque les médecins furent partis, il s'approcha de Michelle :

— Mon enfant, dit-il, en lui prenant les mains.

Elle le regarda en souriant.

Elle paraissait très calme. Elle était toute fraîche et toute rose. Sans le regard, qui disait seul que derrière ce front il n'y avait plus maintenant que des idées de démente, on n'eût pas dit qu'elle était folle.

Et il essaya de l'interroger, de provoquer un aveu, un renseignement.

— Dis-moi son nom et je te vengerai, car tu n'es pas coupable, ma pauvre enfant. Tu l'as dit à Colette, Colette me l'a répété, et je la crois comme je te croirais si tu me le disais. Mais si tu n'es pas coupable, c'est que tu as été victime de quelque infamie, d'un guet-apens, sans doute. Voilà pourquoi je voudrais te venger ! Parle, parle !...

Elle l'écoutait avec une sorte de curiosité.

Mais elle ne comprenait pas et elle ne répondait pas.

Alors, il se prenait la tête entre les mains et il rêvait, essayant de reconstituer la vie de Michelle depuis quelques mois, afin de saisir peut-être dans cette vie le détail qui lui ferait deviner le reste. Et en rêvant ainsi, il se souvint que, brusquement, sa fille, certain jour, était devenue triste, et qu'il l'avait questionnée sur sa

tristesse sans rien apprendre. Toutes les phases singu-
lières de l'existence de son enfant lui repassèrent à l'esprit à cette heure. Et il se reprochait amèrement de
n'avoir pas pris garde au trouble qui bouleversait cette
jeune âme. Car c'était à ce moment, oui, aux heures de
ces étranges tristesses et de ces cauchemars et de ces
hallucinations, que le crime avait dû être commis.

— Par qui? Dans quelles circonstances? Quel était
l'infâme, le lâche, cent fois lâche et cent fois infâme?

Ils vivaient solitaires.

Dans la petite maison perdue de Millepertuis, rarement venait une visite. Soubise faisait son service de
garde avec sévérité et justice. On l'estimait. Les hon-
nêtes gens l'aimaient, les autres le détestaient. Etait-ce
parmi ceux-là, braconniers et vagabonds, qu'il fallait
chercher le coupable?

Mais pourquoi n'eût-elle pas dit son nom?

Elle ne le connaissait peut-être pas, ce nom?

Mais pourquoi ne le disait-elle pas, ne l'avait-elle pas
dit à Colette? D'où venait ce silence obstiné dont elle
avait averti la jeune fille et qui prouvait sa réflexion,
sa ferme volonté de se taire?

Qui fréquentait Millepertuis?

Personne en dehors de Colette et de Roland...

Roland!

Il frémit tout à coup, à ce nom... Il devint pâle... Et
il essuya avec le plat de sa large main une grosse sueur
d'angoisse...

Roland!

C'était l'ami de Michelle, c'était son frère de lait... Il
ne se passait pas de semaine qu'il ne vînt plusieurs
fois...

Quand il avait une heure de liberté, il accourait.

Roland!

Mais le garde chassa cette pensée odieuse, cette pensée qui le souillait.

Etait-ce possible?

Non.

Il avait beau se rappeler tous les moindres détails de ces entrevues auxquelles il assistait.

Rien de plus chaste, et rien de plus fraternel.

Jamais entre eux la moindre gêne, le moindre embarras, lorsque, survenant par hasard, il les surprenait.

Leur sourire restait aussi franc, leur regard aussi limpide.

— Roland !

Et il murmura avec des larmes que lui amenait le remords :

— Il faut que je sois fou pour avoir eu cette pensée-là... Mon Dieu ! mon Dieu ! pardonnez-la-moi !...

Et il disait vrai.

Entre ces deux êtres, entre ces deux enfants, rien de plus chaste que la profonde affection qu'ils avaient l'un pour l'autre.

Alors, qui? Où le trouver, l'infâme?

— Je le saurai, coûte que coûte!

Ce fut au milieu de cette détresse que s'écoula cette troisième journée pour le garde.

Comment se passait-elle au château de Villefort?

Certes, on s'était bien des fois demandé, pendant ces trois jours, quel piège cachait l'invitation des fils Girodias. Et la recommandation de prendre un cheval en qui le duc mettait toute confiance avait fait marcher les imaginations.

— Enfin, que veulent-ils? disait la duchesse.

A cela, nulle réponse.

Le duc, confiant en lui, dans son sang-froid, sa force,

son adressé, confiant surtout en son bon droit, souriait
avec indifférence.

— Laissons-les venir...

— Pourquoi ne pas refuser cette invitation?

— Ce serait avoir peur... et je n'ai pas peur.

On avait interrogé le marquis de Vivarez.

Il se perdait comme tout le monde en conjectures.

Dans l'après-midi de cette troisième journée, le duc
était allé visiter ses chevaux et s'assurer que sa jument
favorite, Sarah, était en bon état.

Il l'avait montée le matin, malgré la neige, et par ce
temps il lui avait fait fournir une course longue, par de
mauvais chemins. Et lorsqu'il était rentré, le souffle de
Sarah sortait égal et léger de ses naseaux qui semblaient
taillés dans le bronze. Ses flancs bruns étaient à peine
agités. Rien ne ternissait le pur éclat de ses yeux.

C'était une admirable bête.

— Je puis lui confier ma vie et lui demander l'impossible, se dit le duc en la flattant.

Et il avait voulu faire lui-même ce jour-là la toilette
de la jument. Sa main, gantée de crin, la massa soigneusement, et le noble animal semblait reconnaissant
à son maître, tournant sa tête et le suivant dans tous
ses mouvements avec curiosité.

Elle disait clairement :

— Tu peux compter sur moi!

Il lui massa vigoureusement les attaches du cou, les
épaules, les hanches, les jarrets, les tendons des sabots.

Et comme le rendez-vous de Cimier, dans la forêt de
Machecoul, était matinal, il partit par le chemin de fer,
avec Sarah, pour ne la point fatiguer et pour que la jument fût toute fraîche et en pleine possession de ses
moyens le lendemain à la monture.

Lorsqu'il traversa la cour encombrée de neige, après

avoir embrassé sa mère, Roland et le marquis, il rencontra Colette.

Colette revenait de chez Soubise.

Il voulut lui dire adieu, à elle aussi, comme il avait fait aux autres, mais une émotion singulière s'empara de lui.

Il ne trouva rien à lui dire.

Elle-même, toute rougissante, attendait les yeux baissés.

Alors, il lui prit la main, la porta à ses lèvres et y mit un long baiser : Colette en devint toute tremblante.

Et pendant que le coupé s'éloignait, emmenant le duc vers la gare, elle resta appuyée contre la grille, les deux mains étreignant son cœur.

X

UN ÉTRANGE STEEPLE-CHASE

Le duc arriva le soir même au rendez-vous. Il coucha à Machecoul, dormit tout d'une traite, et le lendemain, quand on vint le réveiller, se trouva frais et dispos. Son premier soin fut d'aller jeter un coup d'œil à l'écurie de Sarah. Elle hennit en apercevant son maître et tourna la tête vers lui. Il lui caressa le front.

— Allons, Sarah, j'espère que tu te conduiras bien ?

Elle avait mangé sa provende. Il la lotionna avec une solution où il avait versé un peu d'alcool, la sella, la sangla lui-même.

Le jour se levait à peine quand il traversa les rues endormies et silencieuses de Machecoul pour se rendre au rendez-vous de chasse où devaient l'attendre les frères Girodias.

Il y arriva une demi-heure après.

Le rendez-vous, situé non loin de la forêt, était un joli pavillon bâti avec les ruines d'un ancien château

Louis XIV : les écuries, remises, dépendances de toute sorte, étaient nombreuses. D'immenses prairies l'entouraient, s'étendant, d'un côté, jusqu'à la lisière du bois qui fermait l'horizon vers l'est, par une longue bordure sombre, encore assombrie partout le paysage qui était blanc de neige.

Le duc avait répondu à l'invitation des frères Girodias par un simple mot, poli et froid, où il disait qu'il se trouverait au rendez-vous.

Il était donc attendu. Il était même guetté. Et son arrivée fut signalée au pavillon par les piqueurs dès que le duc fut visible.

Le jour naissait blafard, et le ciel, ce matin-là, comme les précédents, était chargé de nuages plombés, compacts, qui non seulement ne laissaient point de place pour un coin de ciel bleu, mais qui ne permettaient même pas d'apercevoir, vers l'orient, où se levait le soleil.

Triste journée que celle qui se préparait ainsi.

Pierre et Gaston Girodias sortirent à la rencontre d'Horace.

Ils étaient bottés, éperonnés, prêts à monter en selle.

Ils le saluèrent avec une grande politesse, même avec un sourire, mais sans lui prendre la main.

— Soyez le bienvenu chez nous, monsieur de Villefort, et recevez nos remerciements pour avoir accepté de si bonne grâce notre invitation.

Le duc sauta de cheval. Un valet d'écurie conduisit Sarah à son box.

Les frères Girodias la regardèrent un instant en connaisseurs.

— Vous avez là une jolie bête et qu'il ne doit pas être facile de lasser.

— Je la crois, en effet, à peu près parfaite...

— Je vois avec plaisir, dit Pierre avec une politesse de plus en plus exquise, que vous avez suivi la recommandation de notre lettre...

— C'est vrai dit gaiement Horace ; mais, vous l'avouerai-je ? je l'ai suivie de bonne foi, naïvement, et sans y comprendre un traître mot.

— Vous comprendrez tout à l'heure.

— A vos ordres, messieurs.

Pierre et Gaston s'effacèrent pour le laisser entrer.

Ils le conduisirent ensuite à la salle à manger, où un déjeuner était servi.

— Avant de partir, nous avons l'habitude de nous réconforter, dit Gaston. La chasse nous mène parfois très loin. Avec cette neige, aujourd'hui, elle sera sans doute plus difficile et surtout plus pénible. Je vous engage à faire comme nous.

— Je me sens une faim de loup rien qu'en pensant à la bonne journée que vous me préparez. Je suis prêt à vous tenir tête.

— Nous avons deux convives en retard... Mais j'ai pour principe, dit Pierre, quand l'heure a sonné, de n'attendre jamais personne.

— Deux convives ?

— Deux bons chasseurs, excellents cavaliers... MM. de Jurvie et de Coutais.

— Savent-ils qu'ils vont me rencontrer ici comme votre hôte ?

— Ils le savent et en sont ravis, car ils croient à une réconciliation.

— Bien d'autres le croiraient, à voir v... e gracieuseté, messieurs.

Les trois hommes s'inclinèrent et prirent place à table.

C'était vraiment chose singulière que ce rendez-vous et que la présence, en face l'un de l'autre, de ces trois jeunes gens.

Nul, certes, — le duc avait raison de le dire, — nul ne se serait douté qu'un drame, qu'une question de vie et de mort, se débattait dans ces cœurs.

Tous trois avaient le visage absolument calme, et si les yeux jetaient de temps en temps un peu plus d'éclat, c'était sans doute en songeant à la volupté violente de cette partie de chasse qui se préparait.

Pas un mot ne fut dit qui rappelât le passé.

Au duel, même, pas une allusion, même la plus lointaine. Ni le meurtre de Girodias, ni la haine atroce, ni la vengeance rêvée, ni les blessures reçues dans un duel inégal et cruel, rien de tout cela n'existait plus, tout cela était remplacé par une bonne et franche camaraderie.

MM. de Jurvie et de Coutais applaudirent, quand ils entrèrent, devant le spectacle des trois ennemis attablés et devisant gaiement.

Ils leur serrèrent les mains, enchantés.

Et ils ne cessaient de répéter sur tous les tons :

— A la bonne heure ! A la bonne heure !

Gaston et Pierre échangèrent avec Horace un sourire goguenard.

C'est qu'en effet les deux nouveaux convives étaient loin de la vérité.

De courte vue, ils ne comprirent rien de ce qui se passait, rien de ce que cachait cette politesse.

Lorsqu'on se leva de table, Pierre Girodias, qui était le maître d'équipage, fit entrer un des gardes qui avait fait le bois dans la matinée.

Le garde fit son rapport, brièvement, clairement.

Pierre adressa quelques questions pour se renseigner.

Les sangliers ne manquent pas dans la forêt de Machecoul. Le garde en offrait plusieurs à son maître, un peu de tous les âges, particulièrement un vieux solitaire qui était allé se bauger dans les fondrières et les massifs broussailleux de la Tuilerie.

Pierre se retira dans un coin de la salle à manger et conféra pendant quelques minutes à voix basse avec son frère.

Il était évident que la manière dont la chasse commencerait et serait conduite influerait sur leur projet mystérieux.

La conférence ne fut pas longue.

— Nous attaquerons à la Tuilerie, dit-il au garde.

MM. de Jurvie et de Coutais sortirent.

Horace resta seul, un instant, avec Gaston et Pierre. Une question lui venait sur les lèvres.

Il avait bien envie de leur demander quel était leur projet, tout en se mettant à leur disposition.

Mais ne serait-ce pas laisser voir que cela le préoccupait?

Et les deux frères, à l'affût de la moindre défaillance, ne pourraient-ils pas croire qu'il avait peur?

Peur !

Cette idée seule arrêta toutes questions sur ses lèvres.

En dessous, Pierre et Gaston le considéraient.

Il était dix heures.

— Allons, monsieur de Villefort, dit Pierre, à cheval !

— A cheval, monsieur ! dit le duc.

Piqueurs et valets tenaient les chevaux devant le pavillon.

Déjà MM. de Jurvie et de Coutais étaient en selle.

A quelque distance des deux chasseurs, Pierre retint Horace par le bras.

L'aîné des Girodias examinait, de nouveau, la jument de Villefort.

— Vous avez là, je le répète, une admirable bête, monsieur...

Horace ne voulut pas être en reste de compliments et, comme on amenait les chevaux des deux frères, il les admira et les détailla en connaisseur.

— Oui, dit Pierre, ce sont deux bonnes bêtes également, moins élégantes, moins fines que la vôtre, plus ramassées, plus rustiques : c'est bien ce qu'il faut pour la chasse en nos pays de fondrières ; des muscles solides, tout un jeu puissant capable de résister au mauvais terrain... Sur une bonne route, Sarah serait peut-être supérieure... Aujourd'hui, par la neige, dans les chemins défoncés, elle aurait sûrement le dessous.

— Oh ! oh ! monsieur, dit le duc avec un sourire vous produisez là une affirmation bien à la légère.

— Je maintiens ce que j'ai dit... Cela n'enlève rien, pas un atome, aux qualités de votre bête... J'ai rarement vu modèle plus parfait.

— Vous changerez d'avis à la fin de la journée, monsieur Girodias, et vous verrez que Sarah aura supporté le train le plus sévère auquel nous condamnera le solitaire que nous allons attaquer.

Pierre hocha la tête.

— Peuh ! cela ne prouverait pas grand'chose...

Et après un regard à son frère :

— Du reste, rien ne serait plus facile que de mettre aux prises les qualités réciproques de nos montures.

— Comme il vous plaira, messieurs.

L'attention d'Horace, déjà très éveillée par cette conversation qui lui semblait, sous son indifférence affectée, cacher un but bien défini, devint plus sérieuse encore, presque fiévreuse.

Allait-il lire dans ces deux âmes fermées ?

Pierre reprit :

— Je pense que nous aurons forcé le sanglier dans trois ou quatre heures. Il nous restera donc deux ou trois heures de la journée où nous pourrons, si vous le voulez, comparer la valeur de nos chevaux.

— A vos ordres.

— Voici ce qu'il serait possible de faire.

La voix de l'aîné des Girodias changea, devint rude, presque rauque.

En même temps, un regard de cruauté implacable passait dans ses yeux.

— Attention, pensa le duc, voici l'heure... Tâchons de comprendre.

— Connaissez-vous le pays où nous sommes ?...

— Je le connais.

— En toutes ses routes ? En tous ses chemins ?

— En toutes ses routes... en tous ses chemins...

— Tous les sangliers attaqués à la Tuilerie se font prendre vers le Désert ou au bois Foucaut... Rarement — quelquefois cependant — ils traversent la rivière de la Tenu, mais lorsque cela arrive, ils ne manquent pas de la retraverser pour revenir par le Moulin-Neuf et l'Aufremière. Ils se font battre alors dans les bois de la Coulée et souvent vont se faire prendre devant la ferme de notre ami Jurvie. Je prévois donc que la chasse finira entre ces trois points qui forment une ligne horizontale : le Moulin-Neuf, l'Aufremière et le bois Foucaut. Il y a, en cet endroit, un coteau, une butte assez élevée qui semble vraiment être là pour le starter qui donnerait le signal d'un steeple. Mon frère et moi, nous nous y trouverons, là ou tout près, sur la route de Saint-Mars, vers deux heures.

— Bien. J'y serai aussi. Ensuite ?... Car je suppose

que ce n'est pas pour une promenade d'agrément que vous m'avez fait venir ?

— Vous avez raison de le croire.

— Donc... ensuite ?

Pierre réfléchit une seconde et dit gravement :

— Ensuite, vous comprendrez.

M. de Jurvie venait à eux.

Ils reprirent, tous trois, leur air insouciant et gai.

Cinq minutes après, le vautrait en avant, sous la main des piqueurs, l'équipage partait.

Les nuages se dissipaient ; le soleil, pâle, sans chaleur, apparaissait.

— Nous aurons beau temps, messieurs, dit le duc.

Et il alluma un cigare.

Les frères Girodias passèrent en avant et donnèrent des ordres.

Sous son apparente gaieté, Horace réfléchissait profondément.

Mais il avait beau réfléchir, il ne devinait pas encore.

— A quoi, diable, veulent-ils en venir ?

Il haussa les épaules : le danger et l'inconnu l'attiraient, le séduisaient, lui mettaient de la fièvre sous le front, accéléraient les battements de son cœur.

— Ma foi, murmura-t-il, avec leur imagination singulière et leur haine qui ne désarme pas, ces deux garçons-là me font vivre... Je leur en sais gré...

On atteignit la lisière de la forêt de Machecoul.

Un quart d'heure après, les chiens étaient découplés à la brisée.

Les piqueurs sonnèrent au ferme dans les bas-fonds inextricables de la Tuilerie.

Un chien fut éventré et mourut sur le coup.

Puis, la bête rousse, prenant son parti, débucha dans la ligne de la Guilbaudais, fit des randonnées dans des taillis de trois ans coupés de fondrières boueuses et débûcha en plaine en longeant les pointes de Machecoul, roulant, dévalant par la neige dans la direction de la Coulée.

Au bout d'une heure, il fut certain que M. de Jurvie et son ami, tous deux ardents compagnons, suivaient seuls la chasse.

Horace avait galopé de concert avec eux tout d'abord, puis, ne voyant plus Pierre et Gaston, il avait fait en sorte de perdre la chasse, afin de reprendre sa liberté.

Ce qu'étaient devenus les Girodias, il l'ignorait.

Du reste, cela l'inquiétait peu, puisqu'il était sûr, vers deux heures, de les retrouver au rendez-vous du tertre.

Horace avait mis sa jument au pas.

Il aurait besoin bientôt — il n'en doutait plus, — de toute l'endurance, de toute l'élasticité des jarrets de la bonne bête.

Et il allait par les chemins forestiers, sur la neige durcie par la gelée nocturne, il allait au pas de promenade.

De temps en temps, il s'arrêtait pour écouter.

La chasse s'entendait parfois clairement, nettement, malgré la neige, lorsque le solitaire remontait par les coteaux, mais on ne l'entendait plus du tout quand il redescendait dans les fonds.

Alors la campagne était morte.

Un silence lourd, le silence des neiges, assourdissait tout bruit.

Pas même un croassement de corbeau.

Et comme il ne faisait pas un souffle de vent, les arbres, les arbrisseaux, les grandes herbes dures et jaunes, figés par la neige, se tenaient sans un balancement.

Sur la bordure du bois, vers une heure, le duc de
Villefort fit reposer Sarah à la ferme du pré Savary.

Il lui fit donner un supplément d'avoine, la frictionna,
examina si ses pieds n'avaient pas été échauffés par la
neige.

Le soleil n'avait amené aucun dégel et déjà, à cette
heure-là, il se voilait de brumes légères qui annonçaient
encore de la neige pour le soir ou pour la nuit, lorsqu'elles se seraient condensées.

On lui dit à la ferme que la chasse était passée une
heure auparavant, avec seulement de Jurvie, de Coutais, les piqueurs.

Elle suivait le déduit prévu par Girodias et se dirigeait vers la Tenu, que le sanglier traverserait.

Le duc remonta en selle.

Il ne devait pas être très éloigné du tertre.

En effet, au bout d'une demi-heure, il y parvint.

Il y grimpa.

Et là, il regarda sa montre.

Deux heures moins un quart.

— Je suis en avance... Ils ne tarderont pas à arriver.

Le tertre était très élevé, et comme le pays était plat
aux alentours, la vue qu'on avait de là était superbe,
mais superbe de tristesse, avec cet immense linceul
que la neige étendait partout.

C'était la plaine de la vallée de Chaumes, traversée
par le Falleron et bordée par la forêt.

Au loin, ce paysage finissait au lac de Grandlieu,
pareil à un bras de mer oublié là, dans ce pays, après
quelque convulsion souterraine.

Et n'y a-t-il pas eu convulsion, puisque la légende
veut qu'une ville tout entière, Herbadilla, y ait été
ensevelie, comme jadis furent ensevelies Sodome et Go-
morrhe, comme fut ensevelie la ville d'Ys, en Bretagne,

comme fut ensevelie Ars, en Dauphiné, dont les vieilles
gens prétendent que tintent les cloches, certains soirs,
au fond du lac de Paladru? Légendes qui nous repor-
tent aux premiers âges, au temps où les hommes
vivaient, bâtissaient sur les lacs, où ils trouvaient plus
facilement à se nourrir et à se défendre.

Ce lac de Grandlieu, autour duquel va se jouer le drame
qui commence, est une petite mer intérieure. Il ne
compte pas moins de 3,895 hectares de superficie. Du
nord au sud, il a huit kilomètres, et six kilomètres de
l'est à l'ouest. C'est le déversoir des petites rivières de
l'Ognon, de la Tenu, de la Boulogne, et l'Achenau le met
en communication avec la Loire. C'est par l'Achenau
que viennent les bateaux de la Loire à destination du
lac et de Saint-Philbert. Et sur la rive méridionale, un
vaste, profond, interminable désert de roseaux poussés
dans la tourbe ; immobiles, raidis, jaunis par l'hiver,
ils ont l'air, ces roseaux qui cachent les fondrières im-
placables où s'engloutirent les villes lacustres, d'une
forêt de bâtons symétriquement plantés. La côte sep-
tentrionale, seule, est de sable.

D'en haut du tertre, Horace regardait le lac, dont la
surface polie, qu'aucune vague n'agitait en ce moment,
ressemblait à une glace énorme, se perdant au loin vers
le nord.

Il examinait le terrain où sans doute, dans un but
qu'il ne s'expliquait pas encore, allait avoir lieu sa
rencontre avec les Girodias.

Ne lui avaient-ils pas demandé s'il connaissait le
pays?

Là-bas, c'est Grandlieu avec son port où viennent
s'amarrer les chalands chargés de chaux, venant les
uns de Chalonnes, les autres de Montjean, par le canal
de Buzay. Vers la côte de Coutais, le pays devient plus

vallonné, et sur tous les monticules des moulins se reposent, attendant un peu de brise. Voici Saint-Mars, dont l'église pointe au-dessus des arbres ; voici Saint-Léger et Port-Saint-Père, et vers Sainte-Lucienne voici l'immense désert des marais dangereux, des joncs perfides, des tourbières mortelles. Par-ci, par-là, quand la côte le permet, quand les travaux ont été possibles et ont permis les approches du lac, des petits villages aux maisons basses, aux toits rouges, avec une grève et des bateaux de pêche, voiles repliées.

Horace consulta sa montre.

— Deux heures !

Et il jeta un regard autour de lui.

Sur la route, à cent mètres de lui, en arrière, deux cavaliers étaient arrêtés et le considéraient.

C'étaient Pierre et Gaston.

— Enfin, murmura le duc, je vais commencer à comprendre...

Il leur fit signe qu'il les apercevait.

Ils répondirent en saluant, mais ne bougèrent pas, bien que le duc les attendît en haut du Tertre.

— Que désirent-ils donc? Que j'aille à leur rencontre?

Il tourna bride et s'engagea sur la descente, du côté des Girodias.

Immédiatement ils tournèrent bride, comme Horace, et, comme Horace, s'éloignèrent au pas.

— Eh bien, ils ne m'ont pas vu ?

Il mit Sarah au trot.

Ils entendirent et, comme si quelque fil électrique correspondait de leur monture à la jument de Villefort, leurs chevaux prirent le trot.

Horace s'arrêta.

Ils s'arrêtèrent.

Villefort était très intrigué.

— Je suppose qu'ils n'ont pas envie de se moquer de moi ?

Et il fronça le sourcil. L'impatience, la colère le gagnaient.

Il tourna bride une seconde fois, revint sur ses pas, vers le Tertre.

Pierre et Gaston l'imitèrent, calquant leurs mouvements sur les mouvements du jeune homme.

Il trotta.

Leurs chevaux prirent le trot...

Il galopa...

Leurs chevaux s'allongèrent et prirent le galop, réglant leur allure sur l'allure de la bonne jument.

Alors seulement Horace commença à comprendre.

— Dieu me pardonne ! c'est une course-poursuite qu'ils me proposent !

Et, flattant sa monture, qui frémissait et s'énervait ;

— Tu entends, Sarah ? Ils veulent, avec leurs vilains chevaux mal équarris, mettre tes fines jambes à l'épreuve.

Se retournant de nouveau, mais sur sa selle, et toujours galopant, le duc enleva sa cape, l'agita, avec un défi, vers les deux frères.

Le même défi lui répondit.

— C'est bien cela... une course-poursuite... Bon... Mais pourquoi ? Dans quel but ?...

Peu lui importait. Il avait la fièvre. Tant de haine tenace finissait par faire naître en lui un peu de haine.

— A Dieu vat ! Hop ! Sarah ! hop !

Sarah se détendit et partit à fond de train.

Il la modéra, lui parlant ; elle obéissait à la parole.

— Doucement, Sarah ! Doucement, ma belle...

Elle ralentit. Il devait la ménager. La course pouvait être longue.

N'avaient-ils pas dit, les deux frères : « Prenez votre meilleur cheval, celui auquel, en cas de danger de mort, vous aimeriez à confier votre vie, et en qui vous verriez votre suprême ressource ? »

Le Tertre est près de la ferme du pré Savary. Il n'y avait là d'autre route qu'un chemin vicinal qui aboutissait à la route de Saint-Mars.

Le chemin était en mauvais état ; tous les charrois de l'hiver l'avaient défoncé, y avaient creusé des ornières profondes. Ces ornières étaient recouvertes d'une couche de neige légèrement durcie par la gelée et elles en étaient d'autant plus invisibles ; de là des dangers à chaque pas.

Il était impossible d'aller vite.

Du moins, le duc fit une constatation qui lui fut agréable : Sarah avait le pied d'une sûreté admirable. Ses fines jambes avaient la solidité et la flexibilité d'une tige d'acier.

Le chemin vicinal, entouré de fortes haies embroussaillées, faisait de nombreux lacets, de telle sorte que le duc ne pouvait pas juger de la distance qui le séparait des frères Girodias.

Au départ, il avait jugé que Gaston et Pierre s'étaient tenus à environ deux cents mètres en arrière.

—Un handicap, murmura-t-il d'un ton méprisant pour les chevaux de ses adversaires... C'est moi qui aurais pu leur rendre pareille distance, et même davantage.

Par ce chemin mauvais, cette distance devait rester la même.

Au bout d'une demi-heure, il fut à la route : elle remontait vers Saint-Mars et descendait vers Saint-Même.

Saint-Mars ou Saint-Même, peu importait au duc.

Il laissa faire la jument.

Elle n'hésita pas : elle s'engagea vers Saint-Même.

La route était meilleure, moins coupée d'ornières, mais la neige y était épaisse : pourtant Sarah n'y prenait pas garde.

Avant d'arriver au village de Saint-Même, le duc se retourna.

Pierre et Gaston galopaient à deux cents mètres.

Comme Sarah ne gardait qu'une demi-allure, il était évident qu'il eût été facile aux deux frères, surtout au début de la course, de regagner leur distance et de rejoindre Horace.

Ils ne l'essayaient pas.

— Ils se ménagent, eux, aussi, dit le jeune homme.

En traversant le village, une charrette embourbée lui barra la route.

Il fut obligé d'attendre.

Instantanément s'arrêtèrent Pierre et Gaston.

Quand la charrette fut désembourbée, le duc passa.

Les deux frères repartirent.

De l'autre côté du village s'étalait une vaste plaine presque déserte, à peine parsemée de quelques fermes.

Elle s'étendait à perte de vue, uniforme, dans la monotonie de sa blancheur immaculée.

Le froid commençait à être plus vif. Le soleil pâle descendait rapidement derrière des nuages poussés par le vent qui soufflait en brusques bourrasques, tantôt violent, tantôt mourant tout à coup. Personne sur la route. Par la neige, les paysans restent chez eux. A peine, de loin en loin, un enfant, garçon ou fillette, son panier au bras, la casquette ou le fichu de laine rabattu sur les oreilles, le nez rouge, les joues roses, revenant de l'école et regagnant quelque ferme perdue dans la campagne, quelque moulin à vent planté en haut des coteaux.

Des haies, des arbres, des champs nus, des montées, des descentes, la route durcie sous la neige glissante... Tout cela volait, tout cela se perdait, derrière la course rapide de Sarah, derrière les deux robustes chevaux des deux frères...

De rares flocons tombèrent, cessèrent presque aussitôt.

Le vent souffla plus fort, le ciel se déblaya pendant un quart d'heure, puis se couvrit de l'est à l'ouest, du nord au sud, de gros nuages plombés.

Et il n'y eut plus de vent.

Ce fut un calme lourd, l'immobilité de la nature morte.

Le duc se retourna sur sa selle.

Pierre et Gaston gardaient leur distance.

Villefort commença de s'impatienter.

— Hop ! hop ! Sarah !

Elle allongea son galop, loin de donner encore toute son allure.

Au bout d'une demi-heure, il crut les avoir perdus, et, se trouvant sur le haut d'une sorte de mamelon que la route traversait avec des ondulations de couleuvre, il s'arrêta.

Il ne vit pas les deux frères tout d'abord.

Mais le calme était si grand qu'il entendit le galop des chevaux.

Ce galop était très près, toujours très près.

Sarah l'entendit également.

Elle comprenait la pensée de son maître et d'elle-même elle repartit

Au bas du mamelon, Horace vit les deux frères qui soulevaient la neige sous les pieds de leurs chevaux mordant profondément la route.

— Leurs bêtes sont meilleures que je ne l'aurais cru.

Ils semblaient gagner du terrain. Et eux-mêmes s'en aperçurent sans doute, car leur allure se ralentit.

Horace fronça le sourcil.

Doucement, il dit :

— Hop, ma bonne Sarah ! hop !

Et il siffla entre ses dents.

Sarah se coucha sur ses jarrets plus tendus et le vent de la course fit flotter les basques de l'habit de chasse du duc.

Mais la tête de Sarah restait haute.

Ce n'était pas encore sa grande allure.

— Modère-toi, Sarah, ma bonne, modère-toi !... n'aie pas peur... Nous allons les semer, ces deux cavaliers avec leurs vilains chevaux, l'un après l'autre, derrière nous, sur la route.

Et comme Sarah commençait à s'animer :

— Doucement donc, Sarah... doucement... ne les décourage pas !...

Villefort souriait.

Il était joyeux de sentir sa jument en pleine forme.

Avec elle, que ne pouvait-il pas braver ?

Et il se disait, tout haut :

— Ils ont mal fait leur invitation, ces messieurs, en me promettant une chasse au sanglier... Ils auraient dû m'écrire que cette première chasse serait suivie d'une autre plus intéressante : un laisser-courre sur le duc Horace de Villefort ! ce qui ne manque pas d'originalité... Hop ! Sarah ! hop !...

Paisibles sur leurs chevaux robustes, le visage haineux, allumé de fièvre, les yeux sur Villefort, ne le quittant pas du regard, avec une fixité étrange qui semblait vouloir l'attirer, les frères Girodias le poursuivaient.

Entre eux de rares paroles, traduisant leur état d'âme :

— Sa jument est une merveilleuse bête.

— Elle ne le sauvera pas.

— J'ai cru, lorsqu'il a rencontré la route de Saint-Même, qu'il était sauvé.

— Oui, s'il avait continué de s'éloigner du lac, en allant vers Machecoul, c'était le salut pour lui.

— Maintenant, il est perdu...

— Si nous manœuvrons bien, je le crois...

— Il court vers les tourbières...

— Il court à la mort !

Le duc avait pris la route qui conduit à Port-Saint-Père.

Il se rapprochait du lac en effet, et la plupart des chemins qui arrivent à cette route longent les marécages immenses qui empêchent, de ce côté de la rive, l'accès du lac.

Sarah rongeait son frein en se sentant retenue.

— Tout à l'heure, Sarah ! tout à l'heure ! disait Horace.

Il la laissa pourtant prendre un peu d'avance, la voyant s'énerver de plus en plus. Ce qu'il voulait, c'était qu'elle n'entendît plus les sabots des chevaux derrière elle. Cela la calmerait.

En effet, on n'entendit plus aucun bruit.

Le duc eut un sourire ironique.

— Quand l'envie m'en prendra, ils disparaîtront vite.

Il suffisait de voir l'aisance de Sarah, la régularité de son allure, sa souplesse incomparable, pour être certain que le duc ne se vantait pas et qu'il pouvait avoir toute confiance.

Tout à coup, il la sentit boiter.

Il n'hésita pas, sauta de la selle, regarda le pied, en enleva une pierre entrée dans la fourche, remonta.

Le tout n'avait pas pris une demi-minute.

Cela avait suffi pour perdre sa légère avance.

— Hop ! hop ! Sarah !

Elle repartit comme le vent, dans la plaine nue, sur la route uniformément blanche, s'infléchissant légèrement vers l'ouest.

Un coude de la route, un petit bois de chênes, et chasseurs et gibier se perdent ; puis, de l'autre côté du bois, de nouveau, ils s'aperçoivent et ne se quittent plus.

Parfois, pendant de longues minutes, le duc perdait, dans le lointain, le spectacle de la petite mer de Grandlieu.

Puis tout à coup elle reparaissait dans sa ceinture de joncs jaunis.

Tout en se laissant emporter par Sarah, Horace réfléchit.

Il s'orientait, cherchant à reconnaître le pays.

— Je me rapproche insensiblement du lac... Cela ne vaut rien... car là il est évident que je me heurterai à l'impossible... et la course finira sans que ces messieurs puissent juger du mérite de ma jument... Or, je veux qu'ils crient merci... Voyons, où suis-je en ce moment ?

Il faisait encore assez clair pour s'y retrouver.

Une auberge sur la route le renseigna avec son enseigne.

— Au Chêne Vert !... Bon... Dans dix minutes je serai au bois Flamberge, et là je pourrai choisir entre deux routes, celle que je suis et qui me conduit à Port-Saint-Père... ou celle beaucoup plus commode de Sainte-Pazanne... Va pour Sainte-Pazanne... D'ici là, je vais tâcher de donner de la tablature à mes deux forcenés camarades.

Et se penchant et caressant sa monture :

— Hop, Sarah ! plus vite, Sarah, plus vite...

Sarah augmenta son allure. Elle s'allongea, fine, gracieuse ; son cou se tendit, la croupe surélevée, les reins cambrés et frémissants ; les foulées s'agrandirent, sans rien perdre de leur régularité.

— Très bien, Sarah, très bien, ma fille !...

Comme si elle avait deviné, elle voulut s'allonger encore.

— Non, non, plus tard, réservons-nous, ma belle.

Gaston et Pierre avaient disparu, très loin en arrière, ne pouvant suivre un pareil train, et le duc se mit à rire.

Il alluma un cigare.

Au bois Flamberge, un peu avant d'arriver au carrefour, il s'arrêta.

Il avait le temps. Il pouvait laisser souffler sa bête.

Le bois Flamberge couronne un monticule assez élevé d'où la vue s'étend assez loin.

Le jour baissait lentement. Tout le paysage était indéfini à présent, revêtait des contours imprécis, s'enveloppait de brume.

Par-ci par-là, des flocons tombaient.

C'étaient les avant-coureurs d'une bourrasque.

Du monticule, Horace apercevait une longée de la route, sur plus de deux kilomètres, qu'il venait de parcourir.

Sur cette route, un seul cavalier, à cinq cents mètres environ : Pierre.

Qu'était devenu Gaston ?

Aussi loin que le duc pouvait voir, il ne l'apercevait pas.

— En voilà un qui a renoncé à la lutte.

Il eut un haussement d'épaules méprisant.

C'était prévu.

— Ils s'entendent en chevaux comme moi je m'entendrais à vendre de la pharmacie. Pourtant ils sont bons cavaliers... je les ai vus au régiment...

Lorsque Pierre distingua Villefort planté sur sa jument en haut du monticule, il ralentit son allure, reprit son intervalle primitif de deux cents mètres et attendit que le duc repartît.

Celui-ci eut un sifflement de colère.

— Que veut-il?

Cela l'exaspérait de ne pas comprendre.

Il devinait seulement tout un plan bâti d'avance.

Mais quel était ce plan?

— Hop! Sarah! hop!

Et le voilà reparti, vers le carrefour, cette fois...

Là, sur la route de Sainte-Pazanne, il laissera faire Sarah, ne la retiendra plus. La nuit venait, il fallait en finir.

A Sainte-Pazanne, il prendrait le chemin de fer.

Un quart d'heure se passe, il est au carrefour.

Mais là, il a un soubresaut de colère et de surprise.

Devant lui, venant de son côté, par la route qu'il allait prendre, arrive Gaston au plein galop de son cheval, barrant cette route.

Et derrière, Pierre arrive également ventre à terre.

— Hop! Sarah! hop!

Et il n'a que le temps de se jeter, par la droite, sur la route qui remonte à Sainte-Lumine.

Le plan des Girodias devenait plus clair.

— Ah! ah! je crois tout simplement que cette course-poursuite n'a pas d'autre but que celui de me faire prendre certains chemins... Est-ce parce qu'ils sont sûrs des jambes de leurs chevaux ? Est-ce pour faire casser les jambes de Sarah dans une ornière et me faire, à moi, casser la tête dans une chute dont ils escomptent le résultat ?... Peut-être... Hum ! hum !... il me semble pourtant qu'il doit y avoir autre chose...

XI

LA COURSE A LA MORT

Le plan des deux frères, dans cet étrange steeple-chase, était d'obliger le duc de Villefort à prendre certaines routes, à circonscrire sa course, à le pousser, de voie en voie, jusqu'aux abords des tourbières.

Et là, toujours le poursuivant, de l'y faire se précipiter.

La nuit tombait de plus en plus; les flocons de neige, d'abord très espacés, se resserraient, extrêmement menus, menus comme de la poussière, et le vent, à grandes rafales, les balayait dans les yeux des cavaliers, en tourbillons pénétrants qui les aveuglaient.

Sarah dévorait l'espace.

Villefort filait, dans le crépuscule tombant, comme un fantôme.

Les lointains du paysage, maintenant, étaient complètement obscurcis.

Il n'avait plus la vue du lac.

Cela, malgré lui, depuis une heure, l'avait obsédé.

D'instinct, il y portait son regard.

Il le sentait plus près, mais comme il ne le voyait plus, il respirait presque avec soulagement.

— Va pour Sainte-Lumine, se dit-il. De là, je regagnerai Machecoul par la forêt et je prendrai le train à Machecoul.

Il avait pris de l'avance.

Il s'arrêta et écouta.

Il lui parut qu'il n'y avait plus qu'un seul cheval, derrière lui.

— Ah! ah! ils vont recommencer le même manège...

A la Maucherie, un chemin vicinal s'embranche sur la route.

Et, barrant la route, une charrette chargée de longs frênes en travers.

Il enleva Sarah d'un bond prodigieux et passa pardessus les frênes.

— Eh! eh! il me semble que si j'avais pris le chemin vicinal, je me dirigeais droit vers les tourbières... Cette fois, je vois clair!...

Derrière, Gaston, seul, franchissait l'obstacle, comme le duc.

Et la chasse étrange, et qui allait devenir tragique, se poursuivit dans la nuit venue, au milieu des tourbillons de neige, dans les rafales glacées.

Enervé, le duc voulut en finir.

Il laissa faire Sarah.

Elle partit en pleine vitesse, rasant le sol avec une rapidité merveilleuse. Il y avait deux heures que durait cette course, par un terrain exécrable, et la noble bête semblait fraîche et reposée.

On eût dit qu'elle sortait de l'écurie.

— Très bien, Sarah, très bien, ma belle !

De chaque côté du cavalier, qui lui-même ressemblait à un fantôme se mouvant au milieu des tourbillons de neige, filaient les fantômes des arbres, presque invisibles, qui tendaient vers lui leurs bras blancs décharnés.

Le paysage fuyant, les montées, les descentes, les bois, les plaines, les étangs, les ruisseaux, Sarah dévorait tout de son admirable allure, avec une vitesse merveilleuse.

De temps en temps Villefort prêtait l'oreille.

C'était, maintenant, un silence absolu.

Plus de galop de chevaux derrière lui... plus de poursuivants...

Pas de fermes, pas de moulins... ni hameaux, ni villages...

Pas un aboiement de chiens, pas une rencontre d'homme.

Le désert était absolu, la solitude complète... le silence de mort.

Et le jeune homme s'abandonnait à la griserie, à l'ivresse véritable qui naît d'une course comme celle-là, où l'espace ne compte plus... où on se laisse emporter comme dans un rêve...

Et il excitait Sarah, de la voix toujours :

— Hop, Sarah ! C'est le moment d'en finir, ma belle...

Il n'avait pas encore employé l'éperon.

Le vent cessa.

La neige, dont les flocons s'étaient élargis, se mit à tonber droite, toujours aussi épaisse.

On ne voyait plus rien, plus même les fantômes des arbres.

Villefort en était réduit à se confier à l'instinct de sa bête.

Il essayait de s'orienter, mais c'était impossible.

Il lui parut, cependant, qu'il ne suivait pas une grande route, mais un chemin vicinal, ou de moyenne communication.

D'après la direction qu'il avait prise au déclin du jour, lorsque les deux frères l'avaient obligé à en changer, il devait se rapprocher de la route qui côtoie le lac et va vers Saint-Mars.

Il crut reconnaître, dans un bas-fonds, les toits bas d'une pauvre ferme, la Tancherie.

S'il ne se trompait pas, il devait être dans la bonne voie et tout près de la grand'route.

En effet, il arriva au moulin à vent de la Trubière

Il écouta, penché sur la selle.

Plus rien. Depuis longtemps, les poursuivants étaient réduits, vaincus.

Il mit Sarah au pas.

— Repose-toi, ma belle... Tu l'as bien gagné... Mais c'est fini, vois-tu; nous les avons semés, les deux vilains chevaux... nous n'en entendrons plus parler... Repose-toi, ma fille...

Sarah pointa les oreilles.

Il la sentit toute frémissante entre ses genoux comme si elle avait été traversée d'un courant électrique, des naseaux à la croupe.

— Eh bien, Sarah, que se passe-t-il ?

Le frémissement continuait.

Evidemment, il se passait quelque chose d'anormal dont la jument s'apercevait avant son maître.

Les oreilles pointaient, s'agitaient, se retournaient, se baissaient avec une rapidité extraordinaire.

Un moment arrêté, le duc était aux écoutes, car essayer de voir devenait chose impossible.

En avant, et se rapprochant avec une rapidité vertigineuse, le bruit sourd, continu, répété, régulier, d'un galop à fond de train.

— Ah ! ah ! la même manœuvre !... Un des deux !

Et derrière le même galop effréné :

— L'autre !...

Sarah frémissait toujours, s'énervait singulièrement : elle se rendait parfaitement compte de ce qui se passait, de l'approche des deux chevaux devant lesquels elle avait couru depuis deux ou trois heures avec une si grande supériorité.

— Ils ne savent pas où je suis... Ils vont me perdre... Ils passeront près de moi sans me voir... dans cette nuit de l'enfer.

Et se baissant, pour parler à l'oreille de la jument :

— Hop, Sarah ! hop ! nous allons bientôt nous reposer, ma fille.

A sa grande surprise, Sarah ne bougea pas.

Arc-boutée sur ses quatre jambes, elle ressemblait à une statue, mais elle renâclait sourdement comme devant un danger de mort.

Il appuya légèrement sur le mors pour éveiller son attention.

Elle resta immobile.

Il serra les genoux.

Elle ne bougea pas.

Et le même frémissement la parcourait, la soulevait, nerveux, étrange.

Et les galops, en avant, en arrière, se rapprochaient, très distincts.

Près de Villefort s'amorçait un chemin large, herbeux, conduisant dans la campagne, vers le lac, entre le Branday et la Marzelle. Où aboutissait-il? Villefort l'ignorait. Qu'importe! Il voulait dépister les deux cavaliers. Ensuite, il rentrerait tranquillement.

— Hop, Sarah ! hop !

Une immobilité de pierre.

Alors, Horace n'hésita plus.

Les éperons effleurèrent les flancs vierges du noble animal, qui bondit comme sous un outrage qu'il venait de recevoir.

Et presque aussitôt, dans l'allure désordonnée, affolée, qu'elle prit, le duc sentit que Sarah était emportée et qu'il n'en était plus maître.

Emportée vers l'inconnu, dans les ténèbres insondables, au milieu de cette neige incessante, sous ce ciel noir, emportée dans un affolement qui lui faisait dévorer l'espace en une effroyable vitesse... au bout de laquelle, sûrement, il n'y avait que la mort pour elle... la mort pour son cavalier...

Vains étaient ses efforts d'athlète, vaine était toute sa science acquise, toute son expérience pour la retenir...

Et pourtant, en cette crise, il conservait le sang-froid le plus absolu, les yeux essayant de voir, de percer l'énorme voile constamment étendu devant lui, qui reculait sans cesse et contre lequel sans cesse il courait.

Plus rien, maintenant, ni derrière ni devant lui.

Plus de galops de chevaux, plus de poursuivants, plus de Girodias.

Et c'est le désert qu'il traverse, le désert morne, des landes plates couvertes de roseaux durcis par la gelée.

Plus de toits de fermes dans les fonds, le long du chemin.

Plus même de moulins à vent.

Plus de bois, plus d'arbres, plus d'arbrisseaux, plus de haies.

Plus rien que des joncs et la morne plaine.

Et Sarah court dans son galop éperdu... Et son cavalier use ses forces à la retenir, à vouloir la reprendre et la diriger...

Où est-il? Suit-il toujours le chemin qu'il a pris tout à l'heure? ou bien est-il tout simplement en pleine campagne? Il ne le sait.

S'il est en pleine campagne, tout à l'heure bête et cavalier se briseront contre un arbre invisible, rouleront dans quelque fossé, pour ne se relever jamais plus... culbuteront, écrasés, tordus, broyés, morts...

Et Sarah court, court, dans sa folie d'épouvante, vers le danger qui l'attire, vers ce danger qu'elle sentait, au loin encore, tout à l'heure, qui la faisait renâcler, qui lui faisait refuser d'obéir... et qui la rendait toute nerveuse et toute frémissante : les tourbières et les marais engluants, mouvants, s'enfonçant, des bords du lac...

Tout à coup le **vent** se lève, violent, en rafales, pour la seconde fois.

Pendant quelques minutes la neige tourbillonne.

Puis elle cesse, soudain, et les nuages se bousculent; le vent redouble, les nuages se disloquent; des étoiles apparaissent entre les découpures des nuages plombés qui résistent encore; le bleu s'étend, repousse les dernières cohortes de neige, prend possession du ciel.

Et soudain, la lune éclaire, doucement, la solitude sinistre.

Cela fut presque aussi brusque qu'un changement de féerie.

La nuit était d'un noir d'encre, d'un noir qui pesait comme un fardeau lugubre sur les yeux, sur le cœur...

La nuit devint claire...

Mais la course de Sarah ne se ralentissait pas.

Aussi **loin** que la clarté lunaire permettait d'étendre le regard, c'était la plaine...

On eût dit une mer de roseaux recouverts de neige, car les tiges des roseaux pointaient au-dessus.

Depuis longtemps, le chemin avait disparu.

Etait-ce bien un chemin qu'il avait cru voir, qu'il avait pris?

Oui... mais peu à peu ce chemin s'était rétréci.

Et il avait fini, sans but, vers les joncs de Grandlieu.

Grâce à la lune, Horace l'apercevait de nouveau, cette hantise du lac qui l'avait poursuivi dans l'après-midi.

Le vent violent faisait frissonner les hauts joncs, et on eût dit le murmure ou le passage des âmes mystérieuses de la ville engloutie.

Et le clapotis des vagues soulevées par les rafales s'entendait, pareil encore, à cette distance, à une sorte de ricanement lugubre.

Sarah courait, emportée, vers les abîmes.

Et devant ses efforts inutiles, Horace se laissait entraîner, n'essayant plus de la retenir.

Jusqu'alors, le terrain n'avait pas été mauvais.

La jument galopait comme sur une piste d'entraînement, sur une ancienne chaussée détruite depuis longtemps et qui, jadis, avait servi à s'approcher jusqu'à la rive, à travers les marais et les tourbières.

C'était cela que Villefort avait pris pour un chemin, à l'embranchement de la route de Saint-Mars.

Tout à coup, le cavalier sentit que le terrain devenait plus mou sous les pieds de son cheval.

L'allure de son cheval se ralentissait.

Il se pencha pour se rendre compte.

Mais comment voir?

C'était partout des pointes de roseaux qui soulevaient leur tête hors de la couche de neige.

C'était partout la neige, partout le marais.

Mais il était évident que la chaussée suivie par la

pauvre bête n'existait plus et qu'elle venait de s'engager dans les tourbières ; la couche supérieure de la tourbe était légèrement durcie par les gelées précédentes, mais par-dessous c'était la vase, la vase immonde, profonde, sans fond, dangereuse comme les suçoirs d'une pieuvre.

C'est là que Sarah galopait

Et c'est vers cette mort horrible qu'elle entraînait son maître.

Quand le duc put se rendre compte et comprit l'effroyable danger, il frissonna de tout son corps et pâlit.

Certes, il était brave, d'une bravoure folle.

Certes, il n'avait pas peur de la mort !

Il la méprisait.

Et pourtant, cette mort lui faisait peur, une peur atroce ! Être enseveli vivant dans la boue ! Mourir en sentant lentement cette ordure se soulever autour de lui, entrer en lui, goutte à goutte, par la bouche, par les yeux, par les oreilles ! Ah ! horreur ! horreur ! c'était cent fois mourir...

Sarah bondissait à travers la tourbière.

C'était toujours des bonds, mais les bonds étaient plus pénibles et se ralentissaient ; elle était couverte d'écume ; Horace devina que le moment suprême était venu... attendre davantage était courir de gaieté de cœur à la mort qu'il redoutait.

Il essaya de l'arrêter.

Elle ne s'arrêta pas ; elle était affolée. Sous ses pieds elle sentait le terrain qui fuyait, qui s'enfonçait ; elle avait flairé ce danger ; elle y avait couru malgré elle, et enfin elle l'avait trouvé.

A chaque bond, elle s'engloutissait jusqu'aux jarrets.

Alors, Villefort lâcha les étriers...

Et brusquement, se jetant de côté, pour ne pas recevoir une ruade, il se laissa tomber.

Sa tête rencontra une racine émergeante.

Il ressentit une forte commotion, ses yeux furent
aveuglés et il s'évanouit sur la couche blanche au-dessus
de laquelle, là comme ailleurs, comme autour de lui,
comme partout dans la plaine immense et morne, poin-
tillaient des têtes d'herbes dures...

Il eut la sensation, en revenant à lui, que quelques
minutes seulement s'étaient écoulées depuis qu'il avait
perdu connaissance.

Il reprit tout de suite sa présence d'esprit.

Pourtant sa tête était lourde.

Il était couché tout de son long sur la nappe blanche
et, en voulant ramener sa main à son front, où il sentait
une douleur lancinante, il s'aperçut qu'il avait la bride
de sa jument enroulée autour de ses doigts...

Il se souleva...

Sarah ne pouvait être loin... ou la bride s'était cassée...

La bride ne s'était pas cassée... Sarah était près de
lui, tout près...

En sentant son cavalier tomber, elle s'était arrêtée
instantanément.

Elle ne bougeait pas, mais sa respiration sortait en
fumée de ses naseaux avec le bruit d'un soufflet de
forge.

Elle eut tout à coup un hennissement... et ce hennissement avait dans cette solitude, en cette nuit, par cette
neige, au milieu de ces périls, quelque chose de lugubre...

Il tressaillit, se souleva un peu plus, regarda...

Sarah n'était plus qu'une chose informe.

Elle était dans la tourbe jusqu'au-dessus des jarrets.

Le duc, dans le mouvement qu'il avait fait, sentit la

couche glacée, la couche résistante, fléchir sous son propre poids.

Alors, il s'étendit de nouveau...

Il ne fit plus aucun mouvement.

C'était atroce...

Au-dessus de lui, l'horizon immense du ciel où — implacable ironie — des étoiles brillaient dans un bleu d'une pureté immaculée...

Et pour tout bruit le clapotement des flots soulevés par le vent ; le vent s'apaisait, mais les flots se culbutaient encore et arrivaient déferler contre la bordure des hauts joncs.

Le lac était si près que le vent, s'il avait été plus violent, aurait poussé ses vagues jaunes et boueuses jusqu'à Villefort étendu.

Au bout de quelques instants Horace sentit qu'il enfonçait.

Son poids avait raison de la couche glacée... et sa chaleur la faisait fondre ; lentement la neige fléchissait et la boue apparaissait, noire, par places, tout le long de son corps, émergeant sous la pesée lente et continue...

Lentement aussi, — et aussi d'une façon continue, — la boue gagnait, montait comme une lèpre d'enfer, le long des jambes de Sarah ; elle dépassait maintenant les jarrets.

Horace n'osait faire un mouvement.

Pourtant, quand la boue atteignit son visage, il eut un haut-le-cœur et bondit, comme sous une insulte.

Il se retrouva debout... debout pendant une seconde..

Mais la tourbe traîtresse n'abandonnait pas sa proie.

Un même coup, et dans le même mouvement, sous la pesanteur accentuée de son corps, il enfonça...

Il voulut retirer une jambe, enfouie jusqu'au genou.

L'autre enfonça davantage.

Il se débattit dans un accès de rage.

Il s'enfonça de plus en plus...

La boue atteignait ses reins.

— Je suis perdu ! pensa-t-il.

Par instinct, la bride de Sarah n'avait pas quitté ses doigts.

Les deux mains s'y convulsèrent.

Par sa longueur, par sa largeur, Sarah offrait, malgré son poids, plus de résistance à la tourbe.

Il tira sur la bride, se haussa tant qu'il put.

Sarah hennissait lugubrement.

Il finit ainsi par se retrouver à la surface et, se halant doucement, sans secousse, il se rapprocha avec lenteur de la pauvre bête.

Il lui jeta les bras autour du cou.

Et il put, enfin, se retrouver en selle...

Il respira, librement, avec un suprême espoir de salut.

Peut-être la fondrière n'était-elle pas très profonde et Sarah rencontrerait-elle un terrain plus solide.

Sarah succomberait, serait étouffée.

Mais, lui, pourrait attendre le jour, crier, appeler, se faire voir.

Et il serait sauvé, sauvé sur le cadavre de son pauvre cheval.

Ce dernier espoir lui fut bientôt enlevé.

Ce poids nouveau, surajouté au poids de la jument, accéléra la descente : la boue atteignit les flancs de la bête.

Il la sentit qui faisait des efforts désespérés.

A chaque effort elle enfonçait.

Il la calma, la flattant de la main.

— Tout beau, ma Sarah, n'aie pas peur, ma belle...

Elle souffla plus bruyamment, lança un hennissement d'appel, et, comme calmée par la voix du maître, ne bouge plus...

Horace avait replié les genoux...

Tout à l'heure, la boue ne les touchait pas.

Maintenant elle les atteignait.

Sarah avait tout son poitrail dans la tourbière.

Elle tourna sa tête fine, aux yeux affolés, vers Villefort.

Elle l'implorait, sentant le danger inévitable.

C'étaient deux yeux humains, ces deux yeux de bête.

Seconde par seconde, dans une lucidité parfaite, mais qui était terrible, le duc de Villefort se voyait mourir, comme il arrive parfois dans certains cauchemars; l'envahissement de la mort le prenait ligne par ligne, montait avec une lenteur sourde et redoutable, pouce à pouce, millimètre par millimètre, sans se lasser, sans s'arrêter.

Il eut le courage de calculer, en tirant sa montre.

— Si je reste assis en selle, j'en ai pour une heure... car dans une demi-heure Sarah sera étouffée... Après viendra mon tour...

En se mettant debout sur la selle, il gagnait du temps... Qui sait? une demi-heure? une heure même, peut-être?...

Et gagner du temps, en cette situation atroce, c'était gagner autant d'espérances, autant de chances de vivre.

Il débarrassa ses jambes de l'abîme gluant où elles s'ensevelissaient.

L'effort qu'il fit pour se retirer enfonça Sarah davantage.

Mais Sarah était sacrifiée...

L'homme voulait vivre...

Il monta sur la selle et s'y tint debout...

La boue atteignait maintenant le poitrail, glissant le long du ventre ; la jument bientôt n'eut plus que le cou et la tête hors de la tourbière.

Elle soufflait bruyamment, d'un souffle rauque.

Ses flancs haletaient sous la pesanteur de la boue.

Deux ou trois fois elle essaya de hennir... C'était son appel au secours, à la pauvre bête... un appel qui retentissait dans le vide absolu de ce désert et ne trouvait aucun écho... elle essaya, mais elle n'en avait plus la force.

Bientôt elle s'abandonna, résignée...

La selle était au niveau de la boue... la croupe apparaissait à peine...

Tout à l'heure, il ne resterait plus que la tête...

Puis, tout disparaîtrait...

Elle allongea le cou sur le sol mouvant et, comme si elle venait enfin de comprendre que chacun de ses mouvements l'enfonçait davantage, elle ne bougea plus, dans une immobilité de mort.

Elle n'était pas morte encore.

Horace sentait sous ses pieds les tressaillements de cette agonie, et la respiration de la bête, courte, oppressée, ressemblait à un râle.

— Pauvre Sarah ! murmura-t-il, s'oubliant un moment pour ne penser qu'à cette compagne de bien des plaisirs, de bien des fêtes et de bien des triomphes, pauvre Sarah !

De petits tressautements passèrent sous ses pieds.

Elle se mourait.

Elle redressa un moment sa tête, la balança de droite et de gauche, dans un mouvement bizarre, puis la laissa retomber avec un soupir.

Ce fut fini : Sarah était morte...

Quelques minutes encore, et plus rien d'elle n'apparaît hors de la boue, et c'est Horace, à son tour, qui enfonce...

On eût dit que cette boue ressemblait à un être vivant, insatiable... à quelque monstre unique, né en ce coin de solitude.

Le monstre avait englouti la bête...

Il voulait à présent engloutir l'homme.

Il y a un quart d'heure que Sarah est morte.

Et déjà Horace sent, voit la gueule du monstre, les immondes lèvres de boue qui se referment autour de ses genoux...

Il se sent emprisonné par une force invincible, tout à la fois résistante et molle, plus puissante qu'une chaîne de fer rivée à ses pieds...

La nuit continue d'être claire... Les étoiles sont autant de diamants que rien ne ternit... Pas le moindre flocon de brume... Le vent souffle du nord, glacé... gelant la neige.

Horace se meurt aussi de ce froid intense contre lequel il lui est impossible, défendu de réagir... puisque chaque mouvement, puisque le moindre geste le fait enfoncer un peu plus vite...

Et, triste ironie, le ciel seul est habité...

Des bandes de canards sauvages se lèvent d'un bord du lac pour passer sur l'autre bord ; mais, avant de s'abattre, elles tournoient longuement au-dessus de sa tête, avec des cris. Ensuite, d'un coup d'aile brusque, décidé, les bandes s'enfouissent dans les joncs de la rive, ou bien autour des îlots que lèchent les petites vagues.

Parfois aussi le cri d'un héron, ou d'un butor, ou d'un râle noir... cri mélancolique, qui ajoute à ce que les grands marécages ont de triste.

Plus rien dans le ciel, et, tout à coup, d'autres bandes

qui de nouveau tournoient, on ne sait pourquoi, sans que nul bruit, nul coup de fusil soit venu les effrayer : des courses en tourbillons dans les airs, des descentes vertigineuses, piquant droit vers le lac, pour remonter encore se perdre si haut qu'on ne les voit plus... Et soudain, les revoici, avec des cris plus distincts ; et les joncs frémissent un instant sous la poussée de toutes ces ailes.

Horace suit toutes ces évolutions d'un regard machinal...

Puis voilà que son regard s'abaisse sur le lac.

Est-ce un affolement de son esprit surexcité ?...

Il lui semble, pas loin de lui, là, tout le long de cette bordure de joncs, dans les eaux libres, voir glisser un bateau dont la voile triangulaire s'enfle et se balance sous le vent.

S'il ne rêve pas, c'est le salut...

Il se frotte les yeux... concentre toute son attention...

Hélas ! tout vient de disparaître...

Mais il y a là des joncs si hauts et si épais que le léger bateau a pu se cacher par derrière...

Et en effet il reparaît aussitôt...

Non, non, ce qu'il voit n'est pas dans la fièvre de son imagination, dans le délire de son pauvre cerveau éperdu... c'est bien une voile, c'est bien une barque... montée par deux hommes, très visibles sous la clarté de la lune...

L un manœuvre la voile, l'autre se tient au gouvernail...

Ils tirent des bordées au long de la rive.

On dirait qu'ils essayent de se renseigner, qu'ils cherchent quelque chose.

Alors, un grand cri s'élève du marais boueux qui tient sa proie, un grand cri strident poussé par Villefort :

— A moi ! au secours !

Les deux hommes du bateau eurent un mouvement brusque. Ils avaient entendu, car ils penchèrent la tête en écoutant.

Le duc leva les bras pour être aperçu :

— Qui que vous soyez, sauvez-moi, je vais mourir !

Les bateliers ne bougèrent plus, mais, penchés l'un vers l'autre, ils semblaient causer à voix basse, se concerter peut-être...

— Hâtez-vous ! hâtez-vous ! dit Horace d'une voix sourde.

La boue avait franchi les genoux, montait le long des cuisses, gagnait les reins, inflexible, sûre.

De leur bateau, les deux hommes le regardaient mourir...

Et ces deux hommes étaient Pierre et Gaston Girodias.

— C'est lui !... l'entends-tu ?

— C'est lui !... En péril de mort !

Mais c'était un spectacle terrible que celui de ce malheureux aux prises avec cette boue. Il fallait, pour en soutenir la vue, des âmes bien trempées ! Et Pierre et Gaston s'étreignaient les mains devant ce spectacle, éperdus d'horreur devant leur vengeance, extrêmement pâles.

Horace, les voyant immobiles, murmura :

— Je rêvais !... C'est la fièvre !... J'ai cru voir une barque, une voile...

Gaston disait tout bas à son frère :

— C'est horrible...

— Eloignons-nous, si tu te sens défaillir.

— Non.

— Alors, que veux-tu ?

— Il faut lui donner une chance de salut...

— Laquelle ?

— Laisse-moi faire...

— Avant tout, pense... Gaston, pense à notre père que cet homme a tué...

— Je ne l'oublie pas et je vais t'en donner la preuve.

Alors, il cria, accentuant fortement, pour être bien entendu :

— Horace de Villefort !

Le pauvre garçon tressaillit.

Rêvait-il toujours ?

Oui, sans doute.

Il ne répondit même pas, découragé, s'abandonnant.

Gaston répéta plus haut, plus lentement encore :

— Horace de Villefort !

Cette fois le duc avait bien entendu et la voix venait de la barque.

Il eut un frémissement d'espérance.

— Qui êtes-vous ? Qui m'appelle ?

— Ne reconnaissez-vous pas ma voix ?

— Non... mais qui que vous soyez, je vous l'ai dit, hâtez-vous si vous voulez me secourir, car bientôt il sera trop tard.

— Villefort, puisque vous ne reconnaissez pas ma voix, je vais vous dire notre nom... Nous sommes les fils de Girodias...

Le duc tressaillit.

Il ferma les yeux et se tut. Cette fois, c'était bien la mort.

Gaston reprit :

— Nous venons vous offrir une chance de salut.

Villefort garda le silence.

Il ne croyait pas.

Pourtant, Gaston continuait :

— Nous sommes prêts à vous sauver... et cela nous

est facile... mais nous ne le ferons qu'à une condition...

La voix calme et fière de Villefort se fit entendre :

— Quelle est l'infamie que vous allez me proposer ?

— Vous avez la parole dure, monsieur de Villefort, mais nous vous pardonnons cette injure, car, dans le péril que vous courez, vous ne devez plus jouir de votre entière présence d'esprit.

Cette fois, c'était Pierre Girodias qui avait répliqué.

— Villefort, dit Gaston à son tour, vous êtes condamné à périr, dans quelques minutes, d'une mort horrible... d'une mort immonde... Avant de mourir... reconnaissez que vous êtes coupable... avouez devant les fils de Girodias que vous avez assassiné leur père... Repentez-vous enfin... et Pierre et moi nous aurons foi dans votre repentir... Nous vous trouverons assez châtié par les atroces angoisses de cette nuit... Nous vous donnerons le moyen de vous sauver et nous vous laisserons vivre...

Il s'arrêta et parut réfléchir.

— Est-ce tout, monsieur ? demanda le duc avec un calme surhumain.

— Non...

— Achevez donc... Je vous répondrai ensuite.

— Lorsque nous vous aurons sauvé, nous vous demanderons seulement, mon frère et moi, de quitter le pays !... où la présence de l'assassin ne serait pas possible vous le comprenez, auprès des fils de la victime.

Un silence.

Villefort enfonçait de plus en plus.

La boue, maintenant, dépassait la ceinture.

L'oppression, l'étouffement commençait.

On put le deviner à sa voix, qui devint sourde et haletante.

— Est-ce tout ?

— C'est tout...

— Eh bien, écoutez-moi : aussi vrai que je vais mourir... et déjà... vous l'entendez !... c'est à peine si... je puis... m'exprimer... aussi vrai... que la mort est là... qui va me prendre... je suis innocent du meurtre que vous me reprochez... Au moment où j'ai été... arrêté... j'ai protesté de mon innocence... devant le Conseil de guerre qui... m'a acquitté, j'ai protesté de mon innocence... devant la mort, en ce moment, je jure... je jure que je n'ai pas tué votre père...

— C'est votre dernier mot ?

— Oui.

— Nous allons vous donner une minute pour réfléchir...

— C'est inutile. Retirez-vous... Epargnez-moi votre vue...

— Une minute, répétèrent-ils.

Pierre tira sa montre.

Gaston alluma un falot et le tint suspendu près de son frère.

Elle fut longue, cette minute, terriblement longue.

Et pas un mot ne fut prononcé.

Pierre remit la montre dans sa poche.

— La minute est écoulée, monsieur !...

— Allez donc... hâtez-vous... et emportez mon pardon...

Pierre appuya sur la barre du gouvernail.

En même temps Gaston hissait la voile triangulaire.

Le vent gonfla la voile.

La barque s'élança avec un balancement coquet.

Et dans la nuit elle disparut.

Les deux frères étaient restés longtemps silencieux.

Puis tout à coup, à voix basse, Gaston murmura, comme se parlant à lui-même :

— Il était brave...

Et Pierre répliqua, de même, le front soucieux et :

— C'était un rude cavalier...

Depuis quelques secondes Horace s'imaginait qu'il n'enfonçait plus.

Et c'était vrai...

Il y avait un moment d'arrêt.

Combien de temps durerait-il ?

Le malheureux éprouvait une difficulté énorme à respirer, sous la pression de cette gigantesque ceinture.

Il réunit toutes ses forces dans un cri de détresse qui parvint, au loin, jusqu'aux deux frères et les épouvanta :

— A moi ! au secours !

Et ce fut tout. Il ne tenta plus rien. L'horreur de cette longue et abominable agonie lui donna le délire.

Il eut des hallucinations : des visions passèrent devant ses yeux. Le voile de la nuit sembla se déchirer, et tout, subitement, devint resplendissant à ses yeux, dans un triomphe céleste, dans une gloire d'apothéose... Et, chose singulière, une figure, rayonnante parmi toutes les autres figures, était celle de Colette qui le regardait et lui tendait les bras et qui lui disait : « Viens... viens te reposer auprès de moi... Viens contre mon cœur chercher la paix et le sommeil ! » Il essayait, en cette vision, des efforts imaginaires pour se rapprocher d'elle, ce en quoi son rêve se rattachait à la réalité, et alors, voyant ses efforts inutiles, c'était Colette qui venait à lui, toujours les bras tendus, disant :

— Je voudrais mourir avec vous...

— Mourir, si jeune et si belle.

— Jeunesse et beauté ne me seront plus de rien si vous n'êtes plus là...

— Vous m'aimez donc?

— Oui, je vous aime.

Voilà ce que distinctement il entendait dans sa fièvre. Mais la réalité terrible, mortelle, le tira de son rêve.

L'obstacle rencontré dans les profondeurs par le corps du cheval et qui avait arrêté la descente graduelle, cet obstacle était franchi sans doute, car le duc recommençait d'enfoncer.

Il rouvrit les yeux, jeta un regard éperdu sur la vaste nappe blanche où, tout à l'heure, dans quelques minutes, il allait disparaître à jamais.

Puis il reporta son regard sur le lac...

Et là, il eut une illusion... l'illusion d'une chose informe toute ronde, noire, recouverte de joncs, de branches sèches, de mousse, et qui glissait rapidement sur l'eau, sous la poussée de deux rames vigoureuses.

Dans la nuit, sous la lune, en la solitude de ce lac, cela avait un aspect fantastique et irréel.

Horace croyait encore à une hallucination.

Cela avançait, reculait, virait, entrait dans les roseaux, en ressortait pour glisser dans les eaux calmes s'éloignait, revenait.

Et sous ces branches, cette mousse, ces joncs entrelacés, impossible de distinguer ce qui se passait.

Tout à coup, la chose singulière s'arrêta brusquement.

Une bande de canards s'abattait sur le lac, à portée de fusil. Quatre détonations partirent et une douzaine de canards battirent l'aile pendant que les autres s'envolaient.

C'était des chasseurs de sauvagines, en excursion sur le lac, et cachés dans un bachot recouvert d'herbes et de roseaux.

Villefort râla :

— Au secours ! Par pitié, sauvez-moi !

Des branches s'écartèrent sur le bateau et deux têtes coiffées de bonnets de fourrures interrogèrent le marais.

— As-tu entendu ?

— Oui.

— On appelle au secours...

— Et la voix partait de là...

— De la tourbière...

L'un des deux se pencha, attentif, puis cria à son tour :

— Est-ce qu'il y a quelqu'un dans le marais ?

Plus faiblement, on entendit encore le râle du malheureux qui étouffait et qui agitait les bras au-dessus de la boue :

— A moi ! à moi ! par pitié !

— Là ! là ! dit un chasseur montrant l'enlizé... regarde, Jérôme...

— Vite ! vite ! nos cordes !

Ils débarrassèrent en un clin d'œil l'avant du bateau, et, debout, Jérôme, tenant un paquet de grosses cordes, cria :

— Attention, dans la tourbe !... Prenez la corde, ne la lâchez plus... ensuite, laissez-vous faire...

Il lança. La corde s'enroula autour de la poitrine d'Horace et convulsivement les mains du duc s'y contractèrent.

Alors, lentement, ils le halèrent.

On vit le corps émerger petit à petit hors de la boue, traînant sur la neige, pareil à un cadavre, et arriver à l'étrange bateau.

Là, on fut obligé de couper la corde près des mains, tellement celles-ci y avaient entré leurs ongles.

Et Villefort, les lèvres grandes ouvertes, les yeux vitreux, ne donnait plus signe de vie.

On n'était pas très loin du hameau de la Marzelle, et ce fut là que le bateau vint atterrir. On était en pleine nuit. Le hameau dormait. Pas un bruit. On eût dit qu'il était abandonné de ses habitants.

Les deux chasseurs de sauvagine frappèrent à une auberge qu'ils connaissaient.

Ils avaient transporté jusque-là Villefort dans leurs bras.

Une fenêtre s'ouvrit et une large tête, coiffée d'un bonnet de coton, apparut en même temps qu'on disait :

— Qu'est-ce qui fait ce tapage, à pareille heure ?

Les chasseurs s'expliquèrent. Ils étaient du pays, de Branday ; l'aubergiste les connaissait ; il descendit ouvrir sa porte, et apercevant le duc blême, le corps raidi sous une couche de boue glacée, il s'écria :

— Mais c'est un cadavre que vous m'apportez là.

— Peut-être, peut-être ; faut s'en assurer en le frictionnant.

Ils le mirent nu devant un grand feu et le frictionnèrent. Ils eurent la joie de le voir revenir à la vie.

Une heure après, Villefort, revêtu d'habits qu'on lui avait prêtés, était debout dans la salle de l'auberge et remerciait chaleureusement les deux chasseurs auxquels il devait la vie.

Le lendemain matin, il se faisait conduire à la station du chemin de fer la plus voisine.

Vers midi, il arrivait à la gare de Clisson.

Un quart d'heure après, il était à la grille de Villefort.

Le beau temps de la nuit avait continué et le soleil brillait.

Le premier visage ami qu'il aperçut fut celui de Colette ; et soudain, vivement éclairée par le soleil, il crut la revoir ainsi qu'elle lui était apparue dans sa vision suprême, au moment où il croyait qu'il allait mourir... quand, les bras tendus vers lui, il l'avait entendue qui lui disait :

— Je vous aime !

Lorsque le duc eut raconté au château les péripéties de l'effroyable nuit, M. de Vivarez l'embrassa avec tendresse ; il était bouleversé.

La duchesse pleurait.

Quant à Roland, pendant tout le temps que dura le récit de son frère, ses yeux ne quittèrent point le visage de la duchesse.

Après un long silence, ce fut M. de Vivarez qui prit la parole :

— Résumons la situation où tu te trouves depuis ta sortie de prison.

Le pays est contre toi, dit le marquis. Tu n'as, en somme, recouvré la liberté, tu n'as échappé à la condamnation qu'avec une majorité d'une voix, d'après ce que ton avocat nous a dit. La moitié de tes juges était donc convaincue que tu es coupable. Dans ces conditions, mon pauvre enfant, il ne faut pas nous le dissimuler, tout est à refaire et ce serait une faute véritable de nous endormir sur ton acquittement. En ce moment, ton acquittement ne t'a pas rendu l'honneur avec la liberté. Il a fait de toi, au contraire, un homme devenu l'esclave même du crime qu'on lui reproche, et tant que le mystère qui enveloppe le meurtre de Girodias ne sera pas éclairci, tu n'auras ni trêve ni repos.

Et, prévoyant l'avenir, le marquis ajouta, en soupirant :

— Dieu veuille qu'on ne te fasse pas autour de nous l'existence plus cruelle encore et que tu ne sois pas obligé de t'enfuir.

Sur un geste du duc qui allait l'interrompre :

— Ne te fâche pas. Tu sais combien je t'aime. Je

t'aiderai, nous t'aiderons tous de tout notre pouvoir,
que tu restes près de nous ou bien que tu sois forcé de
t'éloigner. Moi, hélas! mes moyens sont restreints, les
jambes, ne valent pas grand'chose; mais on ne gagne
pas seulement les batailles avec les jambes, on les
gagne aussi avec le cerveau, et la tête est bonne heureusement. Or, j'ai mis dans ma tête que je te ferais
sortir à ton honneur de toute cette histoire navrante.
Je vais y travailler... J'y userai, s'il le faut, le reste de
mes forces.

— Mon bon oncle, vous avez besoin de repos... Je ne
veux pas...

— Tais-toi... Serais-tu résigné, par hasard?

— Ah! Dieu! fit le duc dans un cri d'exaspération,
les mains sur les yeux. Comment leur dire à tous?
Comment leur prouver? Comment échapper à cette
honte et faire taire leurs infamies!...

— En faisant éclater à leurs yeux la vérité... Mais,
pour cela, je ne suis pas suffisamment documenté... Il
faut que je n'ignore aucun des détails de ton procès, si
infimes que ces détails te paraissent. Il faut que de
point en point tu me fasses l'histoire des accusations
qui ont pesé sur toi... Ensuite, nous agirons...

Colette se leva pour se retirer.

L'infirme l'arrêta d'un geste, brusquement.

— Restez, mademoiselle. Il se peut que plus tard
j'aie besoin de vous pour l'œuvre de réparation et de
justice que nous allons entreprendre. Si l'histoire que
vous allez entendre vous intéresse, nous y penserons
ensemble, nous y penserons tout haut pendant les
longues soirées de cet hiver. Mais lorsqu'il faudra
courir, ajouta-t-il en souriant, vous courrez pour moi.
Mon neveu, vous ne vous opposez pas à ce que mademoiselle Nathalier écoute votre confidence?

Le duc secoua la tête et dit avec une infinie tristesse :

— Non, certes... mais après m'avoir entendu, mademoiselle Nathalier n'aura-t-elle plus rien à apprendre ?... J'en doute, hélas !

En émettant un pareil doute, Horace ne se trompait pas. Il ne pouvait raconter que ce qu'il savait...

Mais lui-même ne savait pas tout !

Il s'était trouvé précipité en une nuit profonde, lorsqu'il avait été accusé, emprisonné, soumis à une enquête cruelle...

Et la même nuit l'enveloppa lorsqu'il fut obligé de se défendre devant le Conseil de guerre.

Les scènes qui vont suivre sont trop intimement liées aux événements qui ont accompagné le meurtre de Girodias pour que l'heure ne soit pas venue de soulever un coin du voile qui cache ce mystère en racontant dans quelles circonstances étranges et dramatiques le meurtre avait été commis.

XII

LA DUCHESSE DE VILLEFORT

Comment s'était-il commis, ce meurtre?...

Au milieu de quelle indéchiffrable énigme, pour qu'une accusation aussi odieuse continuât de peser sur l'âme loyale du jeune homme, en dépit même de l'arrêt des juges?

Il avait mené grande vie, quelques années auparavant, et l'on craignit, en ce moment, dans la famille de Villefort, que le duc ne se laissât emporter par son tempérament, par l'ardeur de son imagination, par le besoin de dépenses et de luxe qui éclatèrent en lui tout à coup, au sortir des écoles du gouvernement, lorsqu'il se trouva en possession de la fortune qui lui revenait de son père.

Ce fut, en effet, une frénésie de dissipations, et elle ne dura pas longtemps, cette fortune. Elle se fondit au feu des yeux d'une grande aventurière anglaise, miss Maud Ingram, qui lui fit faire mille folies, en dépit

des objurgations du marquis de Vivarez et des remontrances maternelles. Elles eussent été plus vives, ces
remontrances, plus impérieuses, ces objurgations, si
le marquis et la duchesse avaient pu soupçonner la
vérité, en quel pouvoir était tombé le jeune homme.

Miss Maud Ingram, maîtresse du duc Horace, n'était
qu'un instrument entre les mains du père Girodias,
mais un instrument terrible, à l'aide duquel la fortune
des Villefort s'évanouissait, s'envolait, lambeaux par
lambeaux, guettée par l'araignée vorace, patiente,
rusée, qui, du haut du belvédère des Grandes-Roches,
où grinçait en girouette la potence des anciens jours,
voyait s'étaler devant elle les terres, les prés, les bois,
formant le domaine de Villefort. Et ces bois, ces prés,
ces terres, réunis à la propriété des Grandes-Roches
déjà immense, que de richesses et que de puissance !

De tout temps, depuis la dernière révolte, et après
les derniers soubresauts du sentiment monarchique
dans les âmes vendéennes, depuis qu'on pouvait considérer la paix faite entre les deux familles, ç'avait été
le rêve intime, dissimulé, profond et tenace des Girodias de ruiner les Villefort et de se substituer à eux
dans le pays. Le père Girodias y avait consacré sa vie
et l'on disait qu'il en était mort. Et l'on disait aussi
qu'il avait été près de réussir.

Tous les matins, il montait au belvédère comme à
un pèlerinage. Il caressait sa longue barbe grise en
regardant la campagne au lointain, verte et fleurie au
printemps, toute grasse de ses moissons pendant l'été,
reposée et reprenant des forces en hiver, et il disait —
il ne se cachait pas pour le dire :

— Quelque jour tout cela m'appartiendra... Patience !

C'était, du reste, un magnifique joueur que ce père

Girodias, et au lendemain du jour où il apprit, aux Grandes-Roches, que le duc Horace avait pour maîtresse miss Maud Ingram, il partait pour Paris d'abord, et pour Londres ensuite, où il allait compléter, sur l'aventurière, ses renseignements et son dossier.

Il en revint les yeux brillants, le visage illuminé, se frottant les mains.

Et il murmurait sur le pont du paquebot où il faisait nerveusement les cent pas, ne pouvant rester en place :

— Je les tiens !...

A Paris, il se ménagea une entrevue avec la belle Maud, rue de Penthièvre.

Et brutalement, sans autre préambule, quand il fut devant elle, et avant même de prendre place dans le fauteuil qu'elle lui indiquait :

— Mademoiselle, je viens vous proposer une affaire et n'ayez pas peur de moi. Je ne suis pas de la police. Toutefois, je sais que vous êtes sous le coup d'une arrestation pour vol de bijoux, se montant à 25,000 livres, à Londres, et que, pour abus de confiance ou escroquerie, vous avez précédemment fait deux ans de prison en Angleterre. Passons. Voici mon affaire en deux mots...

Il avait dû s'interrompre un instant : miss Maud s'était évanouie.

Quand elle fut remise, il reprit tranquillement :

— Vous êtes la maîtresse du duc Horace de Villefort, mais je ne pense pas que vous l'aimiez, du moins d'une façon désintéressée ; votre but est donc de mener grande vie et de vous faire entretenir magistralement. Je vous le conseille. Quant à l'affaire que je vous propose, la voici : Ne vous étonnez de rien. Si vous ne mettez pas plus de trois ans à ruiner le duc de fond en comble, le jour où il sera ruiné et où M. de Villefort aura contracté ses premières dettes, ce jour-là, vous recevrez de la main à la main cent mille francs.

Miss Maud, très pâle, les yeux cernés, ses mains diaphanes dérangeant ses cheveux roux, miss Maud avait longuement regardé ce paysan qui lui parlait ainsi. Elle était intelligente et redoutable. Elle comprit vite.

— Pour cent mille, je refuse... net... vous entendez ?

— Fixez votre prix... le dernier... et n'y revenons plus !..

— Trois cent mille, dit-elle avec flegme.

— Soit.

Girodias se leva, salua et partit, laissant son adresse. Il revint aux Grandes-Roches pour n'en plus sortir pendant trois ans, mais au fur et à mesure que le terme fixé s'approchait, son sourire féroce s'accentuait lorsqu'il montait là-haut, sur la terrasse du belvédère, sous la gigantesque girouette où se balançait son aïeul de 93.

Puis un jour arriva une lettre laconique : « Venez! »

C'était Miss Maud qui écrivait.

Le duc était ruiné.

Alors, le vieux partit en hâte.

Elle vint chez lui, à l'hôtel.

Horace avait mangé toute sa fortune. Elle le lui prouva. Du reste, il le savait.

Le duc avait contracté des dettes, nombreuses, graves. Il était à bout de ressources.

— Bien, dit le vieux. Maintenant, à nous deux, Villefort...

Il tendit à Maud trois cents billets de mille francs.

— Vérifiez, dit-il... les bons comptes font les bons amis...

Tout était en règle. Il lui baisa galamment les mains

et elle ne le revit plus. Un mois après, Maud prenait un autre amant. Le duc se battait, blessait grièvement son adversaire. L'affaire prenait une mauvaise tournure. On l'étouffa, Horace fut changé de régiment et, de Compiègne, on l'envoya au 3ᵉ dragons, à Nantes.

Il y arriva guéri.

Et quand, à son premier jour de liberté, il accourut à Villefort, il tomba aux genoux de sa mère, en larmes, en disant :

— Maman, pardon, pardon, je te jure que c'est fini et que je ne le ferai plus !

C'était vrai. Sans regrets, mais non point sans remords, du jour au lendemain, il changea. Le trop-plein de vie était jeté. Le jeune homme avait vécu. L'homme restait, sérieux, doux à tous, indulgent et bon. Et ce fut dans le travail, un travail opiniâtre, qu'il chercha l'oubli de ses fautes de jeunesse et la réparation des années inutiles qu'il venait de dépenser follement.

Mais du haut du belvédère, sous la potence, Girodias veillait.

Et, sa main noueuse fouillant les longs poils gris de sa rude barbe, il disait :

— Il est trop tard !

Le vieux chargea un homme d'affaires de Paris de veiller sur les créances de M. de Villefort et de les racheter toutes les fois que l'occasion s'en présenterait. Cela prit six mois et ne fut pas, en somme, très difficile. Les créanciers savaient la situation du jeune homme désespérée. Il lui faudrait des années pour remonter à flot.

Girodias offrait le remboursement intégral.

Ils acceptèrent.

Dès lors, Girodias était le maître. Il possédait plus de quatre cent mille francs de créances sur Villefort. Il pouvait le frapper à coup sûr, choisir la place où il frapperait et précipiter à sa guise les événements.

Au château, on était sans défiance. Le duc n'avait mis personne au courant de ses affaires. Quand la première réclamation de Girodias arriva, apportée par son huissier, et que le plan du châtelain des Grandes-Roches apparut en pleine clarté, ce fut une épouvante à Villefort et l'on se crut perdu.

Cependant on ne l'était pas encore.

La duchesse ne pouvait toucher à la fortune de Roland, et Roland, mineur, ne pouvait lui-même en disposer. Mais le domaine de Villefort restait à peu près intact à la duchesse. Il fut hypothéqué. Et comme ce n'était pas suffisant pour couvrir les créances, le marquis de Vivarez fit le reste.

Dans le mois d'octobre, à force de sacrifices, de dévouement les uns pour les autres, ils purent se croire sauvés.

Et le matin d'un dimanche, le duc Horace, arrivé de Nantes pour passer la journée à Villefort, partit à pied, un portefeuille sous le bras, pour se rendre aux Grandes-Roches et liquider avec Girodias l'affaire tout entière.

De Nantes, la veille, il avait télégraphié et Girodias était prévenu.

Le bonhomme était loin de s'attendre à ce dénouement de son intrigue savante. Il estimait que les Villefort se noyaient ; il ne voyait personne qui pût leur tendre la perche et la visite du jeune duc n'était considérée par lui que comme une démarche où on allait assurément lui demander des délais pour payer, où on le supplierait, mais où il était énergiquement décidé à se montrer intraitable, sans concession et sans pitié.

Il était quand même un peu nerveux lorsque, de la

fenêtre de son cabinet de travail, au rez-de-chaussée, il vit s'avancer Horace de Villefort. La vue du portefeuille lui donna un coup au cœur.

Il se leva brusquement, les doigts crispés à son bureau.

— Est-ce qu'il viendrait me payer ?

Cinq minutes après, les deux ennemis étaient en présence.

Girodias se montrait un peu décontenancé ; le duc, froid et méprisant.

Horace salua à peine, prit sans façon une chaise, s'assit de l'autre côté du bureau, tournant le dos à la fenêtre, en face de Girodias, posa sur le bureau son portefeuille, et sèchement :

— Examinons nos affaires, voulez-vous ? et terminons une fois pour toutes.

— Vous venez ?... Vous désirez ?

— Je désire ne plus entendre parler de vous, me soustraire pour toujours à toutes vos coquineries... Vous comprenez ?

— Payer ! payer ! balbutia le vieux paysan.

Et il tomba comme une masse sur son fauteuil, la sueur au front, pris d'un éblouissement devant l'effondrement du rêve de toute sa vie.

— On dirait que cela vous fait peur ? dit Horace goguenard.

Mais l'autre avait reconquis déjà sa présence d'esprit.

— Je viens, en effet, d'éprouver une grosse émotion... Ne vous en déplaise, et sans vouloir vous outrager, je croyais mon argent perdu,... Or, la somme vaut la peine qu'on la regrette... Je suis donc aussi surpris que joyeux.

Le vieux alla tirer d'un coffre-fort un volumineux dossier. C'était celui d'Horace. Il l'ouvrit. Et pendant

une heure, penchés tête contre tête, ils étudièrent
toutes les pièces qu'il renfermait.

Quand ce fut fini, Girodias releva le front :

— Tout additionné, vous le voyez, sans les frais, qui
ne sont pas encore bien considérables, vous me devez
quatre cent vingt mille francs, net. Je vous fais cadeau
des frais et ne vous tiens compte que du principal.

— Je paierai les frais.

— Ce sera comme il vous plaira. Vous avez la somme
là-dedans ?

Et sa grosse main poilue désignait le portefeuille
élégant de Villefort.

— Oui.

— Intégralement?

— Tout entière. Il n'y manque pas un centime. Préparez le reçu.

Girodias se leva, bourra une pipe en bois qu'il
trouva sur son bureau et alla se planter devant la
fenêtre ouverte, en contemplation devant la campagne.

Au bout de cinq minutes d'attente, le duc impatienté :

— Vous ne m'avez pas compris ?... Un reçu et finis-
sons-en !

Girodias tira une bouffée, se retourna, et dit, pai-
sible :

— Ma foi non, je ne vous donnerai rien du tout...

Le duc se dressa brusquement. Il prévit un danger,
sans savoir lequel. L'autre, flegmatique, ne lui laissa
pas le temps de parler.

— Vous me ferez des offres par ministère d'huissier,
n'est-ce pas? C'est là ce que vous voulez me dire?
Inutile. Vous pensez bien que je ne refuse pas votre
argent. Elle est la bienvenue, votre galette, merci.
Mais vous avez une façon de me jeter vos billets de
banque par la figure qui me déplaît. Je tiens à ce

qu'on y mette des formes. Votre mère est une grande
dame. Elle appréciera mieux que vous le service que je
vous ai rendu en ne laissant pas traîner partout votre
signature. C'est à madame la duchesse de Villefort que
je veux avoir affaire... Question de forme simplement,
je le répète.

— A quoi bon déranger ma mère ?...

— C'est mon idée. Vous ne m'en ferez pas démordre.

Il réunit les pièces, les rangea dans le dossier, enferma celui-ci dans le coffre-fort dont il repoussa la
lourde porte.

— Et j'ajoute : C'est mon dernier mot.

Chez un homme comme Girodias, ce revirement cachait un piège. Dans quel but cette demande ? Quel
intérêt avait-il à vouloir se rencontrer avec la duchesse ?

— Et si ma mère refuse ?

— Elle ne refusera pas.

— Qu'en savez-vous ?

— Madame de Villefort doit avoir autant de hâte que
vous d'en finir.

— Ma mère s'entend fort peu à ces questions de
chiffres...

— Les questions de chiffres sont résolues. Elle
n'aura donc pas à les discuter. Il reste à verser, d'une
part, quatre cent vingt et quelques mille francs, et,
d'autre part, il reste à en recevoir décharge. Ce n'est
pas la mer à boire.

— Ma mère ne viendra pas.

— Je vous prie seulement de lui transmettre ma demande...

— Je le ferai.

Le jeune homme était inquiet. Dans les yeux vifs et
durs du vieux Girodias, il lisait je ne sais quelle insolence et quelle suprême menace.

— J'accompagnerai ma mère...

— Libre à vous !

Mais le paysan ajouta tout à coup, sur un ton d'indifférence parfaite :

— Si elle y consent, je me ferai un plaisir de vous recevoir tous les deux.

Le duc fut pourtant frappé par ce mot. Il s'approcha de Girodias qui continuait de fumer. Il lui appuya la main sur l'épaule :

— Monsieur Girodias, je suis sûr que vous préparez contre nous quelque infamie nouvelle... Il n'existait aucune raison pour ne point terminer notre affaire sur-le-champ... Si vous rêvez une infamie contre ma mère, ah ! prenez garde, prenez garde ! car je vous hais déjà de toutes les forces de mon cœur !

Girodias se dégagea d'un coup d'épaule, secoua sur l'ongle du pouce la cendre de sa pipe, alla poser la pipe sur son bureau et, après un long silence :

— Une infamie contre votre mère ?... Allons donc, vous plaisantez... Votre mère est une sainte femme... et quiconque s'attaquerait à elle se brûlerait les doigts... C'est une idée à moi de vouloir traiter avec elle... et je ne prépare aucun piège...

Et haussant les épaules, mais sans oser regarder l'officier :

— Du reste, ne serez-vous pas là ? Ne l'accompagnerez-vous pas ?...

Le duc, après une hésitation, lui tendit les mains dans un élan :

— Pour ce que vous venez de dire de ma mère, je vous prie de me pardonner mes paroles trop vives...

Le vieux eut un geste d'insouciance méprisante :

— Oh ! ne les retirez pas... Je sais fort bien que vous me haïssez... moi aussi, du reste, je vous hais...

je ne m'en cache pas... Au revoir donc et à bientôt...

Il ne prit pas les mains qu'on lui tendait.

Ils eurent, sur le seuil, un dernier regard de défi et Horace s'éloigna, lentement.

A Villefort, la duchesse était venue sur la route, à sa rencontre :

— Enfin, dit-elle, c'est fini, n'est-ce pas ?

Il crut voir dans les yeux maternels comme une vague et lointaine angoisse.

— Non !

— Mon Dieu, quoi donc encore ?

— C'est à vous qu'il veut rendre toutes les pièces qui me concernent, entre vos mains qu'il veut remettre le reçu qui nous dégagera de notre esclavage...

— Il veut me voir, moi ? moi ? fit-elle dans un cri étouffé de terreur.

— Vous !

Ils marchaient côte à côte. Elle avait pris son bras. Il la sentit frissonner.

— Ne redoutez rien de cet homme, ma mère, dit-il en lui caressant la main... Je ne vous laisserai pas aller seule chez lui... je vous accompagnerai...

De nouveau, un frisson violent la secoua soudain.

Et d'une voix qu'elle tâchait de rendre ferme, — même méprisante, — mais d'une voix qui était profondément altérée :

— J'irai, je veux y aller... seule !

Ce simple mot fit tressaillir le duc.

Il regarda sa mère avec surprise.

Il venait de réfléchir rapidement à ce que tout à l'heure lui avait dit Girodias.

Girodias n'avait-il pas semblé prévoir que madame de Villefort n'accepterait pas d'être accompagnée par son fils ?

Et le vieux ne s'était pas trompé.

Quelles raisons avait-il eu de le croire, d'en être persuadé, même ?

Il fut frappé de cette coïncidence, mais il avait un trop profond respect de sa mère pour lui en faire l'observation.

Ce qui ne pouvait échapper non plus à ses remarques, c'était l'émotion étrange à laquelle la duchesse était en proie.

Elle n'osait relever les yeux sur son fils et elle prit le premier prétexte qui s'offrit pour s'éloigner de lui.

Le duc lui avait remis le portefeuille avec l'argent destiné à racheter toutes les créances entre les mains de Girodias.

Elle le prit avec une sorte de terreur.

Le duc ajouta seulement :

— Vous trouverez là, ma mère, la liste de tous les papiers que Girodias aura à vous remettre... Veuillez vous assurer, au fur et à mesure de leur remise, que vous les possédez bien tous. Je n'ai pas une entière confiance dans la probité de cet homme, et s'il a voulu que ce fût vous qui traitiez et finissiez cette affaire avec lui, c'est qu'il a une pensée de derrière la tête, et cette pensée-là serait peut-être d'abuser de vous et de vous tromper... Soyez sur vos gardes, ma mère...

Elle le lui promit, vaguement.

Elle suivait une idée fixe.

Le duc la laissa.

Seule, loin de tous regards, elle appuya longuement la main sur son front ; mais elle ne pleurait pas, elle avait peur.

. — Que me veut-il ? Qu'a-t-il à me dire ?

Elle hésita longtemps, mais il fallut qu'elle se décidât.

Elle partit, sans avertir personne, en passant par les bois pour descendre jusqu'à la rivière et comme si elle allait commettre une mauvaise action.

Girodias n'était pas sorti des Grandes-Roches : il savait bien qu'elle viendrait et il l'attendait, regardant par sa fenêtre.

Quand il l'aperçut, il eut un éclair de joie cruelle dans les yeux.

C'était jour de fête patronale au village de Clisson et la place du village était encombrée de boutiques, de marchands de couteaux et de bâtons de sucre, de tirs à la pipe, de berlingots, de chevaux de bois, de saltimbanques et de diseuses de bonne aventure.

Tout ce fracas de la fête, avec ses cris, ses détonations, sa cacophonie de musiques bruyantes, les orchestres du bal public et des saltimbanques faisant la parade, mêlés aux orgues de Barbarie, arrivait jusqu'aux Grandes-Roches et avait poursuivi la duchesse depuis son départ de Villefort, pendant toute sa traversée du bois.

Certaines journées, souvent dramatiques, de la vie, sont ainsi marquées par des détails vulgaires, et plus tard se mêlent, dans le souvenir, aux événements les plus douloureux et les plus tragiques.

Toute sa vie, la duchesse allait être poursuivie par l'atroce hurlement de tous ces instruments de cuivre, de ces cris de joie qui de loin ressemblaient à des cris féroces, de ces airs populaires dont certaines bribes, sans suite, comme cassées par les accidents de terrain, lui parvenaient par-dessus les bois et les coteaux.

Elle aperçut, elle aussi, Girodias qui l'attendait.

Pour la seconde fois, elle se demanda :

— Que me veut-il ?

Et se sentant épuisée, hors d'haleine, bien qu'elle eût

marché depuis Villefort d'un pas très lent, bien qu'elle eût fait des pauses nombreuses, elle s'arrêta encore.

Girodias, à sa fenêtre, eut un clin d'œil.

— Ah ! ah ! on dirait qu'elle est émue, la grande dame !

Elle reprit courage et s'avança.

Le vieux paysan ne laissa pas aux domestiques le temps d'aller à sa rencontre. On eût dit qu'il craignait qu'au dernier moment la duchesse ne se ravisât et ne repartît.

Il ouvrit la porte et se trouva devant elle.

Madame de Villefort, malgré sa fierté et sa hauteur, était toute pâle et paraissait décontenancée.

— Veuillez entrer, madame ; je vous attendais...

Il la précéda à travers les longs couloirs de la grande maison, et quand ils furent entrés dans son cabinet de travail du rez-de-chaussée, il lui avança un fauteuil dans lequel la duchesse se laissa tomber bien plutôt qu'elle ne s'y assit, tant son émotion était forte.

Alors, cet homme et cette femme — duchesse et paysan — gardèrent longtemps le silence, les yeux ardemment fixés l'un sur l'autre.

Au léger tressaillement des paupières, on pouvait deviner également que Girodias n'était pas, chose bizarre, exempt de toute émotion.

Sa main frémissait dans sa longue barbe grise.

C'était un grand vieillard, robuste et droit, aux larges épaules, qui n'avait rien perdu ni de sa vigueur ni de son agilité. Le visage était énergique, les yeux vifs, le front large, le nez droit, un peu fort, la bouche très rouge, aux lèvres un peu grosses, indiquant des appétits sensuels. Quinze ou vingt ans auparavant, il avait dû être encore un beau cavalier de race vigoureuse, ce paysan riche comme un seigneur.

La duchesse baissait les yeux devant lui.

Et, lui, semblait jouir de cette gêne, de cet embarras.

Le silence se prolongeait. Girodias n'avait pas l'air de vouloir le rompre le premier.

Madame de Villefort s'enhardit :

— Mon fils aîné, dit-elle, m'a rendu compte de la démarche qu'il a faite auprès de vous ce matin même, afin de régler toutes les créances que vous possédez contre nous...

— Exact...

— Mon fils vous apportait l'argent nécessaire à ce règlement de compte.

— Ce qui m'a bien surpris, je l'avoue.

— Et cependant, vous avez refusé ce règlement.

— Pas tout à fait exact... J'ai refusé d'entrer en arrangement avec votre fils parce que ses manières ne me plaisent pas... Il affecte envers moi un ton d'insolence qui ne me convient nullement... et je suis certain qu'avec vous les rapports seront plus courtois...

— Est-ce bien la raison vraie ?

Il se mit à rire.

— S'il en existe une autre, vous ne tarderez pas à l'apprendre.

— Que ne la dites-vous tout de suite ?...

— Patience ! chaque chose en son temps.

La duchesse déposa sur le bureau le portefeuille bourré de billets de banque.

— Veuillez me représenter tous les titres formant les créances.

— Les voici... votre fils les a examinés... Voici, en outre, la décharge générale que j'ai préparée et que je n'ai qu'à vous remettre.

— Donnez...

— Non.

— Pourquoi ?

— J'ai autre chose à vous proposer...

— Mon fils m'attend à Villefort, et il pourrait être surpris de voir cet entretien se prolonger outre mesure...
C'est pourquoi je vous prie de vouloir bien en finir...
Je n'ai pas à recevoir et je ne veux pas recevoir d'autre
proposition... Une seule chose me préoccupe, les
créances... Si, de moi non plus que de mon fils vous
ne voulez pas recevoir la somme que je vous apporte,
je n'ai qu'à me retirer. Cette somme vous sera offerte
par les voies légales...

Et la duchesse se leva pour mettre fin à cet entretien.

Il sourit.

Il était resté debout, de l'autre côté de son bureau,
en face de madame de Villefort.

Il fit lentement le tour de la table, sans quitter la duchesse des yeux ; il vint à elle, tout près.

Et il lui prit la main.

Elle voulut la retirer et se rejeta en arrière.

Mais un mot la cloua sur place et la fit retomber défaillante, blême, agitée d'un tremblement.

Il lui disait très doucement :

— Nous avons à causer, Edith ; restez assise !

Il attendit qu'elle fût remise, et lui-même alla reprendre sa place habituelle à son bureau et joua machinalement avec un poignard, sorte de couteau de chasse
à lame courte et large, qui lui servait de coupe-papier.

La duchesse paraissait domptée.

Elle jetait sur Girodias des regards éperdus.

— Calmez-vous, Edith... calmez-vous !

Et dans ce peu de mots, il y avait une ironie suprême.

Edith ! la fière duchesse de Villefort !...

Tout à l'heure, elle était pâle... Maintenant, une ardente rougeur, celle de la honte, couvrait son visage...

Il reprit :

— Edith, je voudrais vous rappeler quelques jours de votre passé!... Quelques journées enfiévrées de passion que vous avez vécues, vous froide et indifférente au fond, avec la comédie de l'amour que vous avez jouée pour me tromper, moi, confiant dans un amour qui n'existait pas, et ne pouvant m'imaginer que je n'étais entre vos mains, pour votre cœur de grande dame, que le jouet d'un moment.

— A quoi bon rappeler ce qui n'est plus !

— Et ce qui n'a jamais été, n'est-ce pas?

— Vous vous trompez... je vous ai aimé...

Il eut un éclat de rire bref, ironique.

— Il vous a plu, il y a quinze ou seize ans, de me remarquer, de m'affoler. Vous étiez si belle que cela ne vous fut pas difficile. Pourquoi ce caprice vous vint-il ? Est-ce qu'on sait, avec les femmes de votre caste ? Vous n'aimez pas comme tout le monde, et souvent, dans vos abandons, il n'y a que la vanité, la curiosité, la fantaisie. J'étais veuf... Votre mari vous obligeait, lui vivant à Paris d'une vie scandaleuse, à rester à Villefort, où l'ennui entourait votre oisiveté... En me remarquant, en me faisant comprendre, toutes les fois que le hasard nous mettait en présence, que je ne vous déplaisais pas, à quel sentiment avez vous obéi? Qu'importe !... Etait-ce parce qu'il vous plaisait de dompter et de rendre fou, et d'amener presque jusqu'au bord du suicide ce fils des bleus de 93 qui avaient torturé votre race, après avoir été torturés par elle ? Qu'importe ! J'ai cru, moi, que vous étiez une femme comme toutes les autres femmes... et que vous aviez rêvé de faire cesser cette haine d'un siècle qui divisait nos deux familles. . Et je me suis abandonné à ce rêve, moi aussi... Pendant six mois qu'il a duré, j'ai été,

certes, le plus heureux des hommes, le plus ébloui, le
plus ardent, le plus passionné des amants, et je ne sais
point par quel miracle je ne devins pas fou lorsqu'un
jour j'appris de vous, de votre bouche, entre deux baisers, que notre amour allait garder le vivant souvenir
d'un enfant, mon enfant et le vôtre... Ce rêve, je l'ai
dit, dura six mois !...

Il s'arrêta, oppressé, un nuage sur les yeux.

La duchesse cachait sa tête pâlie dans ses mains, les
coudes appuyés sur le bord du bureau.

— Quelques jours après, à Paris, votre mari mourait
subitement. Je ne le connaissais pas. Il vous avait
rendue malheureuse. Il était le seul obstacle à notre
bonheur complet et à la probité de notre amour qui,
dès lors, n'aurait plus besoin de se cacher... je ne
pouvais donc que me réjouir de cette mort... Vous
m'en avez durement châtié... Après les premiers mois
de votre deuil, après votre délivrance et la naissance de
Roland, de cet enfant sur lequel je n'ai aucun droit,
mais qui est de moi, qui est à moi, n'est-ce pas?... après
ce délai que je m'étais imposé pour vous plaire, je vous
demandai un rendez-vous... Je fus long à l'obtenir...
mais enfin je vous revis !... Vous rappelez-vous cette
journée tout ensoleillée, une journée douce et rêveuse
de printemps où il eût été si bon de s'aimer et d'où
naquit, pourtant, toute l'exécration que je porte en
moi contre vous et contre tout ce qui est de votre
nom... même contre mon fils?... Vous rappelez-vous
quelle douceur dans l'air? quels rêves épandus dans le
crépuscule qui tombait?... On eût dit, après cette journée
pleine de soleil, que la nuit refusait de venir !... Et ce
fut un jour de haine. J'arrivais près de vous, dans une
frénésie de dévouement passionné, et je vous trouvai
froide et méprisante. J'entendrai toute ma vie l'ou-

trage de votre éclat de rire, lorsque je vous demandai, tremblant, éperdu, le cœur douloureux à force d'amour : « Edith, puisque tous deux nous avons reconquis notre liberté... Edith, puisque je vous aime et puisque vous m'aimez... soyez ma femme ! » vous souvenez-vous ?

Elle ne répondit pas.

Il s'était penché par-dessus son bureau.

Il lui parlait, par phrases heurtées, tout bas, près de l'oreille.

— Ah ! tu te souviens, j'en suis sûr, tu te souviens comme moi ! Il y a des mots qui devraient vous tuer sur le coup. Comment ne suis-je pas mort en entendant la réponse que tu me fis ?... « Moi, la duchesse de Villefort, épouser Girodias ! Madame Girodias ! Ah ! ah ! ah ! » De gaieté de cœur vous veniez de briser mon amour et en même temps de commettre un grand crime ; car j'étais inoffensif, alors, puisque je vous aimais, et à partir de cette minute je devenais redoutable, puisque je me suis mis à vous haïr !

Tout à l'heure il s'était attendri un peu, le rude paysan, au souvenir de la passion qui avait rempli son âge mûr.

A présent, il n'y avait plus qu'une rancune implacable.

La duchesse avait repris peu à peu son sang-froid.

Elle avait écarté ses mains.

Sa figure apparut, froide et souverainement méprisante.

— La femme dont vous parlez, et qui a commis cette faute, n'existe plus depuis longtemps, dit-elle... Que désirez-vous de la duchesse de Villefort ? Je suis pressée... Parlez vite !...

— Ce que je désire !... Je veux que vous choisissiez entre votre ruine et votre déshonneur... Voici quinze

ans de ma vie qui se sont écoulés à attendre le moment
où nous sommes... Ma haine vous a poursuivie depuis
quinze ans... elle vous atteint...

— Je ne vous comprends pas...

— Vous allez comprendre... Pendant ces six mois
d'amour dont la duchesse de Villefort me fit l'aumône,
la grande dame et le paysan s'écrivirent... souvent...
jusqu'au dernier jour...

Madame de Villefort tressaillit, devinant un danger.

— Je vous ai redemandé mes lettres et vous me les
avez rendues...

— Pas toutes !...

— Ah !...

Elle eut un nuage sur les yeux ; le danger devenait
plus grand.

— Je croyais vous les avoir rendues, toutes, jusqu'à
la dernière... Eh bien, c'est justement la dernière qui
est restée entre mes mains... Je l'ignorais... C'est par
hasard que j'ai trouvé ce papier... un peu jauni par le
temps... mais dont vous ne pouvez nier l'écriture...
Quand je le découvris, il y a quelques semaines seulement, ma première pensée fut de le déchirer ou de
vous le faire remettre... Cette pensée-là était encore du
Girodias d'autrefois... Le Girodias d'aujourd'hui garda
la lettre après l'avoir relue... Elle est courte, cette
lettre... vous n'aimiez pas les longues phrases... mais
comme elle est éloquente et que de choses elle dit en
peu de mots !... Ecoutez... Vous écouterez peut-être
avec plaisir, à quinze ans de distance, les tendresses
que vous m'écriviez jadis...

Et il déplia un papier jauni, un peu froissé, où quelques lignes seulement étaient écrites.

XIII

LETTRE D'AMOUR

Elle disait :

« Mon cher Henri, que de joie ! Un enfant va naître de moi qui me rappellera éternellement notre amour ! Que pouvais-je désirer de plus ? Je suis coupable de t'aimer, mais je t'aime et je suis heureuse...

» EDITH. »

Girodias s'arrêta une seconde et reprit :

— Cette lettre me parvint à Paris où je me trouvais depuis quelques jours. L'enveloppe, vous le voyez, porte mon nom tout entier : Henri Girodias, et le timbre de la poste précise l'époque où elle fut envoyée en lui donnant pour ainsi dire une estampille officielle :

11 janvier 1877

Vous étiez enceinte de six mois : Roland naquit

trois mois après. Dans l'intervalle, le duc, votre mari, était mort...

La duchesse avait écouté, éperdue, regardant ce papier léger, entre les doigts de Girodias, avec des yeux de tigresse prise au piège.

Cet homme la tenait, cela était évident.

Mais que prétendait-il faire de cette preuve de déshonneur ?

Elle le sut bientôt.

Froidement, il disait :

— Madame, je vous jure que vous avez fait de moi un homme qui ne reculera devant aucun moyen — même les plus coupables — pour vous nuire. C'est vous qui l'aurez voulu. Je vous ai dit qu'il s'agissait pour vous de la ruine ou de la honte... Pour que vous compreniez tout à fait, j'ajouterai un simple commentaire : si vous n'acceptez pas mes conditions, je remettrai moi-même cette lettre à M. le duc Horace de Villefort, votre fils aîné.

La duchesse, affolée, bégaya :

— Vous ne feriez pas cela ! vous ne commettriez point pareille infamie ! vous n'auriez pas ce courage !

— Je le ferai, je le jure, ainsi que je l'ai dit...

— Alors, qu'exigez-vous ?

— Vous avez apporté avec vous de quoi payer mes créances ?

— Oui.

— Soit quatre cent vingt mille francs environ ?

— Cette somme est là, dans ce portefeuille.

— Bien.

Il réfléchit une seconde, non parce qu'il hésitait, mais bien plutôt parce qu'il voulait la torturer, jouissant de sa souffrance.

— Contre la totalité de cette somme, prononça-t-il

lentement, je vous remettrai cette lettre et son enveloppe...

Elle se leva brusquement.

Elle ne pouvait pas croire ce qu'elle venait d'entendre.

— Contre remise ?... fit-elle.

Il répéta ce qu'il avait dit.

— Mais c'est une infamie !

— Je le sais.

— C'est une lâcheté sans nom !

— C'est une lâcheté. Vous ne serez jamais pour moi
plus sévère que je le suis moi-même... C'est une
lâcheté, et je vais la commettre. Voici les créances, le
papier en règle constatant décharge de tout ce que vous
me devez... Voici, d'autre part, la lettre en question...

Et avec un sourire cruel et froid :

— Choisissez !

L'implorer ? le supplier ? Sa fierté se débattait... elle
s'y refusait. Et elle le connaissait, cet homme... elle le
savait inexorable... Il avait au cœur une terrible
rancune...

Elle joignit les mains; ses yeux s'emplirent d'une
terreur folle.

— Monsieur !

Il secoua la tête et, sèchement, tranchant comme un
couteau :

— J'aime autant vous dire tout de suite que ce serait
inutile : la ruine ou le déshonneur, choisissez.

Et avec le même sourire, il ajouta :

— Je suis bon prince, madame, je vous donne jusqu'à ce soir.

Il rangea méthodiquement les papiers épars sur son
bureau dans un dossier où il mit également la lettre
d'Edith.

— Ah ! monsieur, dit-elle sourdement, comme ce
serait justice si la mort venait vous foudroyer devant
moi !

Il haussa les épaules :

— Des mots !... J'espère vivre assez pour voir se
réaliser ce que je veux, ce que j'ai voulu, ce à quoi je
travaille depuis tant d'années : votre ruine... Car
c'est la ruine que vous choisirez, je n'en doute pas...
Je connais votre orgueil.

Il fit un geste pour la congédier.

— J'ai dit que je vous donne jusqu'à ce soir, mettons
dix heures du soir... Vous me trouverez à mon bureau
jusqu'à cette heure-là... Plus tard, ce ne sera plus la
peine de vous déranger... Je ne m'absenterai que pendant une heure, de trois à quatre : j'ai un rendez-vous
chez un de mes fermiers, et je ne puis le remettre.
Comme c'est assez loin d'ici, j'irai à cheval. La course,
aller et retour, ne me prendra pas plus d'une heure.

Il s'inclina.

Elle sortit chancelante, des bourdonnements dans la
tête, si effarée qu'elle en oubliait le portefeuille gonflé
de billets de banque sur le bureau de Girodias.

Il s'en aperçut, la rappela :

— Madame !

Il le lui tendit.

— Vous êtes un peu troublée, je comprends...

Elle sortit des Grandes-Roches, longea le coteau, se
retrouva dans le parc de Villefort sans se rendre
compte de la distance qu'elle avait parcourue, marchant dans un rêve.

A Villefort, le duc l'attendait.

— Et bien, voilà qui est terminé ? Tant mieux. Nous
allons être pauvres, mais nous nous serrerons un peu
plus... et nous ne nous en aimerons que davantage.

Il s'arrêta, frappé de la pâleur d'Edith.

— Qu'avez-vous donc, ma mère ?

Il vint à elle vivement et la reçut dans ses bras.

Le portefeuille échappa des mains de la duchesse et en tombant laissa voir les billets de banque... la somme intacte revenue.

Il ne dit pas un mot. Son regard seulement interrogea. Faiblement, elle répondit à cette question muette :

— Rien n'est terminé, mon fils... Cet homme est un misérable...

— Vous aurait-il insultée ?

— Non.

— Alors, dites-moi vite, ma mère, que s'est-il passé ?

Que lui dire ? Comment lui expliquer ? Quelle fable inventer ?

Lui dire la vérité ? Jamais. Elle eût préféré cent fois mourir. Alors ?

— Voyons, mère, est-ce donc si difficile ?

Et il souriait, pour l'encourager, devant cette émotion profonde.

Elle balbutia, cherchant ses idées, ayant recours aux mensonges :

— Girodias m'a donné à choisir... entre ces créances couvertes et toutes nos dettes payées... et... l'honneur de notre nom...

— L'honneur du nom de Villefort ?...

Elle n'avait pas encore menti, c'était bien de l'honneur des Villefort qu'il s'agissait. Mais là où elle mentit, ce fut lorsqu'elle reprit :

— Ce misérable possède entre ses mains un secret et la preuve de ce secret... Il s'agit, je vous le dis, mon fils, de notre honneur...

— L'honneur de qui ?...

— De... de votre père... Et Girodias m'a donné à choisir... entre la révélation du secret qu'il nous vend... et la décharge de toutes les créances qu'il possède contre nous.

— Et vous avez hésité ?

— Je voulais vous consulter, mon fils.

— Il ne fallait pas hésiter, ma mère... Si vraiment ce secret existe, il faut qu'il soit à jamais enseveli dans l'oubli.

— N'est-ce pas, mon enfant, que tu le penses ainsi ?

— Oui... et Roland penserait comme moi.

Elle tressaillit à ce nom, comme si elle l'entendait pour la première fois.

Roland, le fils de Girodias !...

Le duc continuait, gravement :

— Je sais, ma mère, que mon père a eu de nombreux torts envers vous... Je me suis souvenu, jeune homme, de choses qui avaient frappé et surpris mon enfance, et j'ai compris. Pourtant, si coupable qu'il fût de vous délaisser, mère, j'ai peine à croire que le duc de Ville-fort ait forfait à l'honneur... Mère, ne me cachez rien de ce que ce misérable vous a révélé...

— Je ne sais rien de plus, mon fils.

— Mais ce secret, mère, ce secret et ces preuves ?

— C'est lorsque j'aurai accepté de racheter et de payer notre honneur qu'il me fera connaître l'un et qu'il me remettra les autres ; voilà ce que cet homme m'a dit, mon fils, et pourquoi avant toutes choses j'ai tenu à vous consulter.

— Je suis le chef de la famille. Puisqu'il s'agit du nom que je porte, c'est moi qui vais aller trouver Giro-dias et qui recevrai de lui le secret qu'il veut nous vendre.

Elle avait prévu cela. Elle secoua la tête.

— Non, mon fils, ce sera moi...

— Ma mère !

— Ce sera moi, mon enfant, dit-elle d'une voix plus ferme, sachant combien elle était aimée et respectée par Horace et qu'il n'insisterait pas devant sa volonté bien arrêtée.

Ce fut ce qui arriva en effet.

Pourtant le duc ajouta :

— Lorsque vous connaîtrez ce secret, ma mère, je vous prierai de me le confier en vous rappelant que c'est mon droit de ne rien ignorer de tout ce qui touche à notre nom...

Elle répondit évasivement, ne pouvant s'engager en rien :

— Je ferai ce que me conseillera l'intérêt de notre maison, et aussi, mon fils, ce que me dictera l'affection que je vous porte.

Il lui embrassa les mains avec tendresse.

— Allez donc, mère... Je sens en vous je ne sais quelle résistance qui me surprend, me gêne et me déconcerte. Car je croyais être plus avant dans votre cœur... Mais je n'insisterai plus... je ne vous interrogerai plus... Ce que vous ferez sera bien fait... et je me contenterai des explications que vous voudrez bien me donner.

Il y avait bien un peu de tristesse et comme un reproche dans ce qu'il venait de dire là...

Les yeux de la duchesse se mouillèrent.

Elle se savait adorée par son fils Horace et elle sentait qu'elle venait de lui faire de la peine.

Elle se raidit contre cette faiblesse.

Presque aussitôt elle repartit pour les Grandes-Roches.

Mais en même temps, son fils aîné, qui la regardait s'éloigner, se disait :

— Je verrai ce misérable, et, coûte que coûte, il me dira la vérité !

Madame de Villefort marchait d'un pas plus léger, respirant plus à l'aise, soulagée d'un poids énorme : ce qu'elle redoutait par-dessus tout, c'étaient les questions de son fils...

Et le duc avait à peine insisté !...

Dès lors, elle n'avait plus rien à craindre ; ce serait la ruine à peu près, car il n'y avait aucune générosité à attendre de Girodias, aucune pitié... mais si le reste de sa vie s'écoulait, pour la duchesse, dans la pauvreté, presque dans la gêne, du moins sa vieillesse arriverait au milieu du respect de tous... personne n'aurait de soupçons !... Le crime d'amour d'autrefois resterait éternellement enseveli dans la nuit.

Il n'était pas quatre heures.

Elle ralentit le pas.

Inutile de se presser, en effet, puisqu'elle se souvenait qu'entre trois ou quatre heures, Girodias serait absent.

La journée était belle ; le parc était tout en or, sous les premières atteintes de l'automne ; l'air était vif et léger ; et à ce moment-là, comme tout à l'heure, la même hantise la tourmentait, venant du même vacarme musical de la fête de Clisson.

A un autre bout de la forêt, au pas de son cheval, Girodias, sa course faite, rentrait tranquillement aux Grandes-Roches.

Il était en avance de quelques minutes.

Et comme il n'attendait pas la duchesse avant quatre heures, il laissait son cheval aller à sa guise.

Soudain, comme il atteignait la bordure, il entendit derrière lui la course d'un cheval au galop.

Il se retourna,

C'était Roland, sur son cheval favori ; le jeune garçon était vêtu d'un élégant costume noir, avec un large col marin rabattu sur ses robustes épaules, et coiffé d'un chapeau de feutre de forme arrondie.

Il avait une cravache à la main.

Il galopait à toute vitesse, les yeux fixés sur Girodias.

— Roland ! murmura Girodias avec un sourire.

Il se rappelait la scène avec la duchesse : Roland était son fils, mais, s'il aimait fortement Gaston et Pierre, il ne ressentait pour ce fils de l'adultère aucun sentiment paternel.

— On dirait qu'il en veut après moi ! dit-il encore. Est-ce que la duchesse l'aurait choisi comme commissionnaire ?

Et machinalement il arrêta son cheval.

Il se trouvait juste à l'orée du bois, mais les champs étaient déserts ce jour-là parce que c'était dimanche et de plus parce que c'était jour de réjouissance patronale.

L'interminable, l'infernale musique s'entendait de là, comme de partout, vacarme de tous les instruments criards, entremêlé de détonations, de cris, de rires éclatants, de sons de cloches assourdissants.

En quelques foulées, Roland rejoignit Girodias.

Les deux chevaux se frôlèrent.

Roland ne salua pas.

Girodias, s'attendant à quelque violence, le regardait du coin de l'œil.

Roland était extrêmement pâle ; le tour des yeux était bleui ; bleuies les lèvres ; et des frissons le parcouraient par tout le corps.

Ses dents étaient si serrées qu'il put à peine prononcer :

— Monsieur Girodias...

L'autre répliqua, poli tout à la fois et insolent :

— Monsieur de Villefort?...

— C'est vous que je cherche et c'est à vous que j'en ai...

— Très heureux, monsieur, de m'entretenir avec vous... Seulement, je suis attendu aux Grandes-Roches...

— J'ai peu de choses à vous dire.

— Monsieur, je ne perdrai pas une de vos paroles.

— Je vous hais...

— Quel singulier état d'âme, monsieur !... Vous me haïssez, moi qui n'ai jamais eu le plaisir de vous adresser un seul mot depuis votre naissance.

— Je vous hais, et de toutes mes forces... Je vous hais pour deux causes...

— Deux causes... monsieur? c'est une de trop.

Roland était de plus en plus pâle.

Sa forte main serrait sa cravache à la briser.

— J'ai dit : pour deux causes, balbutia-t-il.

— La première ?

— La première, parce que — je le sais — vous voulez le malheur des miens... Ce ne sont pas des secrets que l'on confie aux jeunes gens de mon âge, mais j'en ai entendu assez pour comprendre...

— Mes compliments, monsieur, sur la subtilité de votre esprit. La seconde cause, maintenant, de votre haine ?

La voix de Roland se fit de plus en plus sourde et, chose étrange, il y avait presque des larmes dans sa colère.

— Monsieur Girodias, Michelle Soubise est ma sœur de lait...

Ce simple mot se traduisit chez le robuste paysan par

un geste brusque qui lui fit tirer violemment sur les
rênes.

Son cheval se cabra.

Presque aussitôt, Girodias reprit son calme.

— J'aime Michelle comme si elle était ma sœur.
J'aime Michelle autant que j'aime mon frère Horace...
Michelle n'a pas de secrets pour moi...

Girodias se mordait les lèvres. Du sang jaillit. Il ne
répondit rien.

— Pas de secrets, vous entendez, monsieur Girodias !
Eh bien ! je viens de voir Michelle... je viens de la
quitter, il n'y a pas une demi-heure et Michelle vient
de me dire, en me parlant de vous : « — Si tu le vois,
frappe-le au visage, si fort, que sa joue infâme en soit
pour toujours marquée comme d'un stigmate de honte !...
Et si tu n'es pas le plus robuste, crache-lui à la figure
comme font les faibles, pour lui prouver ton mépris,
parce que cet homme est le plus lâche des hommes,
parce qu'en employant la force, le piège, le mensonge
et la ruse, il a fait de moi sa maîtresse !...»

Roland avait prononcé ces derniers mots si bas que
tout autre que Girodias ne les eût point entendus.

Mais Girodias, sans doute, n'avait pas besoin d'entendre pour les comprendre, car il ne trouva rien à
répondre.

Et soudain, tout un drame, en une seconde.

Avant que Girodias ait put deviner la pensée, voir
l'attaque, Roland a rapproché son cheval.

Debout sur ses étriers, sa main brandit sa cravache.

Et par trois fois la cravache s'abat en pleine figure,
avec une force inouïe, striant de rayures sanglantes les
joues brunies par le hâle, faisant jaillir le sang.

Ce sont bien les stigmates demandés par Michell

Ils resteront ineffaçables.

Et Girodias, lâchant les étriers, lâchant les rênes, s'affaissa sur le sol.

Roland enlève son cheval et disparaît.

Si la solitude des champs est complète et s'il n'y a aucun témoin de cette scène rapide, il n'en est pas de même du bois où vient de surgir le garde Soubise, qui rentre de sa tournée.

Il a tout vu de loin.

Un moment, il reste frappé de stupeur, et il lui semble qu'il a mal vu ; mais comment ne pas croire ? Voilà bien Roland qui s'éloigne par un sentier sous le couvert, sans se presser, comme s'il ne s'était passé rien d'anormal... Et voilà bien Girodias étendu sans mouvement près de son cheval, qui vague en liberté.

— Il l'a donc tué ? murmura le garde.

Et il va pour se rapprocher de Girodias, lorsque celui-ci se soulève, péniblement, se met debout.

Alors Soubise s'arrête.

Girodias n'avait plus besoin de lui et Soubise était prudent.

— Ne nous mêlons pas de querelles qui ne nous regardent point.

Il s'esquive, rentre sous bois sans bruit.

Girodias en chancelant s'est rapproché de son cheval.

Par deux fois il essaye de mettre le pied à l'étrier et manque de tomber, aveuglé par le sang qui sort des larges blessures et encore tout étourdi des rudes coups qui ont fait sonner son crâne.

Enfin, il est en selle.

Le cheval repart au pas... Chaque pas, chaque mouvement cause à Girodias, dans la tête, des douleurs intolérables.

Aux Grandes-Roches, personne.

La maison est vide : en ce jour de fête, Girodias a

donné congé à tout son personnel : les domestiques sont à Clisson en train de danser ; Pierre et Gaston, eux-mêmes, sont au village, prenant leur part de la joie de tous.

Girodias et ses fils doivent dîner à Clisson, de telle sorte que les domestiques n'ont plus besoin au château. Comme ce sont tous des gens du pays et qu'ils ont au village des amis ou des parents, ils dîneront eux-mêmes hors des Grandes-Roches.

Le maître rentre donc inaperçu.

Il va mettre lui-même son cheval à l'écurie.

Sa marche est redevenue plus solide.

Il entre ensuite dans son cabinet de toilette, se lave à grande eau et change de vêtements.

Le sang a cessé de couler.

Une terrible colère brille dans les yeux du paysan. S'il y avait eu pour la duchesse de Villefort quelque chance de trouver en lui, malgré tout, un peu de compassion, cette chance n'existait plus. Il n'y avait plus qu'un bloc de pierre à la place du cœur.

Il vient se rasseoir à son bureau.

Trois longues cicatrices rouges entament sa joue droite, coupent les lèvres et se perdent dans la barbe ; les lèvres sont tuméfiées, gonflées : l'enfant a frappé avec toute sa vigueur de jeune colosse.

Il consulte sa montre... Voici quatre heures et demie... Est-ce que la duchesse ne viendrait pas ?... Qu'importe !... Quelle qu'elle soit, ruine ou déshonneur, ne tient-il pas toujours une vengeance certaine ?

Tout à coup il l'aperçoit.

Elle hésite... elle se cache... tantôt se rapproche... tantôt s'éloigne.

Enfin, elle se décide et franchit la grille d'un pas rapide.

— Elle vient!...

Et comme la première fois, mais cette fois parce qu'il n'y a plus de domestiques aux Grandes-Roches, Girodias lui-même va la recevoir...

Par le bois, lentement, Roland retourne à Villefort; sur les feuilles mortes et la mousse humide du petit sentier qu'il a choisi, on n'entend pas résonner le pas de son cheval.

Il est encore, l'enfant, tout frémissant du châtiment, de sa colère et de sa haine, pour une minute assouvies...

— Je l'ai marqué pour toute sa vie, murmure-t-il.

Il y a un quart d'heure déjà que la scène est finie, et entre les arbres de haute futaie, Roland aperçoit la campagne, où le jour commence à baisser, et au loin, sur le coteau, les ruines.

Dans l'avenue qui coupe en deux la forêt, il voit soudain passer une femme qui se hâte, qui court presque...

Il se penche, il regarde plus attentivement...

Elle paraît et disparaît, selon que les arbres plus ou moins épais la dérobent ou la laissent visible.

Et il n'a pas de peine à reconnaître la duchesse.

— Seule... et de ce pas rapide... et toute émue!... où va-t-elle?

Dans l'âme de Roland, respectueuse et tendre, aucun sentiment de curiosité. Mais il réfléchit qu'elle peut rencontrer Girodias... Girodias après ce châtiment!... Et de quoi serait capable la rage du paysan? Où va-t-elle? Cela lui importe peu. Sa mère est libre. Mais du moins, comme elle ne soupçonne pas le danger, Roland veillera de loin sur elle... Il la suivra, se mettra pour ainsi dire dans son ombre, sans qu'elle s'en doute, pour intervenir si on la menace...

Il se jette à bas de son cheval, attache celui-ci à un

hêtre par la bride, le flatte sur le museau en lui disant :

— Reste tranquille ! ne t'ennuie pas !... Je reviens tout de suite...

Il suivit de loin madame de Villefort, sans se montrer.

Au fur et à mesure qu'il la voyait se diriger vers la lisière du bois, du côté des Grandes-Roches, il paraissait surpris.

Mais quand elle traversa le bout de plaine, monta le coteau, hésita devant la maison de Girodias et y entra enfin, Roland fut décontenancé.

— Qu'a-t-elle à faire avec cet homme ?... Comment se peut-il qu'elle aille seule chez ce misérable ?...

L'entrevue, du reste, ne fut pas très longue.

Une demi-heure à peu près s'écoula, lorsque de nouveau reparut la duchesse de Villefort.

Roland essaya de voir Girodias.

Il ne le put.

La duchesse était seule et Girodias ne la reconduisait point.

La pauvre femme semblait très agitée, toute tremblante, en proie à une émotion extraordinaire. Roland pouvait en juger aisément par sa démarche chancelante. Parfois même madame de Villefort s'arrêtait contre un arbre, en redescendant le coteau, et là, elle appuyait les mains contre son cœur.

Roland ne se montra pas.

Madame de Villefort passa tout près de lui sans le voir et continua son chemin au travers du bois.

Roland la suivit, ne la perdant pas de vue.

Elle semblait toujours aussi faible, n'avançant que par brusques résolutions, par secousses, pour ainsi dire.

Une fois, son arrêt fut prolongé.

Il la vit qui venait de tirer un papier de son corsage et qui le lisait, le relisait, après quoi elle leva les yeux vers le ciel.

Elle voulut se remettre en route, mais alors, sans doute à la suite de la nouvelle émotion que venait de lui procurer cette lecture, ses forces parurent l'abandonner et elle s'affaissa sur les feuilles mortes et les brindilles de bois tombées des arbres, évanouie.

Il accourut auprès de la pauvre femme.

Elle avait les yeux fermés, et sa pâleur était celle d'une morte.

Près de là, dans un fond de ravin, murmurait une source, et Roland allait y chercher un peu d'eau froide, lorsqu'en se relevant il aperçut le papier que venait de lire la duchesse et qui, lorsqu'elle s'était évanouie, s'était échappé de ses mains.

Il le prit, machinalement, sans penser.

Et sans penser à mal, machinalement encore, il y jeta les yeux.

Il lut d'un bout à l'autre ces quelques lignes.

Et après les avoir lues, il les relut dix fois, pris de vertige, pris de folie, de la fièvre lui brûlant les tempes et sentant toute la nature, comme en pleine ivresse, tourner autour de lui.

C'est que chaque mot, chaque phrase, était un poignard dans son cœur, enfoncé jusqu'à la garde.

C'est qu'il aurait voulu crier, en lisant cela, crier à l'imposture et au mensonge, et qu'il avait beau se dire que rien de tout cela n'était vrai, il se disait ensuite que rien de tout cela n'était faux.

L'écriture de sa mère! Les protestations de sa tendresse! Le nom de Girodias! Son adresse à Paris! La date se rapportant à celle de la naissance de Roland, la précédant de trois mois seulement!...

C'était la vérité éclatante, horrible, monstrueuse...

Lui, le fils de Girodias ! Et sa mère, la maîtresse de cet homme !

Il lisait, il relisait, dans sa folie, pour deviner un autre sens.

Mais quel autre sens à cette implacable précision :

« Mon cher Henri, que de joie ! Un enfant va naître de moi qui me rappellera éternellement notre amour ! Que pouvais-je désirer de plus ? Je suis coupable de t'aimer, mais je t'aime et suis heureuse...

» EDITH. »

Infamie ! infamie ! Et tout à l'heure il vient de lui hacher la figure à coups de cravache, à cet homme qui est son père !

Il le haïssait bien, à cette heure-là.

Il le hait davantage encore, maintenant

Son regard éperdu retombe sur sa mère, qui a l'air d'être morte.

Il se relève, et, sans lâcher la lettre d'amour, la lettre fatale, il descend dans le ravin pour mouiller son mouchoir dans l'eau glacée du petit ruisselet... Il ne reste qu'une minute absent... et lorsqu'il reparaît, il se trouve devant sa mère revenue à la connaissance et debout...

La duchesse ne voit point son fils tout d'abord...

Elle est penchée sur le sol... elle cherche...

En se réveillant, en se rappelant, elle vient de se dire qu'elle s'est évanouie en relisant sa lettre... Elle la tenait dans ses doigts !...

Et voilà ce qu'elle cherche : cette lettre !

Elle ne l'a plus... elle ne la trouve plus... Qu'en a-t-elle fait ? Qu'est-elle devenue ?... Aux alentours, rien... ni dans les hautes herbes déjà flétries, ni dans les feuilles mortes, ni dans les broussailles voisines.

Elle l'a donc perdue en chemin, ou le vent l'a emportée.

Alors, si de nouveau cette lettre tombe entre les mains d'un misérable, de nouveau la duchesse est perdue!... Elle est à la merci d'une haine inconnue, et le danger qu'on ne prévoit pas est le plus terrible.

Du bruit près d'elle, vers le ravin.

Elle se retourne... C'est Roland, effaré, qui n'ose même pas lever les yeux sur sa mère.

Quel silence dramatique entre cette mère et ce fils !

La duchesse se demandait :

— Est-ce lui? A-t-il trouvé cette lettre? L'a-t-il lue?

Et dès lors c'était effroyable, ce secret entre les mains de Roland ! La faute d'autrefois ! la honte connue ! et la paternité de Girodias révélée à l'enfant qu'elle adorait...

En fallait-il plus pour mourir d'épouvante et d'horreur?

Roland, de son côté, ne pouvait restituer cette lettre à sa mère sans avouer, par cela même, qu'il n'ignorait plus rien.

Et cela, jamais il ne l'avouerait ! Jamais! jamais!

Mais il fallait une explication.

— Mère, dit-il, je rentrais au château quand je vous ai aperçue... inanimée... Ma mère, vous sentez-vous mieux?...

— Oui... oui, mon fils...

— Voulez-vous vous appuyer sur mon bras jusqu'à Villefort?

— Merci... je rentrerai bien seule... Je vous assure, mon enfant, ce n'était rien, rien en vérité...

Elle a à peine assez de force pour s'exprimer.

Elle se raidit contre une nouvelle faiblesse, car elle souffre une inexprimable torture, une angoisse sans nom.

Cette figure pâlie, ces lèvres blêmes, ces yeux creusés, cet air de désespoir, est-ce que tout cela n'indique pas, chez Roland, la connaissance de la vérité ?... Un sanglot erre sur ses lèvres... Quel surhumain courage il lui faut pour le comprimer !... Mais la crise, grave et nerveuse, si elle n'éclate pas maintenant, éclatera tout à l'heure et va faire de ce jeune garçon, si robuste jusqu'à ee jour, l'enfant nerveux et malade et presque infirme, pauvre créature à plaindre dont nous avons vu les incompréhensibles faiblesses dès le début de ce récit.

La mère, sans plus rien dire, lentement s'éloigna.

Roland la laissa partir.

Longtemps, longtemps, il reste là, debout, la tête penchée, sans bouger.

Puis il retire la lettre qu'il a cachée précipitamment à la vue de sa mère et il la relit.

Il doutait peut-être encore... il y a quelques instants.

A présent, après avoir vu sa mère, plus de doute !

Il va retrouver son cheval dans la futaie, et un quart d'heure après il est à Villefort, où sa mère vient de rentrer.

Par bonheur, il ne voit pas son frère...

S'il avait rencontré Horace, si Horace l'avait interrogé en remarquant sa pâleur, peut-être qu'à lui, à ce frère aîné, il n'aurait pas eu, en cette heure terrible, le courage de mentir !

Mais depuis quelques minutes, le duc est parti ; il ne veut pas rester plus longtemps avec le doute affreux de cette forfaiture à l'honneur que l'on reproche à un des Villefort.

Il a dit :

— Je verrai Girodias, et coûte que coûte je saurai la vérité.

Voilà pourquoi, sans en parler à personne, il s'est dirigé vers les Grandes-Roches, où il arrive bientôt ; il n'a pas rencontré la duchesse ; celle-ci rentrait au château et Roland y rentrait de son côté presque aussitôt, au moment où Horace en sortait.

Mais ces allées et venues ont pris du temps.

La nuit est descendue sur les bois, et comme la lune ne brille pas encore, la campagne est plongée dans l'obscurité.

Au loin, le vacarme de la fête, incessant, interminable.

Pour lui comme pour la duchesse, comme pour Roland aussi, ce sera un cauchemar lorsque tous trois, plus tard, se souviendront !

Lorsque le duc arrive aux Grandes-Roches, il est surpris de la solitude de la maison.

Aucun bruit, aucune lumière.

Des fenêtres sont ouvertes, entre autres la fenêtre du cabinet de travail de Girodias, où le matin même eut lieu leur entrevue.

Ouverte, également, la grande porte d'entrée.

Le duc monte les quelques marches...

Il sonne.

On ne répond pas.

Il sonne plus longuement et plus fort.

On ne répond pas davantage.

Comme le bureau de Girodias est situé au rez-de-chaussée, le duc s'y dirige, monte sur un banc du jardin et jette un coup d'œil dans l'intérieur du cabinet.

Bien qu'il fasse nuit, les ténèbres ne sont pas cependant si épaisses qu'il ne puisse distinguer à peu près ce qui s'y trouve.

Et il voit Girodias, assis à son bureau, le front sur la table, près d'un tas de papiers.

Il appelle :

— Monsieur Girodias !

Girodias ne fait aucun mouvement.

— Il s'est endormi !... Je vais le réveiller...

Il saute de son banc, entre dans la maison, et à tâtons, en cherchant à se rappeler, il trouve la porte du bureau.

La porte du bureau est grande ouverte.

Le duc entre, sans aucun soupçon...

— Pardon, monsieur Girodias, dit-il.

Girodias reste dans une immobilité absolue.

Horace s'approche et lui touche l'épaule.

Le vieillard ne bouge pas.

Et tout à coup, Villefort se penche, puis se relève, s'éloigne avec un cri d'horreur... les bras étendus comme pour écarter un fantôme... dans la première épouvante de ce spectacle...

Girodias ne dort pas.

Girodias est mort.

Son front repose sur son bureau et il est assis dans son fauteuil.

Les deux mains pendent.

Dans le dos, un poignard, jusqu'à la garde. Ce poignard qui servait à Girodias de coupe-papier et se trouvait toujours sur son bureau.

La mort a certainement été foudroyante.

Le poignard a traversé le cœur...

Du sang, avec un peu d'écume, est sorti par la bouche et a taché les papiers épars sur la table.

C'est tout.

Rien de dérangé, du moins en apparence, rien d'anormal...

Et le duc, debout contre la porte, le cœur battant,

passe la main sur son front, comme pour en écarter un rêve...

Tout à coup, il se précipite dans la maison, en criant:

— Au secours ! M. Girodias se meurt !

Son cri retentit lugubrement et ne trouva pas d'écho.

Alors, un effroi le saisit.

Si quelqu'un le trouvait seul en cette maison, auprès de ce cadavre?... Est-ce que le soupçon ne viendrait pas que c'est lui qui a tué?... Est-ce que l'accusation ne serait pas toute naturelle, presque certaine, presque forcée, même?

Il se retire, il sort... il veut s'en aller sans être vu...

Et sur le seuil même, revenant aux Grandes-Roches et montant le perron, il se trouve face à face avec les deux fils de Girodias !

Le duc s'écrie :

— Ah ! messieurs, messieurs, un grand malheur !

Ils reculent, interdits, à cette apparition.

— Un malheur !

— Votre père...

Le duc n'ose achever... Les deux frères, pâles, se regardent, se rapprochent l'un de l'autre pour opposer leurs deux forces réunies à la catastrophe qu'on va leur apprendre.

— Ah ! c'est horrible, ce que je viens de voir, dit le duc... Quel que soit l'éloignement de nos deux familles, je vous plains, ah ! je vous plains de tout mon cœur...

— Mais que se passe-t-il, monsieur de Villefort? De quel si grand malheur sommes-nous menacés?

— Votre père... vient d'être assassiné...

— Assassiné !

Ils eurent tous deux le même cri d'horreur et se précipitèrent dans la maison.

Et ils vinrent tomber, en sanglotant, aux pieds de leur père inanimé.

Villefort respecta leur douleur. Il voulut les laisser, se retirer discrètement.

Ils s'aperçurent, en relevant la tête et malgré leurs larmes, qu'il s'éloignait et que déjà il atteignait la porte.

Alors ils se relevèrent :

— Monsieur de Villefort !

Gaston alluma des bougies dont la flamme, que faisait vaciller un peu d'air passant par la fenêtre ouverte, éclaira d'une lumière tremblante le lugubre spectacle.

Pierre avait saisi le duc par le bras.

— Ne partez pas encore, monsieur... nous avons besoin de vous entendre. Il faut que vous nous donniez des renseignements... que vous nous disiez comment vous vous trouviez là... que vous guidiez autant que possible nos recherches, puisque vous êtes le premier qui ayez connu ce crime...

Le duc s'inclina :

— Je reste, monsieur, bien que je ne prévoie point que j'aurai quelque chose à vous dire...

Alors, Pierre dit à Gaston :

— Toi, Gaston, va vite, va prévenir la gendarmerie...

Ensuite, par questions rapides, nerveuses, entrecoupées de silences et de sanglots, Pierre interrogea le duc de Villefort. Depuis combien de temps Horace était-il aux Grandes-Roches ? Comment avait-il pu pénétrer jusqu'auprès de Girodias ? Dans quel état l'avait-il trouvé ? Le vieillard respirait-il encore ? Pourquoi était-il venu ? Et qu'avait-il à faire avec Girodias ?

Le duc répondit à toutes ces questions.

Pierre l'écoutait avec une attention extrême, l'œil en dessous, déjà soupçonneux.

Horace ne pouvait révéler au jeune homme tout ce qui s'était passé entre sa mère et Girodias, les menaces de celui-ci, ce secret d'honneur qu'il prétendait posséder et qu'il avait voulu vendre.

Il dit seulement, répondant à la dernière question :

— J'avais, il se peut que vous le sachiez, des affaires très importantes à régler avec votre père... Votre père possédait sur moi des créances importantes et nombreuses, rachetées à Paris dans un but qu'il vous est facile de deviner si Girodias ne vous a pas mis au courant de ses secrètes intentions.

— Nous connaissions les intentions de notre père...

— Et l'existence de ces créances ?.

— Qui se montaient à environ quatre cent vingt mille francs.

— Votre père n'avait pas de secret pour vous ?

— Notre fortune était la sienne. Sa fortune était la nôtre. Nous mettions tout en commun... Il vous avait mis en demeure de régler aujourd'hui... Nous étions prévenus... Il vous attendait, il me semble, dans le courant de la matinée... Nous, mon frère et moi, nous avons été absents toute la journée, de telle sorte que nous ignorons ce qui s'est passé...

— Je suis venu, en effet, ce matin...

— Alors, pourquoi êtes-vous ici de nouveau ?

— J'avais à interroger votre père sur des détails qui ont un intérêt particulier pour moi...

— Vous avez réglé vos comptes avec lui ?...

Le duc ignorait ce qui s'était passé entre la duchesse et Girodias. Il ne voulut pas répondre. Pierre n'y prit pas garde.

Il se fit du bruit dans la cour. Des gens, attirés par la nouvelle qui s'était bientôt répandue, accouraient effarés, suivant les gendarmes, qu'amenait Gaston. Les gendarmes furent introduits auprès du cadavre.

Et aussitôt, sans autre préambule, Pierre leur dit :

— Vous aurez à interroger plus tard M. de Villefort sur sa présence auprès de notre père. La maison était déserte. Les portes étaient ouvertes. Et lorsque nous sommes arrivés, M. de Villefort en sortait très troublé, très ému...

— Monsieur, dit Villefort... Est-ce que, par hasard... Est-ce que vous auriez la pensée...

— Je n'ai aucune mauvaise pensée, monsieur, mais je suis bien obligé de constater ce que j'ai vu... ce que vous-même, du reste, ne pouvez nier... Notre père vient d'être frappé... assassiné... et nous vous avons surpris auprès de son cadavre.

— Je méprise une pareille et aussi folle accusation.

— Monsieur, dit Pierre, je vous jure que je ne vous accuse pas.

Le maréchal des logis s'adressa à Villefort.

— Monsieur le duc, ce que dit M. Pierre Girodias est-il vrai ?

— C'est exact.

— En ce cas, je vais être obligé de recevoir votre déposition... Veuillez ne pas vous éloigner, je vous prie... et allez m'attendre au salon, où je vous rejoindrai dans un instant.

Le duc n'avait qu'à obéir.

Lorsqu'il fut sorti, les gendarmes, avec Pierre et Gaston, procédèrent à leurs constatations, examinant avec minutie le cabinet de travail.

Il n'y avait aucun désordre sur le bureau : Girodias

était sans doute en train de ranger des papiers lorsqu'il avait été frappé.

coffre-fort était ouvert : c'était là qu'il enfermait non seulement son argent quand il recevait le produit de certaines ventes et ses fermages, en attendant leur placement, mais également des dossiers qu'il compulsait souvent et qui tous, nous pouvons le dire tout de suite, se rattachaient au domaine de Villefort.

Le cadavre de Girodias avait été étendu sur un canapé, et ce fut à ce moment-là seulement qu'on put le voir à visage découvert.

Les deux frères eurent le même cri de douleur et de surprise :

— Voyez ! Voyez !

Trois larges striures coupaient la joue droite du paysan.

Il s'était donc débattu ? Il s'était donc défendu ? Comment? La position même du corps, la tête appuyée sur le bureau, indiquait clairement, avec le poignard dans le dos, que Girodias avait été frappé sans même avoir le temps d'apercevoir ou d'entendre son meurtrier...

Que signifiaient ces blessures?

Les gendarmes interrogèrent les deux frères :

— A quelle heure avez-vous quitté votre père ?

— Ce matin vers dix heures.

— Et vous ne l'avez pas revu depuis ?

— Non. Nous l'attendions à dîner au village, chez des amis où nous lui avions donné rendez-vous, et c'est en ne le voyant point venir que nous avons eu quelque crainte et que nous sommes venus jusqu'aux Grandes-Roches à sa rencontre...

— Ces blessures, d'où proviennent-elles ?

— Il nous est impossible de vous le dire.

— Votre père ne les portait pas, lorsque vous l'avez quitté?

— Non.

La maison des Grandes-Roches avait été déserte la plus grande partie de cette journée. L'enquête n'était pas facile à conduire. Les questions adressées à Villefort apprirent peu de chose. Villefort ne nia point qu'il avait fait deux visites à Girodias, l'une le matin, l'autre le soir. Il ne parla pas du secret d'honneur, mais seulement des créances. Les gendarmes le laissèrent partir en le priant, toutefois, de se tenir à leur disposition ou à la disposition de la justice le lendemain.

Pierre et Gaston n'avaient pas quitté le bureau.

Ils furetaient partout, les yeux éveillés ; la haine, déjà, surexcitait tous leurs sens et tendait tous leurs nerfs.

Dans cette maison solitaire, où seul Girodias était resté en ce jour néfaste, dans cette maison dont les portes étaient ouvertes à tous les passants comme une invitation aux projets sinistres, le meurtrier avait été sûr de lui.

Mais il est bien rare que, même commis dans des circonstances aussi mystérieuses, un meurtre ne laisse pas après lui des indices, l'anneau où s'accrochera plus tard la chaîne des preuves, et voilà ce que les deux frères cherchaient.

Ils lurent tous les papiers épars sur le bureau.

Aucun ne put leur donner de renseignements.

Dans le coffre-fort, les frères savaient qu'il n'y avait point de valeurs ni d'argent. Mais ils savaient également que les Villefort devaient ce jour-là racheter leurs créances et apporter à Girodias plus de quatre cent mille francs. Ces comptes avaient dû être réglés ; s'ils ne l'étaient pas, les créances allaient être retrouvées

dans le dossier de Villefort ; s'ils l'étaient, le dossier et
les créances auraient été restitués à Villefort ; mais
alors, contre cette remise, ceux-ci auraient versé la
somme convenue.

Or, rien de tout cela n'existait.

On chercha l'argent.

Il n'y avait trace nulle part de billets de banque ou
de louis.

Les créances n'avaient donc pas été rachetées.

Alors, celles-ci, avec leur dossier, existaient toujours...

Où ?

Ils cherchaient partout et ne découvraient rien,
lorsque tout à coup Pierre jeta machinalement un coup
d'œil vers le foyer où un peu de feu se mourait sous les
cendres.

On avait brûlé là des papiers qui parsemaient de
taches noires le gris blanc de la cendre du bois ; certains morceaux, brûlant jusqu'au bout, avaient conservé quand même leur forme. D'autres n'avaient pas
brûlé jusqu'au bout et sur des coins racornis, bordés
d'un feston noir, les lignes étaient encore visibles.

Avec précaution ils en retirèrent quelques-uns.

Ils purent aisément déchiffrer les lignes écrites.

C'était le dossier Villefort et les créances détruites.

Les deux frères eurent le même regard d'effroi l'un
vers l'autre, et sans un seul mot échangèrent la même
pensée.

Pourquoi avait-on brûlé ces papiers ? Dans quel but
et quel intérêt ?

La réponse était facile : puisque nulle part il n'y avait
trace d'argent, aucun payement n'avait été fait pour
leur recouvrement.

Celui qui avait brûlé était le même qui avait tué.

Et c'était Villefort, de toute évidence. Comment douter ?

Pierre et Gaston regrettèrent alors de n'avoir point retenu Horace et de ne l'avoir point fait fouiller; on eût trouvé assurément sur lui l'argent qu'il remportait, son crime commis.

C'eût été une preuve aussi forte que le flagrant délit.

Ils récoltèrent précieusement les morceaux de papier non carbonisés pour les remettre à la justice.

Ils eurent beau chercher encore, ils ne relevèrent aucun autre indice.

Ils ne cachèrent pas leurs soupçons au maréchal des logis. C'était plus que des soupçons. Pour eux, une certitude absolue, entrée dans leur esprit et que rien ne devait plus entamer : ni la loyauté du duc, ni l'invraisemblance d'un pareil crime attribué au brave garçon, ni ses protestations, ni l'acquittement du Conseil de guerre, ni le mystère qui continua de planer sur ce meurtre, en dépit de toutes les preuves plus ou moins apparentes.

Pendant la nuit, les gendarmes établirent une surveillance autour du château, mais le matin arriva sans qu'ils eussent rien remarqué d'extraordinaire.

Cependant, bien des drames s'y étaient passés.

XIV

LA NUIT DU MEURTRE

Ce fut le duc, en rentrant à Villefort, qui apprit la nouvelle :

— Girodias vient d'être assassiné !

Et en quelques mots il mit tout le monde au courant de ce qu'il avait découvert aux Grandes-Roches, lorsqu'il avait pénétré dans le cabinet de travail du vieux paysan.

Madame de Villefort l'écoutait avec une épouvante profonde.

Le marquis, ne se doutant de rien, montrait beaucoup de philosophie.

— Le vieux était avare, dit-il... il devait cacher un trésor qu'on aura dévalisé... C'est fête à Clisson aujourd'hui, et ces fêtes amènent toujours un tas de saltimbanques et de vagabonds capables de tout... Moi, ce meurtre me laisse indifférent...

Quant à Roland, aux premiers mots de son frère, ses

yeux s'étaient agrandis démesurément, comme s'il avait été subitement atteint d'un accès de folie.

Il regarda Horace d'abord, sa mère ensuite...

Et il les regarda tous deux avec une sorte d'horreur...

— Ah ! mon Dieu, murmura-t-il, ah ! mon Dieu !

Il battit l'air de ses deux bras, la bouche ouverte, le fantôme de la mort devant les yeux...

Et il tomba raide, en proie à une crise nerveuse, le corps raidi, convulsé, avec de sourds cris étouffés.

C'était la première fois qu'un pareil état se manifestait chez le jeune garçon.

On ne s'occupa plus de Girodias ; on ne s'occupa plus que de Roland.

Horace le prit dans ses bras et le transporta dans sa chambre. En même temps on faisait venir un médecin.

L'enfant se débattait, crispait les poings, les yeux retournés.

Restée seule auprès de son fils pendant quelques minutes, la duchesse le déshabilla, le mit sur son lit, éplorée, et tout à coup, en jetant les vêtements sur un fauteuil, en fit tomber une lettre dans son enveloppe.

Elle sentit son cœur se serrer atrocement.

Et cela fut si violent, si brusque surtout, qu'un instant sans souffle, elle crut qu'elle allait s'évanouir.

C'est que la lettre d'amour, la lettre fatale, elle l'avait bien reconnue : cause de tout le mal et preuve d'infamie.

Mais une autre épouvante lui redonne du courage :

Horace peut rentrer, voir cette lettre, s'en emparer et la lire ! Et le malheur qu'elle avait voulu écarter s'abattait soudain.

Elle prend le papier maudit et se hâte de le faire disparaître.

Dans le bois, tout à l'heure, quand elle s'est trouvée

en face de Roland qui la soignait, alors qu'elle cherchait
la lettre disparue, elle ne s'est pas trompée : Roland
avait lu ! Son secret... le secret de la faute d'autrefois...
avait pénétré dans le cœur de son enfant ! C'était horrible !

Horace rentra... Roland était un peu plus calme...

Quand le médecin arriva, l'enfant était tout à fait
remis...

Il s'endormit, harassé, les yeux fixés sur sa mère...

Elle ne le quitta point de toute cette nuit. Il dormit
tranquillement pendant trois ou quatre heures. Puis il
se réveilla, aperçut sa mère ; avant qu'il refermât les
yeux, elle eut le temps de revoir dans ses yeux la même
épouvante... Et elle s'aperçut ensuite que s'il tenait les
yeux fermés, il ne dormait pas pour cela, mais c'était
sans doute parce qu'il ne voulait plus regarder sa
mère !...

Un drame affreux, un soupçon horrible :

La lettre trouvée, la rencontre de la duchesse, l'émotion de celle-ci, étrange, la visite à Girodias, est-ce que
tout cela ne constituait pas autant de preuves contre
madame de Villefort ?

Ainsi, c'est elle qui aurait frappé ?...

Elle aurait frappé Girodias sous une menace, et pour
recouvrer cette lettre dont il voulait se servir sans
doute, le misérable ?

Peut-être ! Peut-être !

Un autre soupçon qui était une non moins grande
torture :

— Est-ce que ce ne serait pas son frère, le meurtrier ?...

Son frère, sans doute au courant de tout... Son frère
qui avait voulu par ce crime sauver l'honneur maternel !

Lorsqu'il fut seul, au matin, lorsque sa mère l'eut

quitté en le voyant tout à fait calme, il chercha la lettre dans ses vêtements.

Il ne la trouva plus. Alors il comprit que sa mère l'avait reprise !...

Il descendit, très las, les jambes brisées, la tête bourdonnante.

Et lorsqu'il pénétra dans le grand vestibule garni de trophées de chasse, où aboutissait le large escalier, il vit trois gendarmes dans le vestibule et un homme grave, froid, sec, assis à une table de chêne, et qui interrogeait et accusait Horace.

Cette journée-là fut une sorte de cauchemar dans la vie de l'enfant.

Il y eut des allées et venues dans le château ; il entendit des cris, des larmes, des protestations... Horace se défendait avec une âpre ironie... La duchesse sanglotait.

Puis, défense, larmes, protestations furent inutiles...

Horace de Villefort fut arrêté, emmené prisonnier...

Lorsqu'ils le virent emmener, comme un voleur, entre deux gendarmes qui, pour plus de sûreté, lui avaient mis les menottes, Roland et la duchesse étaient l'un près de l'autre.

Mère et fils se regardèrent.

Ce fut un de ces regards profonds, troublants, qui pénètrent jusqu'au fond des âmes et soulèvent tous les mystères.

L'enfant disait :

— Mère, c'est toi qui es coupable ! Et c'est lui qu'on accuse !

XV

LES ANGOISSES D'UN PÈRE

Nous ne ferons pas cette enquête et nous ne raconterons pas les différents incidents qui se produisirent au Conseil de guerre ; ils n'auraient, ceux-ci, aucun intérêt pour la suite de notre histoire. Le duc, on le devine, eut à se débattre contre sa présence auprès de Girodias mort, contre la disparition des créances retrouvées dans le foyer, carbonisées. Il lui fut impossible d'expliquer davantage dans quel but il était venu trouver le vieux paysan, à cette heure déjà avancée de la soirée. Mettre la Justice au courant de ce qui s'était passé, durant la journée, entre la duchesse de Villefort et Girodias, c'était jeter le nom de la duchesse dans ce procès, l'obliger à comparaître, peut-être faire peser sur elle les soupçons. Et Horace ne le voulut pas. Il ne fut pas question de la duchesse.

Nous avons dit comment le pays tout entier, se reportant à la haine séculaire qui divisait les deux familles, accusait le duc de Villefort de ce crime.

L'opinion était contre lui.

Chacun s'attendait à une condamnation.

Contre l'attente générale, ce fut un acquittement, et cet acquittement, loin de calmer les esprits, les enfiévra davantage.

Quant aux fils de Girodias, on sait quelle fut leur attitude.

Nous reprenons notre récit au point où nous l'avons laissé, après tous les événements auxquels nos lecteurs ont assisté.

Et c'est à la maison forestière de Millepertuis, entre Soubise, désespéré, et Michelle, toujours folle, que nous les ramenons.

La pensée de ce père était concentrée sur un seul point : connaître le nom du séducteur et venger sa fille en châtiant le misérable.

Mais, dans ses recherches, il s'était heurté partout à l'inconnu, partout à l'impossible : la séduction de l'enfant restait enveloppée, pour lui comme pour Colette, qui seule recevait ses douloureuses confidences, d'un impénétrable mystère.

Et de qui attendait-il la vérité, après quelques jours ?

De Michelle elle-même.

Oui, de la folie de Michelle sortirait peut-être à l'improviste le nom qu'il voulait connaître !

La jeune fille parlait souvent, à tort et à travers, tantôt triste, tantôt gaie... Est-ce qu'un jour, parmi tout ce qui échappait ainsi à sa pauvre imagination déséquilibrée, ne tomberait pas tout à coup l'exécrable nom qu'il attendait ?

Aussi ne la quittait-il presque plus.

Il négligeait ses tournées, son service de garde qu'il accomplissait jadis si fidèlement ; il négligeait son devoir pour rester auprès d'elle, guettant le suprême aveu.

Mais l'aveu ne venait pas.

Seulement Soubise remarquait que dans la folie de Michelle un souvenir demeurait plus vivant que les autres souvenirs.

Celui de Roland.

Elle paraissait parfois s'attendrir, et parfois aussi s'effrayer, lorsque ses lèvres prononçaient ce nom ; et si elle le prononçait sans qu'elle y pensât, ses oreilles étaient frappées par ce nom aimé sans doute, car un peu d'intelligence paraissait lui revenir, les yeux s'animaient, elle répétait le nom plusieurs fois de suite en souriant, cherchant partout autour d'elle comme pour apercevoir celui qu'elle avait ainsi l'air d'invoquer.

Les premières fois, Soubise n'y prêta pas beaucoup d'attention. Il avait toujours considéré Roland un peu comme un fils. Cet enfant, élevé par sa femme, ne l'avait-il pas vu grandir, devenir fort, adroit ?

Pour Soubise comme pour Michelle, le jeune comte de Villefort avait toujours marqué la plus vive affection.

Le garde en avait eu maintes fois des preuves.

Et même cela l'avait quelque temps préoccupé, lui, le père... Il lui avait semblé voir pour sa fille si belle, si désirable, mais si pure, un danger dans cette intimité avec Roland.

Voilà qu'à présent il y songeait presque avec effroi.

Et, peu à peu, un doute terrible pénétra dans ce cœur de père.

Michelle avait dit que jamais personne ne connaîtrait le nom de celui qui l'avait déshonorée.

Pourquoi ce silence, cette volonté formelle de ne rien dire ?

Elle savait donc toute réparation impossible ? Et elle aimait tellement Roland qu'elle voulait écarter de lui un châtiment !...

Quand le garde eut cette pensée-là, il en éprouva une faiblesse.

Une grosse sueur inonda son front.

— Moi aussi je deviens fou ! murmura-t-il.

Mais le soupçon horrible avait pénétré dans ce cœur. Il y faisait ses ravages. Soubise repassait maintenant tous les incidents de la vie de sa fille, de la vie de Roland. Des choses le frappaient auxquelles autrefois il n'avait pas prêté la moindre attention.

Est-ce que, innocents tous les deux, tous les deux sans le savoir et surpris par leur tendresse même, les deux enfants n'avaient pas glissé insensiblement de leur affection fraternelle à une affection plus forte ? Est-ce que cette amitié, née dès leurs premiers pas, ne s'était pas modifiée et n'était pas devenue de l'amour ?

— Oui, oui, pensait le malheureux... C'est là qu'est la vérité.

Il n'osait pourtant prendre de résolution. Il n'osait même demander conseil à Colette.

Si cela était vrai, il châtierait, certes, mais le secret, dans son cœur comme dans le cœur de sa fille, resterait pour toujours enfermé.

Il n'y avait pas que Colette qui vînt voir Soubise, consoler le père.

Roland venait aussi, en s'arrangeant de manière à ne point rencontrer l'institutrice.

Quand il était là, Soubise, sous l'empire de ses soupçons, l'observait.

Roland faisait tous ses efforts pour arriver à l'intelligence de Michelle, mais c'était inutilement.

Et souvent les larmes emplissaient ses yeux, lorsqu'il voyait que la jeune fille ne le reconnaissait pas.

Dans ce moment, Soubise se disait :

— Est-ce donc vrai ? Est-ce donc lui ? Il l'aime

comme une sœur !... Il est, comme elle, presque encore un enfant... Oui, oui, je suis fou... Un crime pareil serait une abomination... C'est impossible.

Il avait beau faire : l'odieux soupçon élargissait lentement sa plaie.

Et le garde se dit un jour :

— Il faut que je vide mon cœur et que je sache la vérité...

Il eut — après avoir pris cette résolution — l'envie de se rendre au château et d'interroger tout de suite Roland.

Mais il réfléchit qu'en le voyant venir ainsi, Roland soupçonnerait peut-être l'objet de sa démarche et serait sur ses gardes.

Or, il fallait le prendre à l'improviste.

Il l'attendit, à une première visite que Roland ferait à Michelle.

Il n'attendit pas longtemps.

Le lendemain même, Roland était à Millepertuis.

Soubise ne le laissa pas s'approcher de Michelle.

— Monsieur le comte, fit-il en tremblant, j'aurais une chose importante à vous demander...

— A moi, Soubise ?

— Oui, monsieur le comte.

— Et bien ! je vous écoute.

Soubise ouvrit la porte de sa chambre.

— Entrez, monsieur le comte.

Roland entra, de plus en plus étonné de ces allures mystérieuses.

Le garde aurait bien voulu rester debout, mais il fut obligé de s'asseoir tant il était faible. Ses mains tremblaient violemment.

— Parlez, Soubise...

— Monsieur le comte, c'est très grave, très grave ;

mais, voyez-vous, c'est plus fort que moi et je ne peux pas garder mon secret plus longtemps... Il s'agit de Michelle.. Déjà vous l'aviez deviné, n'est-ce pas ?

— Continuez, Soubise.

— J'aurais peut-être dû, étant donné votre jeune âge, m'adresser à votre mère, ou plutôt à M. le duc qui est le chef de la famille. Oui... sans doute... j'aurais dû... mais il y a des secrets qu'il ne faut pas révéler à trop de monde... On a plus tard les mains liées lorsqu'on se trouve en face de résolutions à prendre qui demandent le mystère et la nuit...

— En fait de mystère, mon bon Soubise, vos paroles ne laissent vraiment rien à désirer, dit Roland. Je ne comprends pas du tout à quoi vous pouvez faire allusion, et je vous serais bien obligé de vous expliquer au plus vite.

Soubise hocha la tête, les yeux baissés.

— Oui, oui, possible que vous ne compreniez pas, ou plutôt vous faites semblant de ne pas comprendre, parce que vous ignorez encore que je suis instruit de certaines choses...

— Lesquelles ?...

— Monsieur le comte, vous vous êtes rendu coupable d'une grande faute, je puis même dire d'un grand crime...

— Une faute ? un crime ?

— Je vais vous faire l'aveu d'un secret... un secret que peu de personnes connaissent, mais qui, hélas ! dans quelque temps, sera connu de tous... Un malheureux, un misérable, un infâme a abusé de la pureté et de l'innocence de ma fille pour faire d'elle sa maîtresse.

Roland eut un léger battement des paupières.

Ce fut tout : ce secret, pour lui, n'en était pas un.

Soubise remarqua qu'il ne paraissait pas surpris, mais qu'il était seulement triste et gêné par cette confidence.

Le garde reprit :

— Ma fille en est devenue folle... car c'est la cause de sa folie ; elle a perdu la raison sans m'avoir nommé son séducteur... et elle n'avait pas non plus voulu le nommer à mademoiselle Nathalier, à laquelle, avant moi, elle avait fait l'aveu de cette honte, redoutant ma colère.

Il se tut un instant.

Roland ne savait pas où Soubise allait en venir.

— J'ai cherché le nom du lâche et je l'ai trouvé, dit Soubise.

Roland fit un brusque mouvement.

Soubise crut à de la frayeur et se redressa.

— Monsieur le comte, vous avez abusé de la profonde affection que ma fille avait pour vous... et tous les malheurs qui sont tombés sur ma maison depuis quelque temps, c'est vous qui en êtes cause.

— Moi, Soubise, moi ! fit le jeune homme effaré.

— Je parlais tout à l'heure d'un misérable et d'un lâche...

— Eh bien ?

— Ce misérable, c'est vous, monsieur le comte, ce lâche, c'est vous !

— Vous croyez que moi, moi !...

— J'en suis sûr...

Roland eut pour ce père un regard de pitié.

Evidemment, Soubise devenait fou, lui aussi.

Et peut-être Roland ne se trompait-il pas !... La vie du pauvre homme avait été brisée, sa raison avait été détraquée... La vue constante de sa fille, dans sa démence, achevait de lui troubler la tête... On eût dit qu'il entrait lentement dans la folie de Michelle...

Il dit, tout à son idée fixe :

— Vous voyez, monsieur le comte, vous ne vous défendez même pas...

— Il est vrai, dit Roland, je ne me défendrai pas... Il y a des accusations si pleines d'horreur qu'on ne peut y répondre que par l'indignation.

— Il vous sera plus facile de vous taire que de vous disculper.

— Malheureux ! Revenez à vous...

— Je sais ce que je dis ; votre indignation ne m'en impose pas...

Roland se leva et se dirigea vers la porte.

Soubise s'élança :

— Vous ne sortirez pas comme ça, monsieur le comte ; je n'ai pas tout dit.

— Laissez-moi libre de partir...

— Non.

— Soubise, je vous l'ordonne...

— Non, non, non !

Le garde pâlissait.

Roland comprit qu'il ne fallait pas le heurter, que toute violence serait inutile ; il le voyait comprimant une colère prête à éclater.

— Soit, dit-il, je reste... non pas que j'aie peur de vous, Soubise... car, je vous le jure, vous ne m'inspirez en ce moment que de la compassion.

— La crainte viendra...

Il avait pris le jeune homme par la main, mais sans serrer.

Du reste, à la moindre apparence d'attaque, Roland était de force à pouvoir se défendre.

— Vous ne voulez pas me dire votre secret, parce qu'il entre dans vos calculs de ne pas rendre l'honneur à l'enfant que vous avez surprise. Si vous aviez au cœur quelque probité, vous seriez venu me faire l'aveu de votre faute, et vous m'auriez dit : « Nous ne pouvons être mari et femme... Notre jeunesse nous le défend... Attendez-nous... Je réparerai mon crime... » Et j'aurais attendu... Au lieu de cela, vous aimez mieux mentir...

— Je vous jure, mon bon Soubise, que vous vous trompez...

Le garde n'entendait pas. Sa surexcitation augmentait. Ses lèvres étaient agitées de frissons convulsifs.

— Vous refusez de parler... et vous êtes lâche...

— Soubise ! Soubise ! taisez-vous !...

— Puisque vous êtes lâche, monsieur Roland, alors je viens vous crier : Secret contre secret... Si vous ne parlez pas, je vous livre et je vous perds...

— Que voulez-vous dire ?

— Secret contre secret, monsieur le comte. Je veux recevoir tout de suite l'aveu de votre faute et je veux que vous preniez l'engagement de la réparer, sinon j'écris au Parquet de Nantes pour lui donner un renseignement qu'il a cherché longtemps, et l'explication d'un mystère qui a fort intrigué tout le monde...

Le fantôme de sa mère, — et de sa mère coupable deux fois, coupable il y a seize ans, coupable aussi, sans doute, du meurtre de Girodias, — ce fantôme passa devant les yeux du fils terrifié.

Et il ne put cacher son épouvante.

Soubise la remarqua.

Il se mit à rire.

— Ah ! ah ! monsieur le comte, commenceriez-vous à deviner ?

La voix de Roland s'altéra :

— Non, Soubise...

— Secret contre secret, reprit le garde avec de grands

gestes, lâchant le bras de Roland et courant par la chambre avec l'allure d'un homme ivre ou d'un fou — votre secret contre le mien, ou j'écris au Parquet que je vous ai surpris à cheval, dans le bois, l'après-midi même du meurtre, quelques moments avant que Girodias fût assassiné... causant avec Girodias.

Roland était pâle et défaillant.

— Qu'y a-t-il là d'étonnant ? bégaya-t-il.

— Votre secret contre mon secret, ou j'écris au procureur de la République que je vous ai surpris cravachant Girodias de toutes vos forces, en pleine figure.

Roland eut un cri sourd.

— Tu ne diras pas cela !

— Je le dirai.

Roland avait pris le garde par la gorge.

L'autre n'avait pas eu le temps de se mettre en défense

Il étranglait, sous ces doigts de fer.

Puis, tout à coup, Roland le lâcha, comme honteux de sa violence sur cet homme, le père de Michelle, ce serviteur dévoué qu'il aimait.

Soubise perdait son sang-froid.

— Vous avez la main solide, monsieur le comte. Ça, je le savais... Et je me suis toujours demandé, depuis le dimanche de la fête de Clisson, pourquoi, avec des doigts et un étau pareils, vous aviez poignardé Girodias dans le dos, au lieu de l'étrangler, tout simplement. Lorsque le Parquet apprendra quel est celui qui a coupé la figure de Girodias à coups de cravache, il se dira peut-être que les coups partent de la même main qui a enfoncé le poignard...

— Ah ! Soubise, Soubise, que dis-tu là...?

— Je dis que du moins le Parquet, fort curieux de sa nature et parce que c'est son devoir, ne doit pas

avoir abandonné l'espérance de connaître le véritable
assassin de Girodias depuis l'acquittement de votre
frère... Je dis que, dans ces conditions, le Parquet
voudra vous demander pour quelles raisons si graves
vous, presque un enfant et que l'on traite encore
comme un enfant, vous avez frappé ce vieillard à l'improviste, si cruellement, sans provocation...

— Sans provocation... qu'en savez-vous ?

— J'étais là... Je dis qu'après avoir accusé le frère
aîné, on accusera peut-être le frère plus jeune et que le
scandale se renouvellera autour de votre nom, alors
qu'autour de votre nom le silence eût été si précieux...
Secret contre secret, monsieur le comte... vous me comprenez maintenant ?

— Oui... A votre tour, laissez-moi parler, pauvre
fou !...

Soubise ricana en haussant les épaules.

— Vous allez mentir encore.

— Vous menacez d'aller trouver le procureur de la
République.

— J'irai, oui, je le jure

— Eh bien, je vous dis, moi, que vous n'irez pas et
que vous vous tairez...

— Oui-dà, et par quel ordre ?

— Par le mien... Vous avez voulu connaître le nom
du séducteur de Michelle...

— Ce lâche est devant moi : c'est vous !

— Cet infâme est mort... Son nom était Girodias !

Roland s'attendait à ce que ce nom, cette révélation
produirait sur le garde un effet foudroyant.

Il n'en fut rien.

Soubise se contenta de rire, d'un rire nerveux qui
faisait mal.

— Girodias ! dit-il. Ah ! ah ! la preuve, la preuve !

— L'aveu même de Michelle.

— Un aveu ! Et à qui a-t-elle fait cet aveu?

— A moi !

Soubise riait toujours, et son rire faisait mal à entendre. Trop durement frappé, son pauvre cerveau se détraquait de plus en plus.

— Ainsi, c'est vous, presque un enfant, vous qui, après tout, ne lui êtes de rien, et qui n'aviez ni le droit de la défendre, ni celui de la venger, c'est vous, au lieu de son père, qu'elle eût choisi pour confident?

— C'est moi. Et le secret fût mort avec moi si vous ne m'aviez pas chargé d'une accusation abominable.

— Je ne vous crois pas.

— Soubise, je vous jure que j'ai dit la vérité.

— Je ne vous crois pas. Vous essayez de faire retomber sur un autre le poids de votre crime ; cela serait encore courageux si l'autre était vivant et s'il pouvait se révolter et vous prouver votre mensonge. Mais vous accusez un mort ! Ce n'est pas celui-là qui sortira de son tombeau pour vous dire que vous avez menti.

— Soubise, j'ai frappé Girodias pour deux raisons.

— Dites toujours ! fit le garde avec un geste de mépris.

— La première, c'est que je le haïssais ainsi que tous les Villefort ont depuis un siècle haï les Girodias... Je le haïssais parce que je sais que ma famille est victime de cet homme dont la haine pour le nom que je porte n'est pas moindre que celle que nous avons pour lui !... La seconde, parce que, en déshonorant Michelle, il m'a brisé le cœur... Et si mes coups de cravache avaient pu le tuer, vraiment, je me demande encore aujourd'hui si ce n'eût point été justice et je ne m'en serais pas repenti... Voilà mes deux raisons, Soubise, et je n'ai plus rien à ajouter

— Je vous ai demandé une preuve.

— Et je vous ai répondu que je ne pourrais pas vous
en donner.

— Imposture ! La lâcheté se joint au mensonge...
c'est naturel...

Et il ajouta tout à coup, d'un ton singulier et comme
en se parlant à lui-même, comme ayant oublié la présence de Roland :

— J'ai cru aussi à cette haine, moi comme les autres,
et pourtant, cette haine a subi des temps d'arrêt... Elle
n'a pas duré un siècle, comme on le prétend, et la forêt,
dans ses sentiers obscurs qui protègent si bien les amoureux, a conservé un secret qu'elle ne livrera jamais...

Roland tressaillit et devint livide.

Qu'avait-il voulu dire, cet homme, avec ces paroles
mystérieuses ?

L'allusion était évidente.

Si Roland n'avait été instruit de la vérité tout entière,
il n'y eût point pris garde, à ces paroles.

La connaissant, la terrible vérité, ces paroles le frappaient.

Et il considérait maintenant Soubise avec terreur.

Soubise s'en aperçut.

— Ah ! ah ! monsieur le comte, on dirait que vous
avez tout à fait peur, à présent...

Roland n'avait pas la force de répliquer.

Est-ce que le secret fatal, le secret du honteux
amour d'autrefois, était entre les mains d'un étranger ?

Alors, puisque Soubise croyait Roland coupable envers Michelle, il parlerait... Ce ne serait plus, non seulement, le mystère des coups de cravache qui serait
révélé au Parquet — et qui entraînerait peut-être sur le
meurtre une nouvelle enquête scandaleuse, — ce serait
les amours de sa mère dont rirait le pays tout entier...

Cela, jamais, jamais, à aucun prix !...

— Soubise, murmura-t-il éperdu, **mon cher Soubise**...

— Ah ! ah ! fit le garde avec son éternel rire d'insensé, est-ce que vous allez me supplier, maintenant ?

Roland resta silencieux, en proie à une terreur folle.

Soubise, fiévreux, ardent, le pressa de questions.

— La vérité sur ma fille ?

— Je vous l'ai dite.

— Si Michelle avait eu à se plaindre de Girodias, pourquoi ne me l'eût-elle pas avoué ? A quel sentiment eût-elle obéi en se taisant ? Je serais allé trouver Girodias et je l'aurais forcé à réparer son crime infâme.

— Je l'ignore. Michelle ne m'a rien dit.

— Tandis qu'en me révélant votre nom, elle redoutait de vous exposer à ma colère, vous le fils de cette famille que ma famille sert depuis plus d'un siècle avec tant de dévouement !

Roland dit simplement, mais avec une tristesse profonde :

— Je n'ai pas commis et je ne pouvais pas commettre l'infamie dont vous m'accusez, puisque j'aime Michelle comme une sœur.

— Alors, je ne vous renouvellerai pas la menace que je vous ai faite...

Roland fut repris de tremblements, quand le garde ajouta :

— Vous vous chargerez d'expliquer au Parquet pourquoi, ayant frappé Girodias, vous avez laissé peser sur votre frère tout le poids de cette accusation... Quant à moi, si la Justice m'interroge, je saurai bien lui dire tout ce que j'ai sur le cœur.

Et brusquement il partit, laissant Roland affolé.

Le jeune homme voulut le suivre, le rejoindre, mais il n'en eut pas la force.

Il se laissa tomber sur une chaise et se mit à pleurer.

Cette faiblesse dura peu.

C'était vrai, ce qu'en dernier lieu Soubise venait de lui reprocher.

Pourquoi avait-il laissé peser sur son frère l'énigme de ces coups de cravache qui avaient broyé la figure de Girodias ?

Pourquoi n'était-il pas allé trouver les juges?

Pourquoi ne leur avait-il pas dit :

— C'est moi!

Pourquoi? On le devine. Quelles explications ensuite? Il avait frappé à l'improviste, presque dans un guet-apens. On ne frappe pas ainsi sans raison.

Pouvait-il dire :

— J'ai frappé par haine, et parce que Girodias était coupable?...

Coupable de quel crime?... Il aurait fallu révéler la honte de Michelle.

Et il aimait Michelle autant qu'il aimait son frère Horace.

Lorsque les juges interrogeraient, que répondre?

Il s'était tu, gardant pour lui son secret.

Qu'allait-il faire, maintenant, pour mettre obstacle au projet de Soubise?

Car il ne fallait pas que la dénonciation du garde parvînt au Parquet de Nantes.

Au moment où Roland allait sortir de la maison forestière à son tour, Michelle entra dans la chambre.

Elle paraissait plus calme qu'à l'ordinaire.

Son visage était moins fatigué, les yeux moins battus.

Elle sourit à Roland; on eût dit qu'elle le reconnaissait.

— Michelle ! Michelle ! dit-il.

Et il lui prit les deux mains, les serra avec tendresse, et, attirant contre lui la jeune fille, il l'embrassa au front.

Il lui parla avec une douceur infinie, les paroles trempées de larmes.

— Michelle, reviens à toi, reprends un peu de ta raison... pour moi... Il le faut, ma sœur, sœur chérie, car, vois-tu, on m'accuse envers toi d'un crime horrible, d'un crime sans nom... Alors, tu comprends, il faut que tu dises que ce n'est pas vrai.

— Non, non, ce n'est pas vrai.

— Tu me comprends, n'est-ce pas, Michelle ?

— Oui, oui, je comprends...

— Oh ! mon Dieu, mon Dieu ! si elle disait vrai, si la raison lui revenait ! fit-il dans un grand trouble.

Et il lui serrait toujours les mains, et toujours il la caressait.

— Dis-moi, Michelle, tu me reconnais ?...

— Oui, oui, je vous reconnais.

— Je suis ton ami, je suis ton frère...

— Mon ami et mon frère...

— Et tu voudras bien dire à ton père que c'est abominable d'avoir pensé, d'avoir rêvé un tel crime.

— Je lui dirai tout ce que vous voudrez...

— C'est bien vrai que tu me reconnais ? Alors, dis-moi qui je suis.

Elle sourit, puis mettant un doigt sur ses lèvres :

— Chut ! dit-elle, chut ! vous allez comprendre...

Et elle fredonna à voix basse :

> Monsieur d' Charette a dit à ceux d' Clisson :
> Le canon
> Fait mieux danser que ne fait le violon.
> Prends ton fusil, Grégoire,

> Prends ta gourde pour boire,
> Prends ta Vierge d'ivoire;
> Nos messieurs sont partis
> Pour chasser la perdrix...

Alors Roland pleura auprès d'elle, de nouveau, pendant qu'avec tristesse, ayant elle-même des larmes qui jaillissaient et sans savoir, elle le regardait tendrement et lui essuyait les yeux.

Il rentra à Villefort, dans un accablement profond, incertain sur le parti qu'il avait à prendre, poursuivi par l'épouvante de la révélation dont Soubise le menaçait.

XV

DÉTRAQUE

Le garde poursuivait son idée fixe.

Pourtant, il ne mit pas tout de suite sa menace à exécution.

Il se faisait en lui, avant d'en arriver là, un lent travail de désorganisation, et bientôt sa vie en fut la preuve

Il changea au point qu'on ne le reconnaissait plus.

Blanchi et courbé, lui si droit et si vert, il avait l'air d'un vieillard et tout le monde le plaignait.

Déjà, nous l'avons dit, il avait perdu, dans son service de garde, ses habitudes de régularité inflexible.

Son service, maintenant, c'était là le moindre de ses soucis.

Il partait bien encore le matin, laissant Michelle toute seule à Millepertuis, mais ce n'était plus comme auparavant, pour parcourir la forêt dans tous les sens, surveiller le gibier, écarter le braconnage; il semblait l'avoir en horreur, la forêt où il avait passé sa vie, où il était né, où il avait grandi, dont il connaissait par cœur tous les arbres et tous les buissons, à ce point que sur le papier il aurait pu les reconstituer presque sans en oublier un seul. Il la fuyait, cette forêt, où s'était sans doute accompli le crime qui avait brisé sa vie et la vie de sa fille.

Il la fuyait pour aller où? Car il se hâtait de quitter la maison le matin, on ne le voyait revenir que le soir, à la nuit, souvent très tard.

Et en quel état, le malheureux!

Lui, si sobre et qui, de sa vie, n'avait senti l'approche même d'une ivresse, roulait tous les jours d'auberge en auberge.

Et lorsque le soir, chassé au couvre-feu du dernier cabaret, son instinct le reconduisait à Millepertuis, par quel prodigieux hasard se retrouvait-il, au matin, dans son lit, la tête lourde?

Sans remords de la veille, il repartait, avec l'envie de s'étourdir, de perdre la mémoire de tout ce qui s'était passé.

Ce fut un étonnement dans le pays tout entier.

Après l'étonnement, ce fut la joie, -- la joie mauvaise de voir cet homme — irréprochable jusqu'alors — tomber si bas.

Il faisait sa compagnie de tous les ivrognes des alentours et payait à boire à tous les vagabonds qu'il avait morigénés bien souvent, et à tous les braconniers qu'il avait envoyés aux gendarmes tant de fois.

Boileau, dit Mal-Nommé, était devenu son compagnon favori, et bras dessus bras dessous on les voyait du matin au soir parcourir les routes, zigzaguer d'un fossé à l'autre, souvent s'empoigner devant une galerie de paysans qui battaient des mains, puis rouler dans un fossé où ils s'endormaient d'un sommeil de plomb, sans cesser de s'étreindre sous la pluie, sous le froid ou sous la neige.

Le pauvre homme !

Et la folie frappait à ce cerveau : un rire d'idiot, déjà, incessant, errait sur ses lèvres en même temps qu'il branlait la tête tout en se parlant à lui-même.

Parfois, des phrases tombaient ainsi, qui frappaient l'attention de Mal-Nommé et excitaient sa surprise.

Mal-Nommé interrogeait pour en savoir plus long.

Par un reste de prudence, Soubise alors se taisait.

Mais le mendiant avait l'esprit en éveil et l'oreille aux écoutes .

Et en pleine ivresse, Soubise ne gardait plus aucune mesure. Son idée fixe le ramenait à la même histoire, où sans cesse revenaient les noms de Girodias, de Michelle et des Villefort.

Mal Nommé se disait :

— Il en sait plus long qu'on ne croit...

Le mendiant se tint dès lors sur ses gardes, flairant une aubaine, excitant l'autre à boire, et ne se grisant plus.

Deux choses déjà l'avaient frappé, dans ces divagations : l'histoire des coups de cravache et l'histoire de la séduction ; dans les deux histoires revenait toujours, toujours, comme celui du héros principal, le nom de Roland de Villefort.

Mais les divagations étaient faites de phrases hachées, tronquées ; parfois de seuls mots, ou de vagues allusions ; rien n'en était sorti de précis, et Boileau sentait naître des doutes sans certitude possible. Il ne se gênait pas, du reste, pour en parler à tout venant, et le bruit ne tarda pas à se répandre dans le pays que tout ne s'était pas su, que tout n'avait pas été révélé à la justice, lors du meurtre de Girodias ; que Soubise pouvait

parler et relancer l'affaire, et que peut-être le jeune
comte Roland, s'il avait à répondre devant le Parquet,
ne s'en tirerait pas à si bon marché que son frère, le
duc Horace.

Si solitaire que fût leur vie au château, les Villefort
l'apprirent.

Horace fit des remontrances au garde.

Il essaya de savoir de lui la vérité.

Il trouva un visage de marbre.

Comme dans les divagations de Soubise, il était
question de Roland surtout, le duc interrogea son
frère.

Roland s'attendait trop bien à tout pour ne pas être
prêt à répondre ; du reste, il nia, simplement.

Mais ceux qui furent le plus frappés de tous ces bruits,
ceux, du reste, qu'ils intéressaient par-dessus tout,
furent les frères Girodias, auxquels Mal-Nommé alla raconter ce qu'il savait.

Les deux frères étaient énergiques, on l'a vu.

Ils n'étaient pas longs à prendre une résolution.

Le lendemain du jour où tous ces racontars leur arrivèrent aux oreilles, ils étaient tous les deux au Millepertuis.

Ils avaient fait diligence, ils étaient venus de bon
matin, et pourtant ils ne trouvèrent pas le garde qui
déjà était parti.

Michelle seule était à la maison.

Elle ne les regarda même pas.

Ils entrèrent, s'assirent, attendirent le retour de
Soubise, sans qu'elle s'occupât d'eux ; elle allait et ve-
nait, en chantonnant son éternelle chanson des
Chouans de quatre-vingt-treize, et si parfois ses beaux
yeux sans intelligence s'arrêtaient sur le visage de
Pierre et de Gaston, ils n'exprimaient aucune idée.

comme aucune haine, comme aucune espérance : ils étaient vagues.

— L'attendrons-nous ? demanda Gaston.

— Il faut l'attendre. Il faut que nous sachions à quoi nous en tenir et quelle est cette histoire à dormir debout...

Une heure se passa, deux heures se passèrent.

Tout à coup, dans le jardinet qui précédait la maison, on entendit un peu de bruit.

Il avait gelé. La terre craquait.

La porte s'ouvrit et, dans une bouffée d'air froid, entra une forme légère, toute gracieuse, enveloppée si hermétiquement qu'on ne pouvait même distinguer le visage.

A la vue des frères Girodias, elle eut un geste de surprise, et de crainte aussi.

Eux l'avaient reconnue également.

Et très pâles, s'étreignant les mains comme pour se donner mutuellement des forces, ils s'étaient levés, se tenaient debout.

Celle qui venait d'entrer, c'était Colette.

Elle se débarrassa de son manteau, rejetant par un joli mouvement le capuchon sur ses épaules.

Et elle apparut, charmante, élégante dans sa simplicité, les joues rosées par le froid.

Mais le premier embarras passé, — la première crainte aussi, — les yeux de Colette reprirent leur expression calme, et la jeune fille répondit par une inclinaison de tête au salut respectueux des deux frères.

C'était la seconde fois qu'elle se trouvait devant eux, — car, au duel, elle n'avait vu qu'Horace ; la première fois avait été le lendemain de son arrivée à Villefort, lorsque les deux jeunes gens étaient venus dire au duc :

— Nous vous condamnons à mort !...

Elle n'ignorait rien de ce qu'ils avaient fait depuis pour exécuter leur menace.

Et elle les considéra avec une curiosité qui était faite de plusieurs sentiments bizarres : un peu de terreur devant ces tempéraments à demi-sauvages ; un peu de surprise aussi en les voyant troublés devant elle... car il était visible, leur trouble... il se trahissait dans leurs yeux baissés et leurs lèvres tremblantes... et surtout dans cet instinctif geste de leurs mains réunies, par lesquelles passait, se communiquant de l'un à l'autre, l'ardente passion née dans ces deux cœurs, qu'ils s'étaient promis de vaincre sans réfléchir que l'amour a vaincu les plus forts !

Colette venait ainsi souvent passer une heure auprès de Michelle, essayant, sans se décourager, d'arriver jusqu'à cette pauvre intelligence et d'éveiller en elle quelque souvenir.

Le charme de Colette opérait sur la jeune fille, même à distance.

Les jours où venait l'institutrice, sans que personne pût prévoir ou annoncer ces visites, la folle semblait le deviner et subitement se montrait plus calme.

Et tout le temps que Colette restait auprès d'elle, on eût juré qu'elle recouvrait la raison, tant son sourire était le même qu'autrefois, tant ses yeux redevenaient clairs et limpides, perdant cette navrante expression d'inquiétude et de vide qui est celle de la démence.

Elle était plus calme, mais la raison était toujours aussi loin.

Quand Colette partait, Michelle pleurait.

Puisqu'elle pleurait, puisqu'elle était capable encore de recevoir une pareille impression, tout espoir n'était donc pas perdu.

Colette le pensait.

Et voilà pourquoi elle n'abandonnait pas la jeune fille.

Les Girodias ignoraient les relations qui s'étaient établies entre Michelle et l'institutrice, mais tout entiers à leur émotion violente, ils ne se demandèrent même pas ce qu'elle venait faire chez le garde et si sa présence ne se rapportait point aux divagations que Soubise semait dans tout le pays, à l'aventure.

Devant cette douce figure un peu craintive, ces deux rudes natures se retrouvaient sous le charme, domptées, amollies, éperdues même, et Colette les regardait indécise, sans se douter que sa petite main pouvait pétrir à sa volonté ces deux cœurs si pleins de haine.

Il y eut un très long moment d'embarras entre ces trois personnages.

Colette se dirigea vers la chambre de Michelle.

La porte était entr'ouverte : elle n'entra pas.

Michelle, tout habillée sur son lit, dormait d'un profond et calme sommeil ; le charme de Colette opérait.

L'institutrice referma doucement la porte.

— Je reviendrai l'embrasser quand elle ne dormira plus, dit-elle.

Et elle voulut sortir, avec un regard rapide sur les deux frères.

Chez tous les deux, la même pâleur et la même souffrance, en cet instant, lancinante et brusque.

— Est-ce qu'elle allait partir, s'évanouir... si vite... apparition fugitive, sans qu'une parole même eût été échangée... ?

Leurs mains s'étreignirent plus fort.

— Frère, murmura Gaston, souviens-toi de ce que nous avons promis...

Et Pierre, plus bas encore :

— Souviens-toi, frère, de ce que nous avons juré...
Mais ils oublièrent promesse et serment
Ils furent faibles.

Et ensemble, au moment où elle gagnait la porte, ils
la retinrent du même geste, de la même parole, de la
même prière tremblante :

— Mademoiselle ?

Colette s'arrêta.

Que lui voulaient-ils ? Eux-mêmes, est-ce qu'ils le
savaient ? D'instinct, ils avaient désiré que ce fantôme
adoré ne disparût point tout de suite ? Et après ? Rien.
Pourvu qu'elle restât un peu plus auprès d'eux, ils
seraient contents.

Mais pour la retenir, que trouver ?

Ce fut elle qui vint à leur aide.

— Je serais restée et j'aurais attendu le réveil de la
pauvre enfant qui dort là, dit-elle en montrant la
chambre de Michelle, si je n'avais pensé que vous aviez
sans doute à vous entretenir avec Soubise et que ma
présence ne pouvait vous être agréable...

— Pourquoi cette dernière pensée, mademoiselle ?

— Je connais votre haine du nom de Villefort et de
tout ce qui touche de près ou de loin à la famille du
duc Horace.

— Nous croyez-vous si durs et si farouches que nous
ne puissions séparer de tout ce que nous avons le droit
de haïr tout ce qu'il nous est permis de respecter... et
d'estimer ?...

Colette répliqua :

— Est-ce vraiment de moi que vous voulez
parler ?...

— C'est de vous...

— J'ai droit, comme toute femme, à votre respect,
mais comment aurais-je droit à votre estime puisque

vous ne me connaissez pas... et puisque — bien que ce soit la seconde fois que vous me rencontrez — c'est la première fois que vos regards se lèvent sur moi?

Pierre dit avec une émotion qui se trahit dans ses paroles :

— Ce n'est pas la première fois que nous vous voyons..

Et Gaston, dans toute l'ardente passion qui le dominait :

— Nous vous avons vue, pour la première fois, sans savoir qui vous étiez, le jour où mon frère et moi nous nous sommes battus contre le duc de Villefort...

Ce fut au tour de Colette d'être émue et son émotion se trahit par la rougeur qui envahit son visage.

Entraînés, les deux frères oubliant tout, oubliant même qu'ils étaient rivaux, se laissaient aller à leurs souvenirs.

— Oui, disait Pierre, vous êtes apparue tout à coup, toute blanche et épouvantée, entre les hautes tiges de genêts et de bruyères qu'écartaient les rafales d'un vent violent... Vous êtes apparue au moment précis où mon arme, en s'abattant, allait tuer ce Villefort maudit et venger la mort de mon père... et mon arme ne s'est pas abattue... et c'est moi qui fus blessé... et qui faillis mourir... Vous êtes apparue pour sauver le duc, je vous le jure, car, sans vous, il était mort...

— Oui, disait Gaston à son tour, j'étais blessé et j'étais évanoui quand, enfin, sous la souffrance cuisante qui me torturait, je rouvris les yeux, et je crus à un rêve et vraiment que la vie était finie pour moi et que je me réveillais dans un autre monde... Devant mes yeux, au-dessus de moi enveloppée par les rafales qui faisaient trembler toutes les branches autour de lui, planait un ange... Car vous aviez l'air d'un ange, mademoiselle, tant vous étiez blanche... Vous n'étiez pas une femme, en ce moment-là, mais quelque chose d'immatériel... une vision... Tout semblait douceur en vous, et paix et miséricorde, et cependant vous n'êtes apparue ce matin-là que pour le malheur de mon frère et pour le salut de l'homme que nous haïssons le plus au monde...

Colette était saisie de surprise devant ces deux hommes qui ne l'effrayaient plus maintenant, et qui lui parlaient un langage auquel, de leur part, elle ne s'attendait guère.

Comme ils étaient timides !

On eût dit de grands garçons malgré leur haine et les sombres projets de châtiment auxquels ils avaient consacré leur vie, on eût dit qu'ils cachaient des âmes émues de tout petits enfants dans leurs corps robustes rompus à toutes les fatigues.

— Il est vrai, dit Colette, j'ai assisté à ce duel.

— Le hasard, sans doute, vous avait amenée là?

— Non, pas le hasard...

— Votre volonté?

— Oui.

— Vous étiez prévenue... et le duc, bien certainement, connaissait votre présence, et l'avait escomptée peut-être ? dit Pierre avec un mépris profond.

— Il faut que votre haine soit bien grande pour le soupçonner ainsi, gratuitement, d'une lâcheté...

— J'ai tort, car il est brave...

— Très brave, dit Gaston en frissonnant au souvenir de la tragique scène des marais du lac de Grandlieu.

Alors, tout à coup, Colette relève la tête.

Et avec sa franchise habituelle, elle attaque les deux hommes de plein front :

— Comment peut-il se faire que vous, qui l'estimez si brave et qui en avez eu la preuve, vous le croyiez coupable d'avoir frappé votre père, dans le plus lâche des guet-apens ?

Mais le visage des deux hommes se rembrunit.

Un moment, à l'apparition de Colette, ils s'étaient laissé entraîner, ils avaient flotté dans l'irréel...

C'était fini...

Les paroles qu'ils venaient d'entendre les ramenaient à la vérité.

— Vous le défendez...

— Oui.

— Vous le croyez innocent ?

— Il est innocent, je vous le jure...

Pierre dit en soupirant, sa haine grandissant encore, parce qu'au fond du cœur, peut-être sans s'en douter, naissait la jalousie, naissait la crainte d'un rival heureux :

— Il doit être fier d'avoir en vous un pareil défenseur...

Elle crut saisir une allusion à ses secrètes pensées, et elle rougit violemment.

En même temps un reproche passait dans ses yeux.

Pierre avait mis de la dureté dans sa réponse. Il vit le reproche. Il comprit qu'il avait blessé cette âme et il allait en demander pardon, lorsque Michelle parut près de la porte. Alors Colette s'élança vers elle, l'entraîna en l'embrassant ; la porte se referma et les deux frères se retrouvèrent seuls, face à face.

Longtemps ils restèrent silencieux.

Mais ils étaient si troublés qu'on entendait, sonores, les battements de ces deux cœurs.

Sans se regarder, après un long moment, les yeux fixés sur cette porte par où venait de disparaître la jeune fille, ils parlèrent enfin, à voix basse, comme honteux de se livrer et de se reprocher leur secret.

Gaston murmurait :

— Comme tu l'aimes !...

— Et toi, frère, l'aimes-tu moins que moi?...

Leur figure, soudain, exprima une souffrance cruelle.

Ces yeux, qui ne semblaient point connaître les larmes, devinrent humides et les lèvres se contractèrent.

Pierre tendit les bras.

Gaston s'y laissa tomber.

Nulle haine l'un pour l'autre, nulle jalousie non plus. Ils s'aimaient trop. Plus tard peut-être viendrait la haine, mais en ce moment ils étaient tout à la torture de cet amour contre lequel ils se débattaient.

— Tu souffres ?

— Autant que toi...

— Rappelons-nous notre devoir...

— Oui, mais déjà, pour cela, frère, il me faut un effort...

— Comme moi...

— Et si je dois retrouver toujours cette jeune fille entre nous et notre devoir, ah! frère, frère, j'ai peur de n'avoir plus la force de haïr !

Sombre, Pierre répliqua :

— J'ai peur, moi aussi !...

— C'est qu'elle est bien belle, n'est-ce pas? disait Gaston.

— Bien belle... d'une beauté dont le charme vous pénètre, vous repose... Il semble qu'il soit impossible de ne pas être heureux auprès d'elle.

— Et pourtant nous voici malheureux à cause d'elle...

— As-tu vu comme ses yeux sont doux ?

— Et comme ils changent de couleur, parfois?

— Et l'auréole de ses cheveux, avec son front si blanc et si pur...

— Et comme elle est élégante dans chacun de ses gestes !...

— Je l'aime !...

— Je l'aime !...

Les mains unies, ils se turent oppressés.

La porte les séparait de la vision enchanteresse, mais ils la voyaient quand même bien visiblement, avec leur âme.

Et c'était cela qu'ils regardaient obstinément.

Si obstinément qu'ils n'entendirent pas Soubise rentrer.

Le garde était ivre.

Il bouscula une chaise, se retint à une table.

Les deux frères se retournèrent en tressaillant, sortant enfin de leur rêve.

Soubise eut peine à les reconnaître

— Qui êtes-vous donc, vous autres, et qu'est-ce que vous me voulez ?

Il vint les regarder de très près, hésita un moment, se frotta les yeux.

— Tiens ! dit-il, les fils du père Girodias chez moi !...

Et soudain, tout à son idée fixe :

— Eh ! eh ! j'en savais long sur le compte de votre père... et des choses dont personne encore n'a parlé...

— Oui, Soubise, la nouvelle nous en est parvenue... il nous a été raconté que vous connaissiez des renseignements que vous aviez tenus secrets jusqu'aujourd'hui... et comme nous sommes les premiers intéressés à savoir la vérité sur le meurtre de notre père, à éclaircir tout ce qui reste d'obscur dans le mystère de ce meurtre, nous venons vous prier de parler devant nous, au nom de la vérité et de la justice...

Le garde haussa les épaules.

— Je me soucie peu de la vérité et de la justice...
bégaya-t-il entre deux hoquets... Si j'en avais eu le
souci, je n'aurais pas attendu si longtemps pour
parler...

— Cependant, vous y êtes décidé maintenant.

— Oui... oui... peut-être...

— Alors !

— Mais à mon heure... quand je le voudrai...

— Pourquoi pas tout de suite ?

— Parce que ça me plaît comme ça...

— Soubise...

— Je me moque bien de la mort de votre père... Je
ne l'aimais pas, votre père .. Il était l'ennemi des Villefort et par conséquent mon ennemi... Aujourd'hui, j'ai
un peu changé... Je suis encore serviteur des Villefort,
mais je ne les aime plus, vous entendez ?

— En ce cas, quelles considérations vous retien-
nent ?...

— Ah ! voilà.

— Qui vous empêche de parler ?

— Personne... je parlerai... mais à la Justice... à
moins...

— A moins, Soubise ?

— A moins qu'on accepte les conditions que j'ai
imposées.

— Ah ! vous avez imposé des conditions.

— Oui...

— A qui donc ? au duc de Villefort, sans doute ?

Soubise se mit à rire et cligna de l'œil d'un air
malin.

— Si je vous le disais, vous seriez aussi avancé que
moi.

— Et les conditions, Soubise ?

— Ça ne vous regarde pas, monsieur Girodias.

Soubise s'enfermait dans son obstination.

Ils ne pouvaient rien en tirer.

S'ils essayaient d'acheter son secret?

— Voyons, garde, nous sommes riches mon frère et moi, et nous consentirions à payer un bon prix, le prix que vous nous demanderez et que vous fixerez vous-même, les renseignements que vous prétendez posséder... s'ils peuvent nous être utiles...

Au fur et à mesure que Pierre parlait, Soubise semblait se dégriser.

Il répondit, d'abord sur un ton très bas, ensuite s'animant peu à peu :

— Je ne suis pas riche, et je ne garderai pas long-temps ma place... c'est sûr... pourtant je n'accepterai pas vos offres... Je suis habitué à vivre de peu... et si je parle, j'ai autre chose en vue qu'une question d'argent...

— Une vengeance, vous aussi, peut-être ?

— Oui, oui, peut-être... et une réparation...

Pierre et Gaston échangèrent un regard.

— Michelle, n'est-ce pas ? fit Pierre à voix basse.

Soubise tressaillit, appuya la main sur son front :

— Je ne dirai rien de plus.

— Un mot, rien qu'un seul mot : A quelle époque comptez-vous informer le Parquet de ce que vous savez ?...

— Bientôt...

— Aujourd'hui, peut-être ?

— Oui, pourquoi pas aujourd'hui ? Pourquoi attendre, après tout ? Ce sera donc aujourd'hui. J'ai encore le temps d'écrire ma lettre et de l'envoyer.

Après cela, il se renferma dans un silence obstiné.

Rien ne put l'en faire sortir.

Pierre et Gaston se retirèrent.

Dans l'enclos, sous le même sentiment, avec la même espérance, ils s'arrêtent, se retournent vers la fenêtre de la chambre de Michelle.

Ce n'est pas pour apercevoir la fille de Soubise. Mais auprès de Michelle, il y a Colette.

Et avant de s'éloigner, dans le même élan de passion, les deux cœurs, une dernière fois, voudraient s'emplir de la vision adorée, de l'exquise image, et en emporter le reflet là-bas, dans la solitude de la maison des Grandes-Roches.

La vision n'apparaît pas ; l'image reste invisible.

La fenêtre est fermée ; le rideau est clos et ne se soulève pas.

Qu'importe à Colette l'amour des Girodias ?

Est-ce que son âme, à la gentille charmeuse, n'est pas prise ailleurs ?

Ils s'en vont la tête basse, tristement.

Soubise s'est assis et il rêve.

Ce n'est plus l'ivresse qui l'agite et l'enfièvre ; il est sous l'influence de l'idée fixe. Il balbutie des mots entrecoupés, se parlant à lui-même, s'adressant des demandes, y faisant des réponses.

— Pourquoi attendre?... Pourquoi ne point écrire aujourd'hui?...

Il va chercher de l'encre, une plume, du papier. Il s'installe à une table, puis semble plongé dans une torpeur. Il essaye de rassembler ses idées, et ses idées sont lourdes.

Il commence :

« A monsieur le procureur de la République, au Parquet de Nantes »

Puis quelques phrases suivent.

Il s'arrête encore, relit, ajoute quelques mots d'une

main bien tremblante et va continuer, lorsque Colette entre dans la chambre avec Michelle souriante et heureuse...

Colette, sans le vouloir, a entendu une grande partie de la conversation précédente; elle prévoit de nouveaux malheurs, une nouvelle catastrophe.

Un coup d'œil jeté sur ce papier, par-dessus l'épaule du garde, lui donne la preuve que Soubise va exécuter sa menace.

Le supplier est inutile. Le faire revenir sur sa résolution, il n'y faut pas penser. Soubise n'est plus, depuis quelque temps, dans son état normal : il ne comprend plus; il n'est plus accessible aux raisonnements; son idée fixe fait de lui un homme hébété; ce n'est pas le même genre de folie que la folie de Michelle; pourtant, il est aussi fou, et plus dangereusement, puisqu'il veut faire le mal.

A Villefort, quand elle revient, c'est Roland qu'elle avertit de ce qui va se passer, de ce que Soubise prépare.

Si elle s'adresse à Roland, c'est parce que celui-ci va au Millepertuis presque tous les jours; il se rendra compte du danger et pourra l'écarter peut-être.

Roland ne perd pas de temps.

Il traverse la forêt et vient chez Soubise.

La maison est déserte, Soubise n'est pas là.

Roland frémit.

Est-ce que la lettre est terminée, mise à la poste ?

Il entre.

Non, sur la table, elle est là, inachevée, la dénonciation qui soulage le cœur du garde.

Roland s'en empare, la parcourt avidement; mais parfois il est obligé de se frotter les yeux, car sa vue est altérée.

La lettre est terrible, sèche, brève, pareille à un coup de couteau.

« Vous ne connaissez pas, le Conseil de guerre n'a pas connu la vérité tout entière sur l'affaire Girodias... Peut-être les renseignements que je me décide sur le tard à vous donner vous permettront-ils de recommencer secrètement une enquête et d'arriver, cette fois, à la punition du coupable... en Cour d'assises... »

Roland essuya son front couvert de sueur.

— Le malheureux !... murmura-t-il. C'est moi qu'il va accuser sans doute, et je ne veux pas qu'il m'accuse, parce que qui sait si par moi on n'arrivera pas jusqu'à ma mère ?...

Soubise racontait ensuite l'histoire des coups de cravache.

La révélation était grave, car nul n'avait pu expliquer les blessures qui tailladaient le visage de Girodias ; le médecin avait affirmé que la face du vieux paysan avait été pour ainsi dire écrasée à coups de bâton, mais Horace avait repoussé cette accusation comme les autres et aucune explication plausible n'était venue à l'esprit des juges. La position du cadavre et le coup de poignard en plein cœur excluaient toute idée d'attaque et de défense. Donc, si Villefort était innocent de ces blessures, quel en était l'auteur !

Un complice ?

Mais là n'était pas le point le plus important de la lettre inachevée.

Et il fallut à Roland bien du courage pour poursuivre sa lecture quand il arriva au passage suivant :

« Monsieur le procureur de la République, j'ai à vous dire aussi que les familles Villefort et Girodias, dont la haine est célèbre dans tout le pays, ne se sont pas toujours détestées comme elles se détestent maintenant.

Je suis un vieux garde et j'ai toujours habité les bois. Les bois voient souvent bien des histoires mystérieuses, et si les vieux arbres pouvaient raconter leurs mémoires, on en entendrait de belles .. C'est pour vous dire, monsieur le procureur, qu'il y a environ seize ans, — je me rappelle bien la date, car ma pauvre Michelle n'était pas encore née, ni M. Roland de Villefort non plus, — il y a donc environ seize ans, j'ai surpris bien des fois des braconniers d'amour... C'était, à ce moment-là, Girodias qui braconnait dans les terres de M. le duc et qui avait de fréquents rendez-vous avec madame la duchesse... Je n'ai rien dit... bien que, dévoué aux Villefort, la gâchette de mon fusil me démangeât souvent le bout du doigt... Enfin, j'en ai pris mon parti, surtout quand j'eus remarqué que la mort de monsieur le duc remettait les choses en état et le Girodias à sa place. Ce n'est pas mon affaire, à moi, de chercher une suite d'idées dans tout ce que je raconte là, mais je suis bien sûr que vous la trouverez... »

La lettre s'arrêtait là.

Que pouvait ajouter Soubise ?

Rien, peut-être. Du reste, qu'importait la fin !

Roland lisait et relisait cela, éperdu, tout frémissant de honte et d'impuissante rage...

— Et tout cela, murmura-t-il, tout cela pour se venger d'une infamie dont il m'accuse et dont je ne suis pas coupable !

Comment lui faire entendre raison ? Impossible. Roland se fût heurté à un rocher. Ces têtes de paysans sont dures et le malheur avait trop rudement frappé au cerveau de celui-là.

— Il ne faut pas que cette lettre arrive à destination...

Tel fut le cri qui s'éleva du fond de son cœur.

Mais le moyen ?

La déchirer ? la faire disparaître ? à quoi bon ? Cela donnait l'éveil à Soubise. Il se verrait surveillé. Il prendrait ensuite ses précautions, recommencerait la lettre, et tout serait dit.

Donc, il fallait la laisser, attendre, guetter son départ.

La journée s'avançait ; il était à peu près certain que Soubise n'achèverait pas sa lettre ce soir-là, ou ce serait trop tard pour la mettre à la poste.

Soubise, en ce moment, devait être à courir les cabarets, en compagnie de Mal-Nommé, jetant à tous les vents un peu de sa démence.

Michelle, de son côté, rôdait par la forêt.

Roland se cacha sous bois, non loin du Millepertuis.

Il attendit patiemment.

Une heure après, il aperçut Michelle.

Michelle rentra.

La nuit était venue ; Roland ne se montra pas.

Vers sept heures, il entendit une voix avinée qui chantait une chanson, puis un bruit de pas, puis il aperçut deux hommes.

Il les reconnut tout de suite.

C'était les deux ivrognes, Boileau et Soubise, bras dessus, bras dessous, zigzaguant au travers d'une grande avenue trop étroite pour eux, et c'était Mal-Nommé qui chantait.

A la petite barrière à claire-voie de l'enclos, ils tombèrent dans les bras l'un de l'autre et s'embrassèrent en pleurant, comme s'ils ne devaient plus se revoir.

Là, ils se séparèrent.

Mal-Nommé, en s'éloignant, reprit sa chanson et ses zigzags.

Quelques secondes après, Millepertuis s'éclairait par deux de ses fenêtres.

Roland traversa doucement le jardin, s'approcha de

la maison, colla un œil contre la fenêtre de la chambre de Soubise ; le rideau était un peu soulevé, il put voir.

Michelle et Soubise étaient à table et mangeaient leur frugal repas.

Roland attendit encore : Michelle quitta son père, rentra chez elle.

Soubise resta seul.

— Que va-t-il faire ?

Il desservit, serra dans une armoire les assiettes et les verres.

Puis, les deux coudes sur la table, sa tête lourdement posée dans ses deux mains jointes, il parut s'endormir près de la bougie allumée. Lorsqu'il rentrait, il se dégrisait presque instantanément.

La vue de Michelle le rappelait brusquement à la triste réalité, que le pauvre homme essayait de fuir dans l'ivresse.

Roland le vit qui reprenait la lettre inachevée. Soubise la relut, la plaça devant lui, la contempla longuement.

Ses mains s'enfoncèrent avec rage dans ses cheveux, puis les doigts cachèrent les yeux.

Quand les mains retombèrent, Roland vit que le garde pleurait.

Enfin il se leva, repoussa la lettre.

Il dit tout haut quelques mots, et Roland, au mouvement des lèvres, crut que Soubise avait prononcé :

— A demain !

Il entr'ouvrit doucement la porte qui communiquait avec la chambre de Michelle, s'approcha du lit où celle-ci reposait et l'embrassa sur le front, avec une douceur attendrie.

Puis tout bruit cessa dans la maison.

Les lumières s'éteignirent.

Soubise lui-même s'était couché.

— Plus de danger pour aujourd'hui, murmura Roland.

Et il s'esquiva sans éveiller l'attention.

XVII

LA MÈRE ET LE FILS

A' Villefort, Roland attendit, après le dîner, que sa mère remontât chez elle, ce qu'elle faisait maintenant tous les soirs sans passer par le salon, car la vie était bien changée au château ; le danger planant sans cesse sur la tête du duc avait assombri tous les caractères. Chacun restait silencieux, la pensée fixée sur ce seul objet : par quel moyen connaître enfin toute la vérité sur le meurtre de Girodias, convaincre les deux frères, et sortir ainsi d'une situation sans issue ? De rares paroles s'échangeaient. Le marquis se portait mieux. Les forces lui revenaient. Il marchait sans le secours de personne et le fauteuil mécanique ne servait plus à rien. Mais, malgré cela, il ne sortait guère de son appartement. Horace, seul, par son indifférence, essayait de réagir contre cette tristesse générale et n'y parvenait pas. La douce Colette elle-même y était impuissante. De telle sorte que, malgré la grande joie inespérée qu'avait jetée tout à coup, à Villefort, l'acquittement du jeune duc, peu à peu le château était retombé dans le morne silence lugubre des jours qui avaient suivi l'arrestation.

Et de nouveau se réalisait la prédiction du facteur de la gare de Clisson, le soir de l'arrivée de Colette :

— Vous n'y rigolerez pas tous les jours.

C'était, de tous, Roland qui continuait d'être le plus sombre; son caractère sauvage s'accentuait; vis-à-vis de Colette il ne désarmait pas; la jeune fille sentait en lui, perpétuellement, la résistance gronder et se préparer à l'offensive, mais le duc, maintenant mis sur ses gardes, veillait, empêchait toute cruauté contre l'institutrice.

Colette ne se départait pas à son égard de sa douceur et de son égalité d'humeur; mais la protection d'Horace, dont elle comprit les bienveillants effets, n'en fut pas moins pour elle d'un grand secours et d'un grand repos.

Taciturne, le front baissé, chargé de soucis, accablé, par le mystère redoutable qu'il avait découvert, et dont il sentait peser sur lui toute la responsabilité, le jeune garçon répondait à peine quand on lui adressait la parole.

Le duc tentait de le distraire.

C'était en vain.

Et quand Horace lui demandait pour la centième fois :

— Mais enfin, qu'as-tu donc ? Est-ce à cause de moi que tu prends cette mine qui nous conduit tous au cimetière ?

Le jeune comte répondait :

— Je n'ai rien ; laisse-moi, je t'en prie

La duchesse, de son côté, lui adressait rarement la parole.

Et quand elle s'y résignait, c'était avec une sorte de crainte. Elle faisait effort pour dominer son émotion et le tremblement de sa voix.

Lorsqu'elle lui parlait, et que le duc et le marquis se trouvaient là, prêts à s'étonner de son silence ou de son manque de respect, Roland répondait par quelques mots qui tranquillisaient la mère.

Mais si Roland et la duchesse étaient seuls, Roland ne se donnait même pas la peine de répondre.

Il se contentait de détourner les yeux, pendant que sa pâleur accusait son trouble profond.

Alors, la mère passait, la démarche lourde, sans insister, portant, elle aussi, le pesant fardeau de tout ce mystère.

Ce soir-là, à peine madame de Villefort était-elle rentrée dans son appartement que Roland la rejoignait.

Il resta un moment près de la porte.

On eût dit qu'il était indécis.

— Ma mère, je voudrais avoir avec vous un instant d'entretien.

— Venez, mon fils, dit-elle... Et depuis quand, mon enfant, avez-vous besoin d'une demande d'audience pour parler à votre mère ?

Elle avait dit cela en essayant de sourire.

Le visage de Roland resta glacé.

La duchesse attendit, vaguement inquiète devant l'énigme que lui présentait la sombre pensée de son plus jeune fils.

— Ma mère, j'ai tenu à venir vous parler parce que je sais, j'ai appris que de graves événements se préparent...

— Je vous écoute, mon cher enfant.

Elle appuya son coude sur une table et parut attentive.

Mais elle eut soin de baisser l'abat-jour de sa lampe, de manière à ce que son visage restât dans une demi-obscurité.

— Ces événements intéressent-ils notre famille ?

— Oui.

— De quoi s'agit-il ? Et comment se fait-il que ce soit vous qui en soyez le messager, vous, un enfant encore, au lieu de votre frère ?

— Parce que mon frère ignore et doit ignorer toujours les choses que je sais, que j'ai apprises ou que j'ai devinées... dit le jeune comte sourdement et sans regarder la duchesse.

Celle-ci garda le silence.

Elle paraissait froide et calme.

Intérieurement elle tremblait, car elles étaient claires pour elle, et éclatantes, ces allusions que l'enfant faisait d'un ton farouche.

— Je ne sais, ma mère, dit le jeune garçon en hésitant et cherchant ses mots, si vous vous rappelez bien certains détails de cette funeste journée au soir de laquelle fut assassiné Girodias...

— Tous les détails de cette journée sont présents à mon esprit.

— C'est bien... Vous savez dès lors, puisque j'eus l'occasion de vous y rencontrer, que je me trouvais dans la forêt.

— Oui... dit-elle, le cœur serré

— Je venais de me croiser avec Girodias... Vous souvenez-vous aussi d'un détail de l'enquête sur lequel la lumière n'a jamais pu être faite : ces hachures sanglantes constatées sur le visage du cadavre ?..

— Oui... Eh bien ?

— Eh bien, c'est moi qui ai frappé Girodias à coups de cravache

— Pourquoi ?

— Par haine... parce que je n'ignorais pas que cet homme cherchait à vous causer de la peine... et aussi parce que Michelle m'avait fait l'aveu à moi, qui suis un peu son frère, que l'homme dont elle avait à se plaindre et qui l'avait déshonorée, c'était...

— C'était ?...

— Girodias lui-même.

— En quoi, mon fils, ces événements peuvent-ils nous intéresser ?

— Vous allez voir... Savez-vous maintenant quel est celui que Soubise accuse de cette séduction ?...

— Je ne puis deviner.

— C'est moi, ma mère.

— Vous, mon fils, vous ! dit la duchesse en se levant.

— Moi, oui...

— Vous connaissiez le nom du coupable, il fallait le lui révéler.

— Je l'ai fait, il ne m'a pas cru... Je me suis débattu, je me suis indigné... il ne m'a pas cru... J'ai supplié... il ne m'a pas cru...

— Est-ce possible, mon Dieu !

— Soubise veut se venger de moi...

— Comment le pourrait-il ?

— Il m'a vu frapper Girodias... Il n'a jamais rien dit à personne. Aujourd'hui, il veut parler... Sa lettre au procureur de la République est prête et partira sans doute demain... Mais ceci est peu de chose... Que l'on m'accuse de ce meurtre, je ferai comme mon frère, je me défendrai ; mais la lettre est plus grave, car elle renferme un redoutable secret... et ce secret, coûte que coûte, il ne faut pas qu'il soit connu et qu'il arrive jusqu'aux oreilles de la Justice.

La duchesse ne comprenait pas. Ses amours étaient

si lointaines, elles avaient été enveloppées de tant de
mystère et de tant de précautions, qu'elle les croyait
ensevelies maintenant dans l'obscurité la plus profonde :

Girodias était mort.

Et Roland seul avait lu la lettre maudite.

Mais Roland ne parlerait jamais. C'était, du reste,
l'éternel remords, la blessure toujours saignante que
cette certitude de sa honte ainsi connue de son jeune
fils ; elle la payait chèrement, de toutes ses larmes et de
toutes ses nuits sans sommeil, la coupable légèreté
d'autrefois.

— Quel secret, mon fils ?

— Ne devinez-vous pas, ma mère ?

Le front brûlant, les lèvres sèches, elle put à peine
prononcer :

— Non !

— Ne m'infligez pas le cruel et intolérable supplice
de rendre mes allusions plus transparentes et de vous
préciser ce que le hasard, ah ! un hasard que je maudis,
a livré entre mes mains...

Elle garda le silence, affolée.

Il crut qu'elle feignait toujours de ne pas comprendre, alors que c'était son effroyable émotion qui
empêchait madame de Villefort de parler.

Et il reprit plus bas, les larmes aux yeux :

— Soubise m'a dit : « La forêt, dans ses sentiers
obscurs qui protègent si bien les amoureux, a conservé
un secret qu'elle ne livrera jamais... »

La duchesse se laissa retomber sur sa chaise.

Elle était blême et défaillante.

— Mais le vieux garde a surpris le secret de la forêt,
ma mère, et c'est ce secret qu'il révèle à la Justice dans
la seconde partie de sa lettre...

— Mon Dieu ! mon Dieu ! dit-elle, les mains sur les yeux.

— Mère, il faut vous sauver, et voilà pourquoi je suis venu vous trouver ce soir. — car le temps presse — pour vous demander : que dois-je faire ?

Que faire ? Est-ce qu'elle savait, dans sa détresse ? Elle se sentait devenir folle, devant ce fils dont elle comprenait la rougeur, et qui, en lui parlant, n'osait même pas lever les yeux sur sa mère ! Ah ! ce supplice odieux, mille fois plus douloureux que tous les supplices !

— Peut-être vous trompez-vous, mon enfant, essaya-t-elle d'expliquer ; peut-être trouvez-vous un danger menaçant là où il n'y en a que l'apparence...

— Hélas ! j'ai vu la lettre.

— La lettre ne donne aucune preuve...

— N'est-ce pas assez, n'est-ce pas trop déjà qu'elle éveille l'attention des juges ?... et, je vous le répète, ne contient-elle pas de ces choses autour desquelles il faut l'éternelle obscurité ?

— Mon fils, je m'y perds...

— Donnez-moi un conseil...

— J'ai beau chercher, j'ai la fièvre... Je ne vois pas...

— Mère, j'ai peur que vous ne jugiez pas, malgré tout, le danger aussi grand qu'il l'est en réalité... Laissez-moi vous dire, en insistant, qu'il faut par tous les moyens empêcher l'enquête de recommencer... parce que... parce que... ce serait effroyable, ce qu'on découvrirait...

Madame de Villefort regarda son fils, terrifiée.

Lui continua, fermant les yeux :

— La voyez-vous recommencer, cette enquête, sur une base nouvelle, avec un soupçon, avec des renseignements nouveaux... avec l'histoire d'un incident jus-

qu'alors resté inexplicable, et cette autre histoire d'un
passé surprenant qui fera comprendre tant de
choses?...

— Je vous en supplie, mon fils...

— Pardonnez-moi, ma mère, mais à tout prix je veux
vous sauver... Cette enquête, ainsi renouvelée, avec des
juges ainsi prévenus, est-ce qu'elle n'aboutirait pas
sûrement, cette fois, au résultat dont la seule pensée
doit vous faire frémir?...

— Roland, mon enfant, épargnez votre mère...

— A la découverte du vrai coupable, du meurtrier
de Girodias !...

Sur le visage de la duchesse, une grande, intense
surprise...

— Vous avez dit, mon fils?

— J'ai dit que pendant de longues et terribles
semaines, après le meurtre de cet homme, pendant que
mon frère, plein d'une rage impuissante, pleurait dans
sa prison, j'ai dit, mère, que j'ai assisté, le cœur meur-
tri, à votre détresse et à vos angoisses... Dans vos
yeux, mère, je lisais parfois un désespoir si grand que
je redoutais quelque catastrophe... Et je devinais aussi
que la pensée qui vous soutenait était votre volonté
d'aller trouver les juges, si mon frère était condamné,
et de leur montrer où était le coupable...

— Moi, dit-elle effarée, moi, j'aurais fait cela !... Moi,
j'aurais eu ce triste courage ! Moi, la mère de deux
fils, j'aurais été dire aux juges : « Vous accusez et
condamnez le frère aîné ! C'est une injustice... Celui qui
a frappé et qu'il faut frapper à votre tour, c'est mon
plus jeune fils ! Vous accusez Horace, c'est Roland qui
est coupable !... » Ainsi, mon enfant, moi, la mère,
dans cette abominable alternative, vous aimant tous
deux de la même affection, j'aurais eu le courage de

sacrifier l'un pour sauver l'autre ! C'eût été mon devoir sans doute ; mais, je l'avoue, je crois que j'aurais été au-dessous de mon devoir !

C'était au tour de Roland de considérer sa mère avec une sorte d'égarement.

Avait-il bien compris ? Avait-il bien entendu ?

Lui ! C'était lui que la duchesse accusait ! Pendant que l'on interrogeait, emprisonnait Horace, c'était lui, Roland, que la mère croyait coupable !

Et lui, Roland, accusait sa mère !

Cette fois, debout tous deux, l'un près de l'autre, ils se regardaient avec stupeur, les yeux dans les yeux.

Et Roland murmura, frémissant de honte :

— Oh ! mère, c'est une triste comédie que vous jouez là... car si j'ai voulu vous faire toucher du doigt le danger d'une nouvelle enquête, ce n'est pas, croyez-le bien, que j'éprouvais pour mon compte quelque crainte, c'est que je redoutais tout pour vous... c'est qu'après avoir accusé le fils aîné des Villefort on serait obligé d'accuser et de condamner la mère...

— Moi ! moi !

— Vous, mère, car c'est vous, et non pas moi, qui avez tué Girodias... pour rentrer en possession de cette lettre que j'ai lue et pour supprimer du même coup le seul témoin du passé...

— Ah! mais c'est horrible ce que j'entends, c'est horrible ! murmura la pauvre femme...

Et elle éclata en sanglots bruyants, nerveux, qu'elle ne pouvait comprimer.

Parmi ses sanglots, on entendait des mots entrecoupés :

— Moi ! moi ! c'est moi qu'il accuse...

— Vous m'accusez bien, vous, ma mère...

— C'est affreux !

Tout à coup elle sembla reprendre courage.

Elle essuya ses yeux.

— Mon fils, dit-elle, vous avez bien fait, en effet, de venir me trouver ce soir, et d'avoir avec moi cette explication... Il faut que cette explication soit complète... il ne faut pas, tout à l'heure, lorsque nous nous quitterons, qu'il reste le plus léger soupçon de l'un sur l'autre...

L'expression désespérée du visage du jeune garçon indiqua qu'il douterait, malgré tout.

Mais elle ne le remarqua point.

— J'ai cru, mon enfant, que le meurtrier de Girodias n'était autre que vous-même... J'ai cru que vous vous étiez laissé emporter par la violence de votre tempérament... j'ai cru à un accès de folie et de fureur... un de ces accès qui précèdent souvent les crimes et qui enlèvent toute raison, toute réflexion, tout libre arbitre... et j'ai cru enfin que ce crime vous aviez été le commettre après m'avoir surprise évanouie dans la forêt, le dimanche de la fête de Clisson...

— Je venais, lorsque je vous ai rencontrée, de frapper cet homme à coups de cravache... pour le punir du mal qu'il nous faisait... Je ne savais pas, en cette minute-là ou je frappais avec rage et avec joie, ce que j'appris quelques minutes plus tard... autrement...

Il baissa la voix.

— Autrement, mère, vous savez bien que, malgré ma haine, je n'eusse point osé lever la main sur cet homme.

Il baissa la voix de plus en plus, et ajouta :

— Sur mon père !

Malgré tout son courage revenu, elle fut reprise de sanglots, mais sans larmes, et qu'elle étouffait dans son mouchoir.

— Ce n'est pas moi, mère, qui ai tué Girodias... Si je
l'avais tué, je n'eusse point laissé accuser et déshonorer
mon frère... Je serais allé trouver les juges et j'aurais
dit : Arrêtez-moi !... Maintenant, mère, je vous accuse...
Défendez-vous !

— Je vous jure, Roland, que je vous crois... Je ne
vous demande aucune preuve... Je sais que vous n'êtes
pas capable de mentir.. Croyez-moi donc également,
mon fils, lorsque je vous jure que je suis innocente de
ce meurtre... Et croyez-moi comme je vous crois,
malgré tout, et bien que je ne puisse vous présenter de
preuves... Girodias m'avait donné à choisir entre le
rachat de nos créances et le rachat, au même prix...
de... cette lettre fatale... que vous avez lue... Je voulus
cette lettre et sacrifiai notre fortune à notre honneur... Girodias en fut terriblement châtié... mais
quelle est la main inconnue qui s'est chargée de ce
châtiment?... J'ai cru longtemps, toujours, que c'était
vous ! Je ne le crois plus... Dans l'horrible situation où
je me trouvais — sans issue — la pensée de tuer cet
homme aurait pu me venir, et cette pensée-là eût été
pardonnée... Eh bien, mon fils, votre mère à genoux
devant vous, et qui demande votre pitié, votre mère
vous jure, par toute l'affection qu'elle a pour vous, que
cette pensée ne lui est jamais venue !

— Qui donc, alors ? qui ? fit-il avec rage.

Car, à la fin, ils en deviendraient fous, à se mouvoir
sans cesse en de pareilles et insondables ténèbres !

— Qui? dit-elle à son tour... ah! si je le savais !...

Et se relevant :

— Il faut que votre vie, et la mienne, et celle de votre
frère soient consacrées à le savoir, mon enfant... Car,
voyez quels ravages et quelles blessures a causés ce
meurtre... Un innocent que poursuit, en dépit de la

justice, l'animadversion générale... un fils qui soupçonne sa mère... une mère qui soupçonne son enfant...

Il restait sombre. Il restait silencieux...

Le doute, le doute né du passé de la femme, restait
dans ce cœur. Cette femme avait été, seize ans auparavant, trompeuse avec le père. Elle avait menti et caché,
sous un sourire, ses mensonges... Aujourd'hui, pourquoi ne mentirait-elle pas au fils et ne cacherait-elle
pas, sous des larmes, les mêmes mensonges?...

Doute exécrable, doute horrible, expiation nouvelle
pour cette mère!

Elle dit, suppliante, lui prenant les mains :

— Vous me croyez, Roland?

Lui, détournant la tête, et d'une voix faible :

— Oui, mère, je vous crois !

Il mentait à son tour.

Il ne la croyait pas...

XVIII

LA DÉNONCIATION

Qu'avait-il été résolu ?

Rien.

Roland était venu demander un conseil à sa mère, et sa mère en détresse n'avait rien trouvé à lui dire. Elle s'abandonnait aux événements sans essayer d'y résister, vaincue à l'avance, si personne n'accourait la secourir.

Pourtant il fallait la sauver.

Roland ne dormit pas. Il ne se coucha même point. Il attendit le jour avec impatience. Et quand il vit poindre les premières lueurs, il sortit du château sans que personne le remarquât.

Il s'engagea tout de suite dans la forêt, se dirigeant vers la maison de Soubise, et, aux environs du Mille-pertuis, il se cacha comme la veille.

La maison était encore ensevelie dans le sommeil.

Roland fut un peu tranquillisé. La veille au soir, il

avait vu le garde s'endormir ; il le surprenait, ce matin,
n'étant pas encore réveillé ; alors, la lettre menaçante,
pleine de dangers et de scandales, n'était pas encore
sortie ; elle était encore là, sur cette table. Il respira.

Un quart d'heure se passa, puis le jeune homme
entendit un peu de bruit derrière ces murs qu'il aurait
voulu percer de son regard. Les volets s'ouvrirent, les
fenêtres livrèrent passage à l'air vif du matin, empreint
de la fraîcheur parfumée de la forêt humide. La porte
fut poussée et un homme, Soubise, parut sur le seuil,
où il resta immobile, regardant devant lui, sans rien
voir, les yeux fixes, suivant la pensée de la veille et le
projet qu'il allait exécuter, éprouvant peut-être encore
une suprême hésitation.

Roland le dévorait du regard.

— Que va-t-il faire enfin ?

Hélas ! il le sut bientôt.

Soubise rentra.

Par la porte restée grande ouverte, le jeune garçon
le vit ramassant la lettre sur la table, la pliant de ses
gros doigts noueux — et Roland s'imagina — malgré
la distance — que ses doigts tremblaient — puis la
mettre dans une enveloppe et y coller un timbre-poste
qu'il retira d'une petite boîte dans un tiroir.

Il glissa la lettre dans un portefeuille de cuir fané,
dont la couleur primitive avait disparu, mit le portefeuille dans la poche intérieure de son veston de velours,
prit son fusil, inséparable compagnon qui ne le quittait
jamais, ouvrit la porte du fond, celle de la chambre de
Michelle, embrassa la jeune fille sans la réveiller, sortit,
referma doucement la porte et s'éloigna.

Roland n'avait perdu aucun de ces mouvements.

Où Soubise allait-il ? sans aucun doute jeter sa lettre
à la boîte.

Le facteur ne passait pas tous les jours à Millepertuis, loin de là. Le garde ne recevait pas de journaux et rarement des lettres. Lorsque lui-même avait à écrire — et cela lui arrivait surtout quelques mois auparavant, deux fois par semaine, lorsque son jeune maître, le duc de Villefort, était encore en garnison à Nantes, il allait porter ses lettres à la boîte du hameau de Basse-Grange; à Basse-Grange il n'y a pas de poste, mais seulement, collée contre le mur d'une maison, une boîte que vient ouvrir le facteur tous les matins, au moment de sa distribution, et dont il prend les lettres pour les porter ensuite au bureau de poste de Clisson.

Le facteur est tous les jours à Basse-Grange vers neuf heures du matin.

Soubise traversa la forêt sans se douter que Roland le suivait.

Le garde ne détourna pas une seule fois la tête.

Seulement, de temps en temps, il s'arrêtait, levait les bras vers le ciel, faisant des gestes de fou, parlant haut.

Roland entendait sa voix, mais était trop loin pour distinguer les paroles.

Soubise n'eut pas une hésitation tant qu'il fut sur les chemins.

Mais en approchant de Basse-Grange, il ralentit sa marche.

Et, à deux pas de la boîte aux lettres, il s'arrêta tout à fait.

On eût dit qu'il était épouvanté de l'action qu'il allait commettre, et que cette boîte grise, avec son couvercle de fer, lui apparaissait comme un abîme où, sous la poussée d'une force surhumaine, il allait s'engloutir.

Roland eut un mouvement d'espoir.

Le garde allait peut-être revenir sur ses pas?...

Non !

D'un mouvement brusque, saccadé, Soubise fait deux pas, son bras se tend, et la main laisse tomber et disparaître dans l'humble et redoutable refuge la lettre dont dépendait, pour la seconde fois, l'honneur de la famille des Villefort.

Puis il s'enfuit de là en courant.

Roland n'eut pas le temps de se garer.

Mais Soubise passa auprès de lui sans même l'apercevoir.

Et Roland l'entendit qui criait :

— Mon Dieu ! mon Dieu ! qu'ai-je fait ! qu'ai-je fait !...

Au tournant de la route, derrière les bois qui séparent la Basse-Grange de la Haute-Grange, il disparut, toujours courant.

Roland s'assit tristement sur le talus d'un fossé.

Il n'y avait personne sur la route le long de laquelle s'étageaient, au milieu des grandes haies et des arbres, les pauvres maisons du petit hameau.

Et la maison même à laquelle était scellée la boîte aux lettres avait toutes ses persiennes closes.

Elle était inhabitée, Roland le savait.

Le jeune homme consulta sa montre.

Il était neuf heures moins un quart.

Encore un quart d'heure et le facteur passerait, lèverait les lettres, et ce serait fini, bien fini !

Ce serait si facile, en profitant de la solitude, de briser cette pauvre boîte : une bûche enlevée d'un tas de fagots ferait l'office de marteau ; deux coups suffiraient pour l'éventrer, pour l'obliger à restituer ce qu'elle cachait mystérieusement, cette chose sacrée qu'est une lettre, que tout le monde respecte et qui devient plus sacrée encore lorsqu'elle a quitté les mains de celui qui l'a écrite pour devenir, pour ainsi dire, impersonnelle, jusqu'au moment où elle arrive aux mains de celui qui doit la recevoir.

Il se relève ; cette pensée lui est venue.

Il se rapproche lentement, les yeux rivés à cette muraille.

Il la touche, sa forte main la secoue.

La boîte est toute branlante, tient à peine : la bûche pour l'éventrer serait inutile.

Et peut-être que Roland, éperdu, aurait commis ce vol, si un pas lourd de fortes bottes ne s'était fait entendre, derrière lui, sur la route de Clisson.

C'était le facteur Gérard.

Il n'a même pas le temps de se retirer.

Le facteur l'a aperçu et se trompe.

Rien de plus naturel qu'un homme soit là, une main tendue vers la boîte, sans aucun doute pour y déposer une lettre et non pour l'y prendre.

— Bonjour, monsieur le comte.

— Bonjour, Gérard.

— Alors, vous faites vos commissions vous-même, à cette heure, monsieur le comte ? dit le facteur en riant, et vous venez porter vos lettres à la Basse-Grange, au lieu de les envoyer à Clisson ?

— Cela m'a servi de but de promenade.

— C'est juste.

Le facteur était un brave garçon tout jeune ; il n'était pas du pays ; il connaissait bien l'affaire Girodias et à l'auberge il avait entendu là-dessus bien des discussions, mais cela ne l'intéressait que médiocrement ; il restait indifférent et juste entre les partis.

Avec sa petite clef, il retira les lettres, les mit dans son sac de cuir, rabattit le couvercle.

— Au revoir, monsieur le comte...

Et, partant de son pas solide et lourd, il ajouta :

— Maintenant, je vas faire ma distribution.

Obstinément, Roland restait là à le regarder. Maintenant qu'elle était aux mains de cet homme, la lettre était définitivement perdue... perdue pour toujours...

Et Roland, pour la centième fois depuis la veille, se demandait, le désespoir au front, la rage au cœur :

— Que faire ? Comment m'y prendre ?

Il s'éloigna dans la direction de Clisson, par la Haute-Grange. Il savait que c'était la route suivie par le facteur, mais il n'avait aucun but et parfois il exhalait de sourds gémissements ; la route continuait d'être déserte ; les champs, en cette saison morte, étaient déserts et la solitude semblait plus lourde encore de tout le silence qui régnait sur la nature entière. Les oiseaux ne chantaient pas encore. Rien n'annonçait, même de loin, l'approche du printemps.

A la Haute-Grange, au croisement des deux routes, il y a une auberge qui porte pour enseigne :

Au sapin toujours vert.

Sans réfléchir, sans trop savoir ce qu'il faisait, il entra, demanda qu'on lui servît n'importe quoi ; il prit une chaise et s'installa devant la porte, à la grande surprise de l'aubergiste, car le temps était très frais, piquant, et e ciel chargé de nuages ne laissait point passer un rayon de soleil.

Sous une tonnelle décharnée, où il y avait une table, il prit place, sans même regarder la bouteille de vin blanc qu'on lui servait.

Il attendit là, les coudes sur la table, la tête dans les mains.

Au bout d'une demi-heure, il releva le front tout à coup.

En face de lui, très loin encore, à peine visible, un passant se dessinait comme un point noir sur la route.

Si peu visible qu'il fût, Roland l'avait reconnu en tressaillant.

C'était le facteur Gérard qui rentrait à Clisson, venant de Basse-Grange.

Quelques minutes s'écoulèrent.

Le facteur passa devant le *Sapin toujours vert*.

— Hé! Gérard!

L'homme se retourna, mit la main à son képi.

— Tiens, monsieur le comte, c'est encore vous... Soit dit sans vous offenser, il paraît que c'est la journée des rencontres...

— Viens donc m'aider... J'ai commandé une bouteille de vin blanc et je ne viens pas à bout de la boire...

Gérard se mit à rire.

— C'est l'habitude qui vous manque, monsieur le comte...

— Alors montre-moi comment il faut s'y prendre.

Gérard consulta sa montre.

— Ça se peut, dit-il; je suis en avance d'un quart d'heure.

Il entra sous la tonnelle et s'assit sans cérémonie devant Roland.

— C'est bien de l'honneur, monsieur le comte, mais je sais que vous n'êtes pas fier... et une bouteille de blanc, c'est toujours bon à prendre.

Il remarqua tout à coup que Roland n'avait encore versé qu'un verre de la bouteille et qu'il n'y avait pas trempé les lèvres.

— Eh! eh! vous avez perdu courage tout de suite, monsieur le comte, à ce qu'il paraît, car elle est vierge, votre bouteille de blanc...

Le comte versa.

Gérard prit le verre, le souleva à la hauteur de l'œil, y fit scintiller la lumière et l'avala d'un coup.

— C'est de la récolte de 1891, dit-il ; ce n'est pas le meilleur.

Ils achevèrent la bouteille.

— Eh bien ! fit Roland en souriant, crois-tu qu'au *Sapin toujours vert* l'aubergiste ait dans sa cave un cru supérieur à celui-là ?...

— Sûr ! Demandez-lui de son 85... Et je le connais son 85 ; on ne m'y trompe pas, moi, voyez-vous...

La bouteille fut apportée. Ils trinquèrent.

Ce fut Gérard qui avala la bouteille, sans s'en apercevoir.

Sa langue se déliait ; il racontait des histoires de son temps de soldat. Il est à remarquer que, pour la plus grande généralité de nos paysans français, il n'y a pas de jours plus douloureux que ceux du service militaire, tant que dure ce service et que n'a pas sonné l'heure de la classe ; mais, le service militaire fini, il est à remarquer qu'il n'y a pas de jours meilleurs et qu'on ait passés plus gaiement !

Roland, le voyant en gaieté, commanda une troisième bouteille.

— Du même, n'est-ce pas, Gérard?

— Du même, monsieur le comte... Et c'est bien de l'honneur pour moi de vous avoir rencontré à Basse-Grange...

Il s'animait singulièrement.

Il adorait le bon vin, mais il n'avait pas l'habitude d'en boire, surtout aussi copieusement. Il ne tarissait plus sur son capitaine, « qui était un brave homme ; et aussi le lieutenant, bon garçon quoique pète-sec; mais il y avait une rosse de sergent... »

Il avait déposé son sac de cuir sur la table, entre Roland et lui, et Roland ne pouvait en détacher son regard.

Cela était si simple de plonger la main là-dedans et d'en retirer la lettre de Soubise... Qu'est-ce qu'il fallait pour cela? Une distraction du garde; malheureusement, la distraction n'arrivait pas.

Gérard consulta sa montre.

— J'ai encore cinq minutes à baguenauder, dit-il.

Puis d'un air aimable, mais la langue un peu pâteuse:

— Et vous, monsieur le comte, est-ce que vous entrerez dans les Écoles, ou bien ferez-vous votre service comme tout le monde?

— Je ne sais pas encore

— C'est vrai, vous êtes encore trop jeune... Tout de même, je suis bien sûr que ce sera dans la cavalerie... les nobles, ils choisissent la cavalerie, toujours...

Roland ne répondit rien.

Il avait, en ce moment, une attitude bizarre, comme craintive...

Il venait de retirer de sa poche un petit flacon qu'il cachait dans le creux de sa main droite, sous la table, pendant qu'avec sa main gauche il essayait de le déboucher sans faire de bruit ni attirer l'attention.

En se dirigeant vers Millepertuis, Roland avait songé à tout ce qui pouvait survenir et établi son plan.

Il s'était muni, à tout hasard, d'un flacon d'opium: il lui fut facile de s'en procurer; il s'en trouvait dans sa chambre, et on y avait recours parfois, dans ses crises nerveuses, pour le calmer et lui procurer un peu de repos.

Le difficile était de s'en servir, en le jetant dans le dernier verre de vin que le facteur venait de se verser.

Auparavant, Roland fit une autre tentative.

Tout à coup, il se frappa le front, comme au souvenir de quelque chose qu'il allait oublier...

Et le facteur, en riant :

— Tiens, qu'est-ce que vous avez à vous battre monsieur le comte?

— Figure-toi, j'allais oublier...

— Quoi donc?

— Un service à te demander...

— Tout dévoué, monsieur le comte, tout dévoué...

La voix de Roland tremblait. Sa gorge était sèche, il but un peu de vin.

— Oh! un service très simple, Gérard...

Il hésitait à formuler sa demande.

Et le facteur un peu surpris, les coudes sur la table :

— Tant pis, si c'est trop facile, monsieur le comte, fit-il poliment. Mais on dirait que vous n'osez... De quoi s'agit-il donc?

— Voici!... Tout à l'heure, j'ai rencontré Soubise...

— Le garde de Millepertuis?

— Oui. Il venait de mettre une lettre à la boîte... et elle n'était pas plus tôt tombée qu'il se repentait de l'y avoir mise... parce qu'il avait oublié des renseignements importants, et que cet oubli va l'obliger à écrire une seconde lettre.

— Ça n'est pas une affaire.

— C'en est une pour les gens qui n'écrivent pas souvent... et Soubise m'a prié de te redemander sa lettre... Ce ne sera que vingt-quatre heures de retard... Tu vois que le service n'est pas bien grand...

— En effet!

Et Gérard, indécis, tortillait sa moustache.

— Alors, Gérard, dit le comte en raffermissant sa voix, je suppose qu'il n'y a pas d'inconvénient...

— Pas du tout, monsieur le comte, pas du tout.

Tout en disant cela, Gérard n'avançait pas la main
vers son sac.

Et l'on entendait craquer nerveusement ses doigts le
long des poils drus de sa moustache blonde.

Roland attendit silencieux, le cœur battant à rompre
sa poitrine.

Gérard toussa, prit son verre pour le boire.

Il le reposa sans y avoir touché.

Il détourna les yeux, gêné...

Un moment, Roland eut envie de verser le contenu
de son flacon.

Il n'en eut pas le temps.

Gérard le regardait, timide :

— Tout de même, à vous dire vrai, pourquoi n'est-
ce pas Soubise qui est venu me demander cette chose-
là ?... Ça me paraît un peu drôle que ce soit vous qui
vous chargiez de ses commissions.

— Soubise n'est pas libre de son temps. Mon frère
l'attendait à Villefort avant neuf heures.

— Possible, possible...

— N'aurais-tu point confiance en moi, Gérard ?

— Si fait, monsieur le comte, si fait... Mais ce que
j'en dis, c'est pour la régularité de la chose... Alors,
vous dites que cette lettre, de la main de Soubise, est
adressée ?...

Gérard attira auprès de lui son sac et l'ouvrit.

Roland respira. Il croyait la cause gagnée.

— Elle est adressée à « Monsieur le Procureur de
la République, à Nantes ».

Gérard cessa de chercher parmi les paquets de lettres
et de journaux.

— Au Procureur, ah ! diable...

— Quelle crainte as-tu, Gérard ?

— Aucune, sûrement, aucune...

— Alors, la lettre ?

Roland commençait à s'impatienter.

Il allait commettre quelque imprudence, perdre son sang-froid.

Posément, tranquillement, Gérard refermait son sac.

— Il y a tout de même quelque chose qui me tarabuste...

— Quoi donc?

— C'est que ce soit vous qui me réclamiez cette lettre et non pas Soubise lui-même...

— Puisque je t'ai dit...

— Je sais bien, je sais bien... Pourtant, cette lettre-là, vous ne la connaissez pas et elle ne vous appartient pas... Donc, ce n'est pas à un autre qu'à Soubise qu'il faut que je la restitue...

Roland se mit à rire.

— Gérard, il me semble que tu pousses bien loin la délicatesse, car il arrive tous les jours que tu remettes à des enfants ou à des domestiques des lettres destinées à leurs parents ou à leurs maîtres, ou même que tu glisses ces lettres sous la porte, ce qui est plus grave.

— Je sais bien, je sais bien, répétait le facteur en se grattant la tête.

— Dès lors, ce serait me faire injure que de ne pas vouloir me confier une lettre que réclame mon garde...

— Je sais bien, je sais bien... Mais il faut qu'il y ait quelque chose d'important pour que vous insistiez à ce point...

— De très important, je ne le nie pas.

— Alors, du moment que c'est très important, j'aimerais mieux que ce fût Soubise lui-même...

— Tu refuses, Gérard?...

Et Roland avait la gorge sèche.

— Je refuse, sans vous refuser, monsieur le comte, dit le paysan...

Entendant du bruit sur la route, Gérard se retourna.

— Ma foi, ça tombe bien, dit-il, voilà justement Soubise.

Aussitôt, et d'un geste brusque, Roland avait versé le contenu de son flacon dans le verre du facteur. Celui-ci reprit sa place. Il ne s'était aperçu de rien. Il prit son verre, l'avala d'un trait, puis fit la grimace et cracha :

— Tiens, qu'est-ce qu'il y avait donc dans mon verre ?

Il l'éleva à la lumière, comme il l'avait fait tout à l'heure.

Puis il le replaça sur la table, sans défiance, et placidement il dit :

— La bouteille avait un peu de dépôt., ça arrive...

Soubise entrait dans l'auberge. Le front jaune, les traits creusés, les yeux fiévreux, il était méconnaissable.

Il passa près de Roland et de Gérard sans les remarquer, et il alla s'installer dans l'intérieur de l'auberge.

Là, il cria d'une voix rauque :

— De l'eau de vie !

On lui apporta une bouteille et un verre.

Le facteur se levait pour partir.

— Il est neuf heures, dit-il, faut que je m'en aille... Monsieur le comte, faut-il que je parle de la chose à Soubise?...

— Non, je vais lui en dire deux mots.

Roland apparut devant le garde.

Celui-ci avait les yeux fermés, semblait dormir.

— Soubise! dit Roland à voix basse.

Le garde ouvrit les yeux et ne manifesta aucune surprise.

Il était hébété, ivre déjà.

— Qu'est-ce que vous voulez, monsieur le comte ?...

— Vous avez écrit au Parquet de Nantes ?...

— Oui, c'est chose faite.

— Et le facteur a votre lettre...

— C'est juste, puisque je l'ai mise moi-même à Basse-Grange.

— Il me faut cette lettre, Soubise, car ce que vous avez fait en l'écrivant contre vos maîtres, c'est une lâcheté.

— Oui, peut-être... une lâcheté... mais par vengeance... et la vengeance fait excuser bien des choses...

— Quand elle est juste, Soubise.

— La mienne est juste...

— Non... Dans tous les cas, c'est de moi seul que votre lettre aurait dû parler... et en parlant de ma mère comme vous l'avez fait, vous avez commis plus qu'une lâcheté : une infamie.

Le garde resta longtemps sans répondre, et tout à coup, à voix basse :

— C'est vrai, je me le suis dit ce matin, et si je suis venu de ce côté, vers le « Sapin toujours vert », c'est parce que j'espérais rencontrer le facteur...

— Et lui demander votre lettre ?

— Oui, parce que j'ai des remords... j'ai des remords.

Il laissa retomber sa tête sur la table.

— Le facteur est ici, Soubise... sous la tonnelle.

Soubise regarda. Ses yeux, obscurcis par l'ivresse, ne distinguaient point. Il fallut que Roland l'amenât jusqu'à Gérard, debout, prêt à partir. L'honnête figure du paysan exprimait une anxiété bizarre. Il était très pâle, de la sueur mouillait son front, et la pupille était dilatée démesurément. Déjà l'opium faisait son effet.

— Eh bien, qu'est-ce que j'ai donc, moi ?

Il se mit à rire.

— Je ne peux plus boire un verre de vin blanc sans me trouver mal ?

Et voyant le garde qui s'approchait :

— Eh! père Soubise, déjà dans les vignes ?... Vous êtes matinal...

— Gérard, monsieur le comte vous a expliqué qu'il me fallait une lettre que vous avez trouvée à Basse-Grange et qui est dans votre sac.

— Une lettre au procureur de Nantes ?

— Juste.

Gérard passa la main sur son front ; il chancelait.

— Décidément, je suis paf, pensait-il.

Il jeta un regard de reproche... un regard soupçonneux à Roland.

Ce regard disait clairement :

— Vous m'avez grisé... Pourquoi ? dans quel intérêt?

Puis, son sac de cuir dans le dos, il dit résolument :

— Vous voulez cette lettre, tous les deux ?

— Oui,

— Eh bien ! vous ne l'aurez pas. Si vous la voulez, allez la demander au procureur de la République de Nantes.

— Gérard ! dit Roland, irrité.

— C'est tout ce que j'ai à vous dire... Au revoir !...

Le facteur se raffermit sur ses jambes et gagna la grand' route. On le vit qui s'éloignait d'un pas mal assuré.

Soubise, tout à coup, s'élança dans le fond de l'auberge.

Il reprit son fusil laissé dans un coin, dit au cabaretier :

— Je vous laisse votre eau-de-vie... je ne boirai plus...

En passant devant le jeune homme, il porta la main à sa cape.

Son visage était rude, les sourcils étaient froncés, les yeux sombres.

— C'est vrai... monsieur Roland... que vous soyez coupable ou non, ce que je viens de faire, c'est une lâcheté et une infamie... Adieu...

— Soubise, où vas-tu ? dit Roland effrayé...

— Ne vous inquiétez pas de moi !

Le garde paraissait dans un tel état de surexcitation que Roland hésita à le suivre... Mais la lettre ! la lettre qui s'éloignait là-bas, avec le facteur...

Et cette lettre, il la lui fallait !

Il paya le vin blanc consommé.

Déjà Soubise, d'un pas solide et allongé qui démontrait que toute ivresse en lui s'était évanouie, avait gagné le tournant de la route.

Alors, Roland, en sens inverse, se mit à suivre le facteur.

Le pauvre Gérard s'arrêtait presque à chaque pas.

Lorsqu'il rencontrait un arbre le long de la route, il allait s'y appuyer, la tête basse, faisant des efforts inouïs pour rester debout, luttant contre une invincible envie de dormir...

Un voile s'étendait devant ses yeux.

Roland aurait pu sans danger passer devant lui : Gérard aurait vu flotter une ombre et il ne l'eût point reconnue.

A la fin, il s'affaissa, près d'un petit bois.

Et il ne bougea plus.

Roland s'assura qu'au loin, dans la campagne et sur la route, personne ne pouvait le surprendre.

Dans ses bras robustes, il enleva le paysan, le porta sous bois.

Puis, ouvrant le sac de cuir, il chercha la lettre.

Il la trouva tout de suite.

Il la glissa dans sa poche avec un tremblement de joie.

Et il prit sa course, fuyant au plus vite.

Une heure après, le paysan remuait, se soulevait, écarquillant les yeux et regardant avec stupeur les branches sèches des arbres au-dessus desquelles un soleil pâle apparaissait.

Pourquoi était-il couché dans ce bois?

Le froid l'avait tout engourdi. Il eut de la peine à se lever. Son front était lourd, traversé d'une barre de fer.

— Ah ça! qu'est-ce que j'ai eu?...

Le souvenir revint : la rencontre de Roland de Villefort, le « Sapin toujours vert », le petit vin blanc qui tapait sur la tête...

— Bon, je me suis grisé... c'est singulier...

Il reprit le chemin de Clisson. Il allait être puni, car il arriverait avec une heure de retard. Mais la punition ne serait qu'une réprimande de la receveuse, car Gérard était un employé zélé et régulier, discipliné comme un soldat. Donc, peu de chose à craindre, et ce n'était pas la perspective de cette réprimande qui l'inquiétait si fort, le long de la route, le faisait s'arrêter et se frapper de grands coups de poing sur le crâne.

Il se disait :

— Alors, je ne puis plus boire une bouteille et demie sans être ivre, car je n'ai pas bu davantage, et j'ai la tête solide... et je le connais, ce vin-là... au fond, il n'est pas méchant pour un sou...

Il s'arrêta avec une idée subite :

Le dernier verre, tout de même, était bien mauvais...

Il réfléchissait.

— On n'aurait pas dit la même boisson... mais de la lie de vin... Et c'est tout de suite après que je me suis senti mal à mon aise... C'est clair, parbleu... Il a voulu me griser... à cause de sa lettre... et pour être plus sûr... il a fourré un narcotique dans mon verre... Oui, oui... voilà...

Tout à coup, il fouilla dans son sac.

— Si je me trompe, la lettre de Soubise est encore là...

Il ne la trouva plus.

— Ah! le gueux, il me l'a volée... Je ne me trompais pas... Il m'a endormi pour la prendre... C'était donc bien grave, ce qu'elle contenait...?

Il approchait de Clisson. Il restait indécis.

Ferait-il connaître la vérité? Il avait entendu, comme tout le monde, depuis quelque temps, les divagations de Soubise, ses allusions au meurtre de Girodias, ses prétentions à renseigner la Justice.

Pour lui, par conséquent, point de doute :

La lettre du garde contenait une dénonciation. Roland l'avait deviné. C'est pour cela qu'il avait volé cette lettre. S'il avait intérêt à ce que cette dénonciation n'arrivât jamais jusqu'au Parquet de Nantes, c'est qu'il s'agissait toujours de la famille de Villefort... et du meurtre de Girodias...

Gérard parlerait-il? se tairait-il?

Malgré sa rancune contre Roland, il prit le parti de tous les timides...

Il se tut.

XIX

DE NOUVEAU, LE MYSTÈRE S'OBSCURCIT

Dans la soirée du même jour, Colette vint à Mille-pertuis et trouva Michelle mourant de faim, se plai-gnant et sanglotant.

Elle l'emmena à Villefort, la fit manger, bourra son panier de provisions et la ramena aussitôt, malgré la nuit, à la maison forestière.

Ce n'était pas la première fois que pareille aventure arrivait. Dans ses ivresses, Soubise oubliait souvent la pauvre folle.

D'autre part, l'absence du garde n'inquiéta pas au-trement Colette.

Souvent aussi Soubise ne rentrait que dans le milieu de la nuit.

Mais ce soir-là, lorsqu'elle voulut quitter Michelle, celle-ci s'attacha désespérément à la jeune fille, comme si elle avait pressenti quelque malheur, avec des cris déchirants.

Force lui fut bien de rester.

Elle n'était pas peureuse, on l'a vu. A Villefort, elle avait prévenu le marquis de son absence. On ne s'inquiéterait pas. Elle aida la folle à se déshabiller et la mit au lit. Tout de suite consolée et tout de suite rieuse, l'enfant s'endormit sans lâcher les mains de Colette.

Quand le sommeil fut calme, celle-ci put enfin s'esquiver ; mais elle aussi avait de sinistres pressentiments, et le lendemain au petit jour elle frappait à Millepertuis.

La porte était ouverte. Comme on ne répondait pas, elle entra.

Rien n'était changé depuis la veille ; Soubise n'avait point reparu.

Quant à Michelle, son sommeil n'avait pas été troublé. Colette ne la réveilla point.

Quand la folle ouvrit les yeux, elle aperçut son amie.

Elle lui sourit, ainsi qu'elle faisait toujours.

Mais la même scène de cris, de gémissements, de désespoir, se reproduisit au moment où Colette voulut regagner Villefort.

Colette ne pouvait rester là davantage ; elle l'emmena. La folle, alors, se mit à sauter et à rire, en battant des mains. Et elle ne cessa pas de témoigner sa joie, jusqu'à ce qu'on atteignît le parc de Villefort.

Là, dans l'avenue, Colette aperçut tout à coup, au lointain, un groupe de paysans qui se dirigeaient de son côté.

Ils marchaient lentement, à pas comptés, ayant l'air de faire partie d'un cortège. Vu la distance, Colette ne distinguait pas très bien.

Après quelques instants, il lui parut que quatre de ces paysans portaient un fardeau.

Et quelques pas plus loin, se rapprochant, elle crut

distinguer, en frémissant, que ce fardeau était un homme.

Blessé ou mort ?

A cette distance, il était impossible de le savoir.

Michelle avait vu le cortège également, mais cela n'excitait ni sa surprise ni sa sensibilité; elle dansait, riait, chantait.

Colette s'était arrêtée, avait pris Michelle par la main convulsivement.

C'est qu'au fur et à mesure qu'approchaient les paysans, elle croyait reconnaître le grand corps maigre ainsi porté... elle croyait voir que la tête était coiffée d'une cape de chasse... que le veston de velours portait le liséré d'uniforme des gardes de Villefort...

Elle croyait voir enfin que cet homme, c'était Soubise.

Puis, une réflexion rapide...

En même temps, une expression de dégoût, un haut-le-cœur...

— Il est ivre-mort, le malheureux !

Le cortège n'était plus qu'à une centaine de mètres. Alors, un homme s'en détacha, prit les devants, accourut vers les deux jeunes filles, qu'on venait seulement de reconnaître.

C'était le second garde, Malicamp.

— Mademoiselle, emmenez tout de suite cette pauvre fille...

— Quoi donc ? Que s'est-il passé ?

— Il ne faut pas qu'elle voie son père...

— Il est ivre ?

— Si ce n'était que cela !

— Blessé ?... Oui, il me semble que je vois son corps couvert de sang.

— Mort !

— Ah ! mon Dieu !...

— Je l'ai trouvé il y a deux heures, en faisant ma tournée... aux Carrières, pas très loin d'ici. Il était étendu sur le ventre, les bras pliés sous lui... au milieu d'une grande mare rouge... Il ne bougeait pas... J'ai essayé de le relever... Il était déjà raide mort depuis longtemps... Ça se voyait au sang autour de lui... Près de son corps, son fusil... J'ai regardé... les deux coups avaient été déchargés...

— Un accident ?

— Hum ! Je n'y crois pas... Les gardes ont trop l'habitude de manier leurs armes pour ne pas être prudents...

— Un suicide ?

— Hum ! Enfin, moi, je ne sais pas...

— Est-ce que vous croiriez ?... dit Colette avec épouvante.

— A un assassinat ? Dame ! le vieux depuis quelque temps était bizarre, et il avait l'air de connaître des choses qui n'étaient pas bonnes à dire et qu'il était dangereux de savoir...

Colette pâlit. L'allusion était évidente.

Elle entraîna Michelle par un sentier où toutes deux disparurent, et la folle ne tourna même pas une fois la tête vers le cortège qui portait lentement le cadavre du pauvre homme.

A Villefort, ce fut le duc qu'elle vit le premier.

Elle était si troublée, encore si épouvantée par ce spectacle, qu'elle défaillait presque.

— Ah ! monsieur de Villefort ! monsieur de Villefort !...

— Mademoiselle !

Et il s'élança, lui tendant les mains pour la soutenir.

Elle murmura, terrifiée :

— Soubise est mort !

— Dieu ! Voilà cette pauvre folle orpheline et sans soutien.

— Soubise vient d'être assassiné ! dit Colette...

Ce fut au tour d'Horace de se troubler et de pâlir...

— Assassiné !

Et sans plus un mot, sans demander d'autres détails il partit en courant vers la forêt.

Quelques instants après, le château tout entier apprenait la nouvelle.

Et Roland se disait :

— La Justice va intervenir ! Nous sommes perdus !...

Il ne se trompait pas.

Par les gendarmes, la nouvelle de la mort de Soubise fut bientôt répandue dans le village de Clisson, et Gérard sortait de la poste, où il venait de remettre comme tous les jours les lettres levées à la boîte de Basse-Grange, lorsqu'il apprit le drame de la forêt.

Il en devint tout tremblant, car les gens qui colportaient la nouvelle ajoutaient :

— Ce n'est pas d'aujourd'hui qu'il est mort, à ce que disent les gendarmes... La mort remonterait à vingt-quatre heures au moins...

— Vingt-quatre heures ! murmura Gérard en pensant à la scène de la veille.

Alors, le garde avait été tué au sortir du « Sapin toujours vert » ? Et il avait été tué après avoir jeté à la poste une lettre adressée au Parquet ! Y avait-il donc un lien quelconque entre cette lettre et cette mort ?... Et si la lettre contenait une dénonciation, celui qui avait à redouter cette dénonciation n'avait-il pas voulu la prévenir en volant la lettre et en assassinant le dénonciateur ?...

Gérard n'osait pas penser plus loin. Il ôta son képi

et, avec sa manche, du revers de son bras, il essuya son front couvert de sueur.

— Ah! bon Dieu de bon Dieu! dit-il... comment faire ?

Mais, avec sa nature simple et droite, il ne pouvait hésiter longtemps.

Il se fit remplacer pour la journée dans son service à la poste, prit le premier train pour Nantes et alla tout conter au procureur de la République. Le Parquet venait d'être averti de la mort de Soubise par la gendarmerie et les magistrats se disposaient à partir.

Toute la soirée se passa dans les détails de l'enquête.

Le Parquet avait amené avec lui un médecin pour examiner le corps de Soubise, que les paysans avaient reconduit à Millepertuis.

L'enquête n'apprit rien.

D'autre part, le médecin légiste conclut à un suicide.

— Il n'y a aucun doute possible... avait-il dit.

Aux deux détentes du fusil, une double corde avait été attachée qui passait ensuite derrière le tronc d'un arbre, de manière à pouvoir presser les détentes en tirant en arrière.

Soubise avait appuyé la crosse contre l'arbre, les canons contre sa poitrine, maintenus de la main gauche, et de la main droite il avait tiré sur la corde.

Les deux coups étaient partis en même temps à bout portant, le garde avait été traversé de part en part, et en sondant l'horrible plaie le médecin avait trouvé les débris de la bourre avec des débris de la chemise de flanelle, du gilet et du veston de velours.

Restaient à connaître les causes de ce suicide. Restait à éclaircir le mystère de l'intervention de Roland dans la vie de Soubise au dernier jour, d'après les détails fournis par le facteur Gérard.

Le magistrat se présenta à Villefort pour interroger Roland.

Et quand il fut en présence du jeune garçon, arrivant tout de suite au fait et sans autre préambule :

— Monsieur de Villefort, dit-il, d'une déposition très claire du facteur Gérard, il résulte que vous avez essayé de griser ce brave homme, puis de l'endormir... et que l'ayant endormi, vous avez dérobé dans son sac une lettre écrite par Soubise au procureur de la République de Nantes.

Roland avait eu le temps de se remettre et gardait son sang-froid.

Contre lui, aucune preuve, sinon l'affirmation de Gérard.

En dehors de Soubise, nul ne pouvait plus révéler le scandale de la maison de Villefort, et Soubise n'était plus.

Il nia.

— Monsieur, dit-il, j'ai en effet réclamé une lettre à Gérard, et Gérard n'a pas voulu consentir à me la restituer. Je n'ai pas insisté autrement, puisque cette lettre ne m'appartenait pas, n'émanait pas de moi et ne m'intéressait aucunement.

— Dès lors, pourquoi la réclamiez-vous ?

— Je l'ai réclamée sur la prière de Soubise, Gérard a dû vous le dire. Le garde lui-même, survenant tout à coup à l'auberge, la lui a redemandée, et Gérard a refusé de la lui remettre.

— Gérard prétend que vous avez dû verser dans son verre, sur la fin de votre rencontre, un soporifique...

Roland se mit à rire.

— Par profession, dit-il, le facteur transporte beaucoup de journaux, et Gérard doit en lire les feuilletons. Cela lui aura troublé un peu l'esprit. Comment aurais-je eu ainsi, à point nommé, un soporifique à administrer à ce brave garçon, et dans quel but, puisque, quelques minutes auparavant, je ne connaissais même pas l'existence de la lettre de Soubise?...

L'argument ne fut pas sans frapper le magistrat.

Roland s'en aperçut et ajouta :

— La vérité, il ne faut pas la chercher dans des inventions qui tiennent du roman ; elle est beaucoup plus simple : j'étais parti de grand matin de Villefort : j'aime la marche ; vers neuf heures, je suis entré au *Sapin toujours vert* pour me reposer un peu et, apercevant le facteur, je l'ai invité à s'asseoir à ma table... Le facteur est l'ami de tout le monde... Sa conversation m'intéressa... Gérard est gai... Il me raconta des anecdotes amusantes de sa vie de soldat... Il buvait sec et je fis venir plusieurs bouteilles auxquelles je ne touchai guère... C'était lui qui buvait... Quand il sortit de l'auberge, cela était visible, il était gris... Comme de l'auberge jusqu'à Clisson il n'y a pas bien loin, je ne m'inquiétai pas de lui, et c'est tout.

— Mais cette lettre disparue ?...

— De deux choses l'une : ou bien Gérard l'a perdue... puisque, paraît-il, en quittant l'auberge il s'est endormi dans un bois... et, en cherchant bien, on la retrouverait peut-être ; — ou bien, si Soubise avait réellement intérêt à rentrer en possession de cette lettre, qui vous dit que ce n'est pas le garde qui la lui aura reprise ?

L'objection était hardie.

Nul ne pouvait y répondre, puisque le garde était mort.

Le magistrat comprit qu'il se trouvait devant une situation sans issue. Il ne voulut pas pousser plus loin ses questions.

Il remercia, salua et prit congé.

Il fut accompagné, jusqu'au seuil du château, par Roland, et il crut surprendre au dernier moment, dans le regard du jeune homme, un sourire railleur.

En sortant de Villefort, le magistrat se rendit à Millepertuis.

Il voulait se livrer, chez le garde, à une perquisition.

Il eut beau chercher, il ne trouva rien.

Sur le bord de la cheminée seulement, une lettre récemment écrite, cela se voyait à l'encre et au papier.

Elle était adressée :

« *A Messieurs Pierre et Gaston Girodias.* »

Le magistrat la décacheta et la lut.

La lettre était de Soubise et ne contenait que quelques mots :

« En cas d'accident et s'il m'arrivait malheur, voici ma dernière volonté : Je désire que ma fille chérie Michelle soit confiée aux frères Girodias et non aux Villefort. Je suis sûr qu'ils ne refuseront pas cette suprême supplication d'un père ! »

Le magistrat resta longtemps pensif.

En écrivant cette lettre, Soubise prévoyait qu'il pouvait lui arriver malheur.

Pourquoi ?

Si le suicide n'avait pas été affirmé par le médecin légiste sans qu'il y eût place pour aucune incertitude, pour aucun doute, une pareille lettre eût presque pu passer pour la révélation d'un crime que Soubise redoutait sur lui-même.

Il n'y avait pas eu crime, affirmait le médecin.

Pourquoi, dès lors, le garde s'était-il suicidé ?

Le magistrat murmura :

— La Justice est loin d'apprendre tout ce qu'elle

veut et tout ce qu'il lui serait utile de savoir... Je crains fort que ce mystère ne soit jamais éclairci.

Il se rendit aux Grandes-Roches, où il remit aux deux frères la lettre du garde. Ils en prirent connaissance.

Peut-être, en d'autres circonstances, eussent-ils hésité à se charger d'un pareil fardeau, à assumer une telle responsabilité.

Mais ils eurent, à la même seconde, la même pensée.

Et cette pensée, ils se la communiquèrent par un regard, — un regard trouble, gêné, qui amena sur chacun de ces visages un peu de rougeur.

Et cette pensée :

Colette aimait Michelle d'une profonde affection... Partout où la pauvre folle se trouverait, Colette ne l'abandonnerait pas...

Les deux frères en étaient sûrs.

Michelle aux Grandes-Roches, c'était la présence répétée de la charmeuse dans la tristesse de la maison solitaire...

Et ce regard échangé disait :

— Elle viendra ! Elle viendra souvent ! Souvent nous la verrons !

Alors, ils répondirent au magistrat :

— Nous acceptons le legs de Soubise... Michelle sera notre sœur...

Mais d'où venaient le trouble et la gêne de leurs yeux... la rougeur de leur front ?

C'est que l'amour avait fait des ravages dans ces deux cœurs aux passions intenses.

C'est que, déjà, en dépit d'eux-mêmes, à leur insu, les deux frères ne s'aimaient plus comme autrefois.

XX

SUR LES GRANDS CHEMINS DE L'OCÉAN

De même qu'au moment de l'acquittement d'Horace, le pays vendéen n'avait pas voulu, malgré tout, croire à l'innocence du duc, de même on ne crut pas au suicide de Soubise.

Un mot circula, lancé par Boileau, dit Mal-Nommé, qui avait été le compagnon du garde, et ce mot forma l'opinion publique :

— Soubise en savait trop sur les Villefort ; il fallait qu'il mourût.

Au château, la vie devint plus triste encore.

Ces pauvres gens, jadis tant enviés, ne vivaient plus que d'eux-mêmes et sur eux-mêmes.

Le duc, à la fin, se montrait las, découragé de cette bataille sans issue contre la force d'inertie du pays tout entier.

Ce qui l'avait soutenu, dans les premières semaines, ç'avait été la haine des frères Girodias et leurs menaces.

Cela, du moins, c'était la lutte. Mais la sourde et méprisante rancune des paysans, combien elle était dure à supporter !

Depuis la course à la mort dans les marais de Grand-lieu, les frères Girodias n'avaient pas donné signe de vie, comme si, superstitieux, ils avaient été un peu effrayés de revoir le duc, qu'ils croyaient mort dans l'immonde boue, ou comme s'ils avaient été trop profondément troublés, cette nuit-là, par le terrible spectacle...

Mais avaient-ils abandonné leur projet ?

Ils l'avaient condamné à mort...

Renonçaient-ils à venger le père Girodias ?

Le duc ne sortait plus.

A quoi bon courir au-devant d'outrages qui partaient de si bas contre lui qu'il ne pouvait même pas les atteindre et les punir ?...

Avec le marquis de Vivarez, ils avaient causé de la situation bien souvent, tournant et retournant dans le même cercle.

Le calme ne reviendrait, l'honneur ne serait rendu qu'après la découverte du coupable et la vérité connue sur le meurtre de Girodias.

Et depuis le retour d'Horace, il semblait que le hasard s'acharnât à épaissir ces ténèbres, à les rendre insondables.

Que de fois le marquis avait dit à son neveu, qu'il voyait pâle, soucieux, la bouche contractée, les larmes prêtes à jaillir :

— Voyons, mon enfant, résumons !

Et ils cherchaient ensemble, scrutant à la loupe les plus infimes détails de l'affaire.

Entre la dernière visite de la duchesse à Girodias et l'arrivée d'Horace devant le cadavre du paysan, il s'était écoulé peu de temps, une heure, deux heures au plus. C'était pendant cet intervalle que le meurtre avait été commis. Mais ce meurtre, quel en avait été le mobile? Intérêt ou vengeance? On avait cru à la vengeance et à l'intérêt tout ensemble lorsqu'on avait accusé le duc. Les deux mobiles existaient toujours, mais il fallait chercher ailleurs celui qui avait frappé. Ils s'y perdaient. Ils se sentaient devenir fous à creuser sans cesse la même idée sans trouver la solution du problème.

C'est probablement vers six heures du soir qu'on l'a tué, répétait le marquis pour la centième fois peut-être... Edith venait de le quitter. Elle venait de lui verser plus de quatre cent mille francs pour le rachat de cette preuve de honte dont elle nous a parlé, sans vouloir nous expliquer ce dont il s'agissait, par un scrupule que je comprends, puisque son mari était en cause... Vous étiez perdus, perdus irrémédiablement, puisque, cette somme versée, vous n'en restiez pas moins les débiteurs de Girodias, qui possédait contre toi de formidables créances, — toutes ces sottises de ta jeunesse...

— Mon oncle!

— Je ne te reproche rien; j'aurais tort, car tu as expié cela durement... Je poursuis mon raisonnement. L'honneur de ton père une fois sauvé, il fallait, le lendemain, trouver pareille somme pour éviter d'être chassés de Villefort comme un fermier qui n'a pas payé son terme... Et tout à coup nous apprenons ce meurtre... Tout à coup nous apprenons que le coffre-fort de Girodias était vide, alors qu'il aurait dû contenir au moins les quatre cent vingt mille francs apportés par ta mère... Cette somme avait disparu, une heure, deux heures après qu'elle eut été versée... Et détail plus singulier encore... détail qui me bouleverse et mystère affolant, on découvre dans les cendres du foyer les débris noircis des créances... tous les papiers desquels dépendait notre ruine et dont pas un seul ne subsistait...

— Oui, c'est incompréhensible... murmura le duc...

— Qui a tué? Qui a volé ces quatre cent vingt mille francs? Qui a brûlé ces créances? Est-ce encore un ennemi du nom que tu portes et qui, en accomplissant son crime, s'est dit : « Je vole... Si je détruis ces papiers, ce n'est pas moi que l'on accusera... c'est celui-là même que ces papiers intéressent et menacent... C'est Villefort! »

— Etrange! oui, bien étrange!

— Et cet ennemi... cet inconnu... ce misérable, qui est-il? où se cache-t-il?

— Nous ne le saurons jamais!

— Et moi je te dis que nous le saurons... dit le marquis avec une sourde rage. S'il fallait y renoncer, vois-tu, et si un pareil soupçon devait peser éternellement sur le nom que tu portes, ce serait à douter de tout et de Dieu lui-même...

— Ah! mon oncle, nous sommes si accablés, si injustement malheureux que je ne crois plus à rien... je ne crois plus en Dieu.

Et Horace, la tête dans les mains, les yeux voilés, sembla s'absorber dans une pensée unique, décevante, où sombrait sa force d'homme.

— Ecoute, Horace, l'heure est venue de prendre une résolution grave et je fais appel à toute ton énergie... Il t'en faudra... Et je te supplie de ne point te révolter contre ce que je vais te dire...

Le duc releva les yeux...

— Parlez, mon oncle, dit-il d'une voix faible...

— Il faut partir...

— Partir...

— Oui, quitter Villefort, quitter ce pays, quitter la France même, au besoin.

— Ce serait une faiblesse, presque une lâcheté.

— Non... A quoi sert ta présence auprès de nous, sinon à augmenter pour toi comme pour nous la somme de souffrances ?... Tu ne peux rien pour sortir de la situation où nous nous débattons, où nous finirions par mourir... Tu ne peux rien et nous ne pourrons rien tant que tu seras ici, en ce château, où le coupable, s'il est près de nous, doit surveiller tous tes gestes, tous tes projets, toutes tes pensées, afin de les déjouer... Il faut partir, mon enfant, je te le répète, quelle que soit ta répugnance... Tant que tu seras présent, le coupable sera toujours sur ses gardes... Si, au contraire, tu sembles te décourager et abandonner la lutte, celui que nous cherchons et dont tu expies le forfait se croira en sûreté... il commettra des imprudences... des témérités peut-être... Nous serons là, nous autres, veillant sans cesse, et nous en profiterons...

Le duc n'était pas convaincu.

— Je ne veux pas t'imposer ma volonté, mon enfant. Pourtant, je te prie de réfléchir et de considérer surtout les raisons qui me font te donner ce conseil... Elles sont graves... Je les ai longuement pesées... Je suis sûr que tu t'y rendras, et de tout mon cœur, je le souhaite.

Horace serra chaleureusement les mains du marquis.

— Je sais que tout ce que vous me dites est inspiré par votre profonde affection, et je vous remercie...

— Ne t'en tiens pas seulement à tes réflexions personnelles... Consulte autour de toi... Écoute ta mère... Il est même une autre personne, d'esprit sérieux, que

je me suis mis à aimer dès son apparition en ce château et à laquelle je te permets de demander conseil
également... si tu ne crains pas de...

Le duc ne le laissa pas achever et lui dit vivement :

— Mademoiselle Nathalier ?

— Oui... Quelle que soit la condition d'infériorité où
elle se trouve parmi nous, je pense que tu peux le faire
sans oublier ton rang et le sien.

Son rang !... L'infériorité de Colette !... Le duc n'y
songeait guère. Le seul nom de l'institutrice l'avait
troublé... Il se défendait, certes, encore, contre la douce
attraction exercée sur lui par la charmeuse; mais
comme il se défendait mal ! On eût dit qu'il éprouvait
même, à se défendre ainsi, une volupté mystérieuse et
forte, parce qu'il prévoyait sans doute qu'il succom-
·erait un jour inévitablement...

Le marquis poursuivait, comme s'il avait eu besoin
expliquer et de faire excuser l'intervention de la jeune
fille en une affaire aussi grave intéressant l'honneur de·
cette famille :

— Mademoiselle Nathalier vit trop dans notre intimité pour ne point partager nos espérances ou nos
chagrins... C'est un esprit ferme et droit... et sa douceur n'exclut pas son énergie... Je ne l'ai pas entrete-
nue de ce départ... L'idée lui en sera toute nouvelle
puisqu'elle n'y sera point préparée.

Et résumant :

— Je t'ai tout dit. Ce ne sera pas sans un très vif
chagrin que je te verrai partir... Tu le sais...

— Mon bon oncle...

— Mais je crois qu'il faut que tu disparaisses. Je suis
depuis quelques jours plus solide sur mes jambes, et
je serais presque en état de t'accompagner... Cependant, je ne le veux pas... Non, je ne le veux pas, dit-il.

avec une sorte de colère, parce que, vois-tu, il faut qu'il reste un homme dans le château, et quelque chose me dit que la vérité que nous cherchons je finirai bien par la découvrir...

Le duc quitta le marquis tout soucieux.

Et le soir même où il avait eu cette conversation avec son oncle, en repassant dans son esprit tout ce qu'ils avaient dit, toutes les causes qui plaidaient pour ou contre son départ, peu à peu s'affaiblissaient, s'évanouissaient en lui les raisons qu'il avait données à son oncle. Il ne restait plus rien de tout cela, si ce n'est une pensée, une pensée unique, celle de Colette... Cette pensée envahissait son cœur, en chassait toutes les autres, et s'y installait victorieusement.

Et il se répétait tout haut, en se mettant au lit :

— Quitter Villefort, c'est bien ; mais quitter Colette, est-ce possible ?

La duchesse reconnaissait, le lendemain, avec son frère, que le départ d'Horace ne pouvait que lui être utile ; mais lorsqu'il en fut parlé à Roland, le jeune garçon éclata en sanglots nerveux et l'on craignit une de ces crises de nerfs si terribles auxquelles il était sujet depuis le mois de septembre.

Il adorait le duc, et il se roulait par terre en criant :

— Je ne veux pas que tu partes... ou j'irai avec toi !...

Horace eut beaucoup de peine à le persuader.

— Il faut que tu restes auprès de notre mère... Ce serait trop triste pour elle d'être privée de ses deux enfants !...

— Ma mère ! dit-il.

Et il eut un sourire navrant.

Elle était fanée en lui, cette fleur d'amour qui grandit délicieusement au cœur des enfants pour la mère... Il n'avait plus de foi... et il souffrait...

Dans l'après-midi, le duc se trouva seul avec Colette.

La jeune fille fuyait autant qu'elle le pouvait ces tête-à-tête.

Depuis leur dernière rencontre, dans les ruines, ils n'avaient échangé que de rares paroles, et sur le visage impénétrable de Colette le duc avait cherché vainement à surprendre le secret de ce cœur de vierge.

En se voyant seule avec lui, elle voulut partir, ainsi qu'elle le faisait toujours, et se dirigea vers la porte.

Il y fut avant elle et, doucement, une timidité dans la voix :

— Ne vous éloignez pas, je vous en prie, mademoiselle...

Les yeux de la charmeuse, un peu craintifs, l'interrogèrent.

Et le duc ajouta :

— J'ai à vous parler... j'ai à vous demander conseil...

— Un conseil, à moi, monsieur ?

— Oui, et n'en soyez pas trop étonnée, puisque c'est mon oncle qui m'a engagé à m'adresser à vous et à solliciter de vous votre avis dans le parti qui me reste à prendre...

Colette fut tout de suite rassurée.

Elle savait en quelle estime elle était auprès du marquis, quelle affection le vieillard lui avait vouée...

Puisque c'était sur le conseil du marquis qu'Horace venait lui parler, la jeune fille n'avait donc rien à craindre.

— J'ai bien peu d'expérience, monsieur, et mon avis sera de peu de portée...

— Le marquis et moi nous pensons autrement, mademoiselle, et nous pensons aussi que la fermeté de votre esprit et la rectitude de votre jugement remplacent l'expérience de la vie qui vous manque.

Elle rougit légèrement.

— Parlez donc, monsieur... Dieu veuille que vous ne vous trompiez pas sur mon compte... et que mon conseil vous soit utile...

Le duc lui raconta d'abord sa conversation avec le marquis, disant toutes les raisons invoquées par M. de Vivarez.

Puis il ajouta :

— Tout ce que me disait mon oncle, mademoiselle, n'avait qu'un but, et c'était autant de précautions oratoires pour en arriver à me convaincre qu'une grave résolution me restait à prendre...

Et tristement :

— Le marquis est persuadé que je ne puis demeurer plus longtemps dans ce pays, devant la haine de tous, et que mon départ est indispensable, si nous voulons arriver à connaître la vérité.

Elle avait pâli.

— Je viens donc vous demander, mademoiselle, si vous estimez, vous aussi, que je doive partir... Je me rangerai à votre avis... Je quitterai la France et nul ne saura — hors ceux qui m'aiment — où je me serai réfugié...

Il dit plus bas, avec un tremblement :

— Où je me serai réfugié, peut-être pour toujours.

Elle ne répondait pas.

Un trouble profond l'empêchait de parler. Tout à coup un voile s'était étendu sur ses yeux. Elle était assise, heureusement, sans quoi, elle fût tombée. Elle baissa la tête, comme dans un geste de réflexion et d'incertitude. En réalité, elle avait une faiblesse, et pendant quelques secondes elle perdit la notion de toutes choses. Quand elle revint à elle, que le nuage s'effaça de ses yeux, qu'un peu de chaleur revint à son

front, un peu de vie à son cœur, le duc était toujours
là, auprès d'elle, devinant presque que la nouvelle de
ce départ avait éclaté aux oreilles de la jeune fille comme
un coup de foudre.

Et c'était vrai. Elle en était anéantie.

— Partir ! pensait-elle, il va partir ! Et jamais plus
peut-être je ne le reverrai !

Un peu de bruit se fit au fond du salon dans
l'ombre.

C'était le marquis de Vivarez qui entrait.

En voyant Horace et la jeune fille, il comprit le sujet
de leur entretien et voulut se retirer.

Sur un geste du duc, il resta.

Eperdue, encore sous le coup de son émotion, Colette
ne s'était pas aperçue de la présence du vieillard.

Ah ! si elle avait écouté son amour, le secret désir de
son cœur, comme elle lui aurait crié, au jeune homme :

— Restez ! ne vous éloignez pas ! Que voulez-vous
que je devienne sans vous, et ne voyez-vous pas que je
vous aime ?

Et lui semblait guetter cette parole sur ses lèvres...

Haletant, le cœur battant bien fort, il se penchait
vers Colette, en la suppliant de son regard, comme
pour l'obliger à se trahir.

Il aurait voulu savoir, avant de partir, s'il laissait
derrière lui du moins cette âme toute pleine de son
image...

Etait-il aimé ?

Elle se remettait, lentement, de son trouble.

Mais elle se taisait toujours.

Vraiment, elle ne pouvait prendre sur elle de con-
seiller ce départ... C'était plus fort que sa volonté..
Elle aurait voulu... Les paroles restaient dans sa
gorge... Et ce qui ajoutait encore à son trouble, c'est

qu'elle le voyait, maintenant, tout surpris du silence qu'elle gardait.

Il dit :

— Dois-je comprendre, à votre silence, que vous n'osez m'avouer que vous ne partagez point l'avis de M. de Vivarez et que vous ne me conseillez pas ce départ ?

Enfin elle put parler.

— Puisque vous me faites l'honneur de me consulter sur une aussi grave question, monsieur, dit-elle, je vous dois une entière franchise. Je crois... comme M. de Vivarez... que votre départ serait plus utile à votre cause que votre séjour au château... Il s'ensuivrait un apaisement dans l'opinion publique... injustement surexcitée contre vous... mais vos amis veilleraient pendant votre absence... Pas un instant ils ne perdraient de vue leur devoir, qui est de faire éclater la vérité aux yeux de tous... Et ils y parviendraient, j'en suis certaine.

Il soupira.

Il eût préféré qu'elle le déconseillât et qu'elle lui criât :

— Non, non, ne partez pas ; à quoi bon ?

Et il demanda :

— Ainsi, je dois m'éloigner, il le faut ?

Elle baissa la tête et répondit faiblement :

— Oui, il le faut... je crois que cela vaudra mieux ainsi...

— Je partirai donc, mademoiselle... Du moins, je veux que vous sachiez ceci : mon oncle a la plus grande confiance en vous, en votre caractère. S'il m'a prié de vous consulter sans connaître votre avis, c'est parce qu'il était prêt à partager cet avis dans le cas même où votre opinion eût été contraire à la sienne. Il est donc certain, mademoiselle, que si vous me disiez de ne point quitter Villefort, mon oncle n'insisterait pas... Réfléchissez... Mon départ tient à une parole de vous... Dois-je partir?

Elle murmura, le cœur torturé :

— Partez !

— C'est bien...

Il la salua très bas, et sortit.

Colette était sur sa chaise, comme privée de sentiment.

Elle sentit tout à coup qu'on lui prenait les mains, et, en relevant les yeux, elle vit le marquis de Vivarez qui la regardait avec une tristesse toute pleine de bonté.

— J'ai compris, dit-il. .

Elle éclata en sanglots... tomba à genoux devant le vieillard.

— Pardon! pardon!... Il ne le saura jamais... jamais...

— Vous me le jurez?

— Je le jure.

— Bien... j'ai foi en vous... dit-il doucement... Cet amour va vous faire souffrir puisqu'il est sans espoir.. Si Horace avait refusé de quitter le château, je vous aurais dit, ma pauvre enfant, que c'était à vous de partir !... Puisqu'il part... je vous dis au contraire : Restez !...

Il la releva, l'embrassa, et tout à coup devenant très grave :

— Jamais il ne le saura? Vous me le jurez encore?...

— Jamais !

Horace fit tout de suite ses préparatifs de départ, mais le plus grand secret fut gardé; et s'il ne fut pas possible de cacher que le duc se disposait à quitter Villefort, on put croire toutefois que ce ne serait qu'un voyage de quelques jours. Horace n'emportait, en effet, que les objets indispensables. Il compléterait sa malle au Havre, où il avait l'intention de s'embarquer.

Il aurait donc pu partir dès le lendemain même du jour où il s'était entretenu avec Colette.

Rien ne l'en eût empêché.

Il trouva cependant des raisons pour retarder son départ.

Il se sentait envahi par une tristesse profonde et il lui semblait que s'il revoyait Colette une dernière fois, s'il pouvait lui parler encore, cette tristesse s'évanouirait pour faire place à la joie la plus pure, à la divine espérance d'avoir été compris et d'être aimé.

Il guetta vainement, pendant deux ou trois jours, ces occasions de se rapprocher de la jeune fille.

On eût dit qu'elle devinait ses intentions...

Constamment, de la façon la plus simple du monde, sans même qu'il y parût, elle lui échappait.

Horace ne se décourageait pas, sa fièvre d'amour en augmentait.

— Je lui parlerai... je lui demanderai si elle m'aime...

Mais, comment? Sans cesse, dans les moments où il comptait la surprendre seule, il la voyait se réfugier tout à coup auprès du marquis de Vivarez, et là, comme dans un fort inexpugnable, elle attendait...

Le duc fixa un jour pour son départ.

Ce jour arrivant sans qu'il eût revu Colette, il remit le départ au lendemain.

Elle vivait enfermée, ne sortant plus qu'aux heures des leçons.

Elle comprenait bien les efforts du duc et elle était trop fine pour ne point deviner où tendaient ces efforts; mais à quoi bon lui donner cette occasion qu'il cherchait si obstinément? Certes, elle ne doutait pas d'elle-même... Elle avait juré que le duc ne connaîtrait pas

son amour... C'était fini... Jamais le duc n'en recevrait
l'aveu. Ce n'était donc pas sa propre faiblesse qu'elle
redoutait... Ce qu'elle redoutait, avec raison, c'était
une nouvelle torture de son cœur... et ce masque de
froideur et de mensonge qu'il eût fallu prendre, pour
éloigner le jeune homme, au lieu de répondre à l'élan
de ces bras qui se tendaient vers elle...

Ce fut la duchesse de Villefort qui, sans le savoir,
fournit à son fils l'occasion tant désirée.

Elle avait pris Colette avec elle le matin, en certaines
courses de charité, et l'avait renvoyée seule au château,
les courses finies, pendant qu'elle-même, avant de
rentrer à Clisson, faisait une visite. ˉ

Horace avait vu Colette s'éloigner en voiture avec la
duchesse.

Et quelques heures après, il errait sur la lisière du
parc, sans but, sans espoir et l'âme en détresse,
lorsqu'il tressaillit tout à coup.

Il lui avait semblé reconnaître au loin la silhouette de
la jeune fille, revenant seule à Villefort.

Il se cacha dans les arbres, regarda avec plus d'attention.

Il ne se trompait pas. C'était bien la gentille Colette,
venant lentement, la tête baissée, elle-même accablée
par le fardeau des regrets enfouis tout au fond de son
cœur.

Elle se dirigeait vers l'avenue au fond de laquelle le
duc se tenait.

Dans quelques minutes elle passerait là, tout près de
lui.

Alors, il l'attendit, troublé, anxieux, les mains étreignant nerveusement sa poitrine, et bientôt il la vit, sans
défiance, qui entrait dans le bois.

Quand elle fut devant lui, il se montra brusquement.

Elle étouffa un cri de frayeur.

Et elle murmura :

— Ah ! ce n'est pas bien, non, ce n'est pas bien...

— Je vous demande pardon, mademoiselle, mais depuis deux ou trois jours vous vous éloignez de moi avec une telle persistance...

Elle eut l'air surpris... Il fallait bien mentir !

— Je n'ai aucune raison de vous fuir, monsieur, et je vous assure que vous vous trompez... Pourquoi vous fuirais-je ? N'ai-je pas eu, en maintes occasions, la preuve de votre bonté pour moi ?

Elle voulut hâter le pas, pour le devancer.

— Tenez, dit-il avec un sourire triste, encore en ce moment...

Alors elle s'arrêta.

Près d'eux, dans les fourrés, il y eut un froissement d'herbes mortes et de branches sèches, comme s'ils avaient dérangé quelque chevreuil ou quelque biche ; mais ils étaient trop émus tous les deux et trop occupés d'eux-mêmes pour y prendre garde ; ils n'entendirent rien.

— Mademoiselle, dit Horace, je vais quitter Villefort, quitter la France, mais avant mon départ, j'ai un aveu à vous faire.

Elle tressaillit. Son trouble était profond. Elle souffrait.

Elle voulut dire, en joignant les mains :

— Par pitié, monsieur, par pitié !

Mais ses mains, comme paralysées, ne se levèrent point. Et si les paroles montèrent du cœur aux lèvres, les lèvres ne les prononcèrent pas.

Il dit d'une voix tremblante :

— Mademoiselle, je ne vous aurais point fait cet aveu si je ne m'apprêtais à vous quitter, et en partant je voudrais emporter de France le plus d'affections possible... Veuillez donc ne pas vous offenser de ce que je vais vous dire... brusquement... puisque les minutes me sont comptées... Je n'ai pu vous connaître et demeurer auprès de vous sans être touché par votre grâce, votre douceur... votre beauté...

Elle fit un geste pour l'empêcher de parler.

— Je vous en prie, mademoiselle, laissez-moi achever de vous dire que je vous aime... je partirais malheureux si je partais avec mon secret.

Colette restait éperdue, jetant autour d'elle, comme pour se retenir à quelque chose, des regards emplis d'une sorte d'effroi.

Il y eut encore, au moment de cet aveu, un froissement de broussailles.

Mais une tempête pouvait éclater soudain, le tonnerre gronder, les arbres craquer, se tordre et se rompre ; la nature pouvait se bouleverser autour d'eux, ils n'écoutaient que la passion qui révélée chez l'un, mystérieuse chez l'autre, les laissait tous les deux indifférents à tout ce qui n'était pas eux-mêmes.

— Si j'étais resté à Villefort, reprit le duc, si je n'avais été obligé par tous nos malheurs de m'expatrier, j'aurais attendu et j'aurais essayé d'arriver jusqu'à votre cœur... Alors, peut-être qu'à l'aveu que je viens de vous faire eût répondu le vôtre... Je ne vous demande pas si vous m'aimez... j'aurais peur que vous ne preniez pour une affection plus vive un sentiment qui, chez vous, ne serait autre chose que de la pitié pour ces tortures morales que je traverse... Pourtant, avant de me séparer de vous, je voudrais entendre de votre bouche au moins une parole qui m'encouragerait, me soutiendrait dans la vie solitaire que je vais mener loin des miens, loin de tout ce que j'aime... Et cette parole... Croyez-vous, mademoiselle, que quelque jour, si lointain qu'il soit, vous pourrez m'aimer... lorsque je pourrai relever la tête, lorsque plus rien, lorsqu'aucune incertitude ne planera plus sur le crime dont j'ai été accusé, lorsque le nom que je porte sera redevenu pour tous ce qu'il n'a jamais cessé d'être, pur de toute honte, sans une seule ombre et sans une seule tache ?...

Elle entendait tout cela comme dans un rêve... Était-ce possible vraiment ?... Comme elles lui arrivaient très douces, ces supplications d'amour, et comme elles lui berçaient l'esprit, endormaient sa résistance, détruisaient tous ses beaux projets de silence et d'énergie !...

Elle se remit, cependant... elle reprit peu à peu sa raison.

L'aimer, oui, ah ! de toute la force de son âme !

Mais l'aimer tout au fond d'elle-même, dans le mystère de son dévouement... Conserver toute sa vie ce culte et cet amour sans que jamais il en eût le soupçon... tel était son devoir...

Alors, elle répondit, au risque de briser ce cœur qui se donnait à elle :

— Je serai franche... et c'est à mon tour de vous demander pardon pour la peine que je vais vous faire...

Il la regarda avec des yeux peureux d'enfant.

Elle le vit bien, ce regard qui l'implorait.

Et pour ne plus le voir, elle baissa les yeux, quand elle poursuivit :

— Je ne vous aime pas... Certes, reprit-elle vivement, je viens d'être très fière et très heureuse, puisque moi qui ne suis rien j'ai été distinguée par vous qui êtes si au-dessus de moi... Mais ce serait une faute que de vous laisser croire que j'éprouve pour vous un autre sentiment que celui d'une amitié... très vraie... si vous voulez bien me permettre, dans l'humble condition que j'occupe auprès de votre famille, d'employer ce mot d'amitié qui rapproche les distances.

— Si l'amitié rapproche les distances, mademoiselle, l'amour les fait disparaître...

Elle secoua la tête, pâle et tremblante... Ses lèvres étaient sèches, laissaient à peine passer les mots... Une dure main invisible et cruelle tordait et broyait son pauvre cœur.

— Je ne puis vous aimer...

— Me laisserez-vous sans espoir ? dit-il d'une voix altérée.

Elle réunit pour répondre tout ce qui lui restait de forces :

— Sans espoir !

Il eut un frisson, chancela, comme s'il venait de recevoir une blessure mortelle.

— Mon Dieu ! mon Dieu ! fit-il très bas.

Puis, il murmura :

— Pardonnez-moi...

Et il s'éloigna d'elle, lentement, s'embarrassant parfois dans les racines émergeantes, allant de droite et de gauche, comme s'il n'eût pas connu son chemin, car ses yeux étaient aveuglés par les larmes.

Il ne se retourna point. Il ne l'implora plus.

Elle le vit disparaître à un coude que faisait l'avenue vers Villefort.

Alors, elle sentit qu'une faiblesse s'emparait d'elle.

Elle voulut se retenir à un arbre, glissa, s'assit d'abord ; puis le torse se courba, flexible, et se renversa en arrière ; les yeux s'éteignirent ; la bouche se contracta, livrant ainsi le secret d'une souffrance intime affreuse, et elle resta sans mouvement.

C'est à peine si elle venait de s'affaisser, si elle venait

de perdre connaissance ; c'est à peine si le duc venait de disparaître au lointain, que deux hommes surgirent auprès de la jeune fille, sortant des broussailles où tout à l'heure un peu de bruit s'était fait entendre.

Ces deux hommes étaient Gaston et Pierre Girodias.

Ils voyaient Colette évanouie et cependant ce ne fut pas elle qu'ils regardèrent tout d'abord.

Leurs yeux poursuivirent, des éclairs de leur haine, l'homme qui n'était plus là...

L'homme qu'ils accusaient du meurtre de leur père..

L'homme qu'ils avaient condamné à mort.

L'homme, enfin, qui, à tant de motifs de haine qu'ils avaient contre lui, venait d'ajouter pour ainsi dire une haine nouvelle :

Il aimait Colette !

Colette, qu'ils aimaient !

Et quand plus rien ne fut visible de l'ennemi exécré, Pierre saisit la main de Gaston.

— Vois-tu, dit-il, cela suffirait pour le haïr...

— Oui, puisqu'il l'aime !

A ce moment seulement, ils songèrent à Colette.

Ils s'approchèrent d'elle, se mirent tous deux à genoux, de chaque côté, et lui soulevèrent la tête.

— Il faudrait un peu d'eau fraîche, dit Gaston.

Pierre se leva ; il se disposait à courir au ruisseau grossi par les pluies d'hiver et dont on entendait le clapotis sous la futaie, non loin de là, lorsque les yeux de Colette s'ouvrirent et se refermèrent.

Elle allait revenir à elle.

Ils la contemplaient, ravis, dans une extase.

Et ils se disaient, au fond de leur ardent amour :

— Comme elle est belle !...

Elle resta encore quelques minutes sans faire de mouvement.

Alors, d'un même geste, d'un commun accord, comme ils faisaient toutes choses sans avoir jamais besoin de se consulter, ils s'éloignèrent de la jeune fille sans bruit et rentrèrent sous bois pour ne point l'effrayer par leur présence lorsqu'elle reviendrait à la vie.

Toujours cachés, ils assistèrent à son réveil.

Très bas, Pierre murmurait à Gaston :

— Elle lui a dit qu'elle ne l'aime pas... Tu as entendu ?

— J'ai entendu... Elle le lui a dit.

— Elle lui a dit aussi qu'elle ne l'aimerait jamais...

— Elle le lui a dit, j'en suis sûr ; je n'ai pas perdu une seule des paroles qui viennent d'être prononcées entre eux.

— Alors, peut-être aimera-t-elle l'un de nous ?

— Peut-être...

Leurs mains étaient unies pendant qu'ils parlaient ainsi.

Mais tout à coup elles se désunirent... glacées subitement... et pour la seconde fois ils relevèrent l'un sur l'autre leurs yeux troublés par une jalousie lointaine encore, mais qui bientôt éclaterait terrible.

Elle aimerait peut-être l'un des deux.

Lequel ?

Eternelle question qu'ils allaient se poser désormais.

Eternelle question à laquelle chacun d'eux allait répondre intimement, par un doute :

— Serait-ce lui ?

Jusqu'au jour où le doute se changerait en certitude.

Ce jour-là, quand éclaterait pour eux la certitude, leur affection fraternelle serait-elle assez forte pour y résister et ne viendrait-elle pas se briser contre cet amour ?

Ils en eurent, à cet instant précis, dans le silence de

ce bois, un pressentiment, car ils tressaillirent et se serrèrent convulsivement l'un contre l'autre.

Et, chose bizarre, tous deux dirent en même temps, répondant à cette menace de l'avenir :

— Non, non, jamais !

Colette se soulevait péniblement...

Elle resta un instant contre l'arbre, éperdue, les yeux hagards, regardant sans voir, devant elle, les mains appuyées sur son front.

Puis elle reprit le chemin du château.

Le lendemain était le jour fixé pour le départ du duc.

Il avait été convenu qu'Horace s'entourerait de toutes les précautions pour qu'on ne devinât point sa retraite au delà des mers.

Le marquis de Vivarez et Horace lui-même avaient des amis qui, à la suite de revers de fortune et surtout du grand krach de l'Union générale, où tant de patrimoines s'engloutirent, étaient allés se réfugier en Amérique, dans un travail opiniâtre ; la plupart, avec les débris de leur fortune, avaient constitué des établissements agricoles ou faisaient de l'élevage de bœufs et de chevaux, les uns dans les vastes prairies de l'Ouest, les autres sous la chaude latitude de la Floride.

Le duc gagnerait l'Amérique et irait demander l'hospitalité soit dans un rancho de l'intérieur des Etats-Unis, soit chez un frontierman.

Pour dépister toute poursuite et empêcher toute indiscrétion, le duc partit par Marseille, sur un paquebot qui faisait escale à Alexandrie.

A Alexandrie, il revint par le *Bastia* qui, en touchant la Corse et Marseille, avait son port d'attache à Bordeaux-Pauillac.

Le voyage se fit sans encombre. Evidemment les frères Girodias étaient joués.

De Bordeaux, Horace remonta au Havre par le chemin de fer et arriva le soir même où la *Bourgogne* partait pour New-York.

Mais là, au moment où ses bagages étaient chargés, où il mettait le pied sur la passerelle, un homme s'approcha de lui.

— Monsieur le duc de Villefort ?...

Horace tressaillit.

Il ne connaissait personne au Havre.

Il regarda l'homme.

Il ne l'avait jamais vu.

On lui tendait une lettre qu'il ouvrit.

Elle ne contenait que deux mots avec la signature des Girodias :

« A bientôt ! »

Il chercha l'homme pour l'interroger.

Le commissionnaire avait disparu.

On l'avait donc suivi de Clisson à Marseille, de Marseille à Alexandrie, d'Alexandrie à Bordeaux, et de Bordeaux au Havre ?

Le duc était insouciant autant que brave.

Il haussa les épaules, déchira la lettre et s'engagea sur la passerelle.

Huit jours après il débarquait à New-York

Et c'est à peine s'il avait mis le pied sur le quai, qu'un homme, le même que celui du Havre, s'approchait de lui, cette fois, sans lui demander son nom, et, silencieusement, lui remettait une seconde lettre.

Cette lettre n'était guère plus longue que la première :

« A bientôt, et gardez-vous bien ! »

Avec les mêmes signatures.

Et comme la première fois, pendant qu'il lisait, l'homme avait disparu brusquement.

Les Girodias ne désarmaient pas.

Horace resta un instant soucieux.

Puis il eut un sourire hautain et murmura :

— A la grâce de Dieu !

L'épisode qui fait suite à cet ouvrage a pour titre : LE DÉMON DE L'AMOUR.

TABLE DES MATIÈRES

PREMIÈRE PARTIE

UNE HAINE VIEILLE D'UN SIÈCLE

IMPRIMERIE DE CHOISY-LE-ROI

DIVINE

MAGIE

Le Bonheur en ce monde et dans l'au-delà n'est réellement possible qu'avec le ciel. Les Esprits du mal ne flattent que les passions viles et décevantes qui engendrent le remords.

La Divine Magie n'est pas une œuvre démoniaque ne laissant que regrets et amertume, mais bien au contraire une œuvre pie de bonheur, de tendresse, d'espérance et d'amour. — Les plaisirs et l'amour sont d'essence divine. — Si vous voulez être aimés follement, éperdument. — Si vous voulez posséder les pressentiments avertisseurs qui sont la voix de Dieu, et vous mettre sous la sauvegarde d'une bienfaisante protection. — Gagner les faveurs de la chance aux jeux, aux loteries et dans toutes vos entreprises. — Réussir dans vos projets. — Acquérir le prestige qui fait la force, le charme du souverain pouvoir de séduction : lisez les révélations contenues dans **Divine Magie**. — Brochure incomparable. — Œuvre d'inspiration sacrée. — Lumière resplendissante de miséricorde. — Clef réelle et unique du succès.

Divine Magie est offert à tous ceux qui espèrent. Pour la recevoir joindre **1 fr. 75** en timbres-poste ou mandat pour frais divers d'expédition et écrire au

Révérend Albert de LACHAUVIÈRE

36, rue Notre-Dame-de-Lorette, Paris.

Écrire n'engage à rien. Écrivez. Écrivez.